한티재 하늘 1

권정생

지식산업사

한티재 하늘 1

초판 제 1쇄 발행 1998. 11. 20.
초판 제16쇄 발행 2020. 5. 4.

지은이 권 정 생
펴낸이 김 경 희
펴낸곳 (주)지식산업사
　　　　본사 ● 10881, 경기도 파주시 광인사길 53(문발동)
　　　　　　전화 (031) 955-4226~7 팩스 (031) 955-4228
　　　　서울사무소 ● 03044, 서울시 종로구 자하문로6길 18-7(통의동 35-18)
　　　　　　전화 (02) 734-1978 팩스 (02) 720-7900
　　　　영문문패 www.jisik.co.kr
　　　　전자우편 jsp@jisik.co.kr
　　　　등록번호 1-363
　　　　등록날짜 1969. 5. 8.

책값은 뒤표지에 있습니다

ISBN 89-423-7008-X 03810
ISBN 89-423-0026-X(전2권)

이 책에 대한 문의는
지식산업사 전자우편으로 해 주시길 바랍니다.

한티재 하늘 1

들머리에

20년 전 어느날, 버스를 타고 나는 청송 칠배골을 찾아가 보았습니다. 안동 읍내 양반댁 종년이었던 달옥이 아지매와 한밤중에 도망쳐 가서 살았던 이석이 아저씨네는 이젠 거기 살지 않았습니다.

귀돌이 아지매가 열한 살 나이로 민며느리로 가서 살다가, 동생 분옥이가 보고 싶어 몰래 홍시감 네 개를 들고 할딱거리며 넘어 오던 사구지미 고갯길은 고속도로로 깎여 나가버렸습니다. 이순이 아지매가 남편이 일본 노무자로 끌려간 뒤 밀주를 담가 팔아 근근이 살다 들켜, 벌금 50원 때문에 외팔이 등짐장수와 하룻밤 지냈던 솔티 꼭지네 주막도 어디쯤이었는지 알 길이 없습니다.

길수 아저씨가 반란군(의병)으로 나갔다가 죽어 묻힌 일월산에도, 수동댁 할머니가 벙어리 며느리 채숙이 아지매와 누구의 씨인지도 모르는 손자 종대와 함께 가서 살았던 울진 바닷가에도, 분옥이 아지매가 문둥병 때문에 소박데기가 되어 각설이 동준이 아저씨와 가

서 살았던 영양 다래골 골짜기에도, 분들네 할머니의 두릅골에도,
지금은 모두 떠나가고 아무도 없었습니다.

어머니는 많은 이야기를 들려 주셨습니다. 등을 돌린 채 혼잣말
처럼 조용조용, 산에 가면 산나물을 뜯으면서, 인동꽃을 따면서, 밭
에 가면 글조밭을 매면서, 집에서는 물레실을 자으면서, 바느질을
하면서, 서럽고 고닲았던 우리네 백성들의 이야기를 아름다운 사투
리로 들려 주셨습니다.
그 이야기를 여기 옮겨 적었습니다.

1998년 가을

권 정 생

1

삼밭골은 열두 골이라는데 어디서 어디까진지 어림잡을 수도 없다. 그만큼 골짜기가 이리저리 갈라져 복잡하기 때문이다. 세어 보면 스물도 넘는다.

대충 적어보면 이렇다.

동녘골, 서녘골, 단당골, 사구지미, 거무산밑, 섶밭밑, 빌마, 겟골, 큰펑지, 짓골, 바랑골, 더붓골, 양지마, 음지마, 생골, 아랫터…… 여기 말고도 재너머 계산골, 지랑골, 이리골까지 두루 합쳐 부르는 사람도 있다. 골짜기가 많다 보니 여기저기 재도 여러 군데였다. 재릿재, 사구지미재, 따웃재, 이릿제, 살구나무재, 목산재…… 그리 높은 재는 아니지만 사람들은 이런 재를 넘나들며 골짝골짝 늘느리 마을을 만들고 집 짓고 나무 심고 삼밭을 가꾸며 살았다.

삼밭골은 삼밭이 많아서 그런 이름을 붙였다지만 그것보다 삼베 길쌈처럼 고달프게 살아가는 사람들이 모여 사는 곳이어서 그렇게 불렸는지도 모른다. 같은 안동땅이면서도 남쪽 끝 가장자리에 붙은 녹두자갈밭과 황토흙의 비탈길이 뙈기뙈기 억지로 부둥켜안듯이 붙어 있다. 산이 그다지 가파르지 않으면서도 만만한 평지도 없다. 사구지미에서 시작되는 실개천은 겨우겨우 다락논을 적셔 주어 그나마 명일 때나 차례상과 조상 제사상에 쌀밥 한 그릇은 떠놓을 수 있을 정도다.

삼밭골엔 양반이 없다. 그래서 고래등 같은 기와집은커녕 우뚝한 초가집도 한 채 없이 나직나직 돌담집들이 산자락 비탈에 조갑지처럼 붙어 있다. 한 집 한 집 터를 잡아 지은 집들이라서 골목길도 어지럽게 분답스럽다. 길마에 짐을 실은 소가 그래서 줄광대처럼 골목길을 위태위태 오르내려야 했다. 그런 까끌막진 비탈길을 아낙네들은 물동이를 이고 팽이치듯 끄덕없이 댕겼다.

만약 옥황상제님이 하늘에서 내려다보신다면 인간 세상이 왜 저리도 고르지 못한가고 내내 탄식만 하실 것이다. 더욱 이 조선땅 어디나 반반한 곳이면 양반님네들이 자리를 움켜쥐고 떵떵거리고 불쌍한 여름지기네는 구석자리로 밀려나 헐벗고 굶주려야 하는지 마음 아프실 게다. 그 착한 여름지기들은 제 땅 한 고랑 못 가지고 따비밭 한 뙈기도 양반님들께 도조를 내고 얻어 부쳤다.

삼밭골 사람들은 이래서 더 고달팠다.

양지마 또식이는 노래처럼 이런 말을 지껄이며 다녔다.

"배나 둘이 됐으마 밥이나 한번 실큿 먹제."

감나무집 어르신네가 보다 못해 고함을 질렀다.

"이눔아! 배 하나도 못 채우는데 둘이나 되마 뭘로 채우노!"

사람은 무엇으로 사는가고 물으면 조선 백성들은 거지반 '악으로 산다'고 대답할 것이다. 왜 악으로 사는지 그들이 결코 악해서 그런 건 절대 아니다.

사금(사슴) 사금 청사금아
골로 빼서 위사금아
아리 살살 기는 포수
김포순가 이포순가
아홉 골 아홉 새끼
진자리에 병이 들어
약수 찾아 가는 길에
깊은 물은 옹방통방
얕은 물은 올락졸락
불불기는 저 포수야
날 잡아다 뭐할라노
아홉 골 아홉 새끼
배고파서 어이할꼬
포릿포릿 싸리잎에
덤불덤불 칡 덤불에
먹고 사는 짐승인데
인간한테 해하든가
곡식한테 해하든가
날 잡아다 뭐할라노
이내 가죽 베끼다가

경상감사 알삭끈에
좌우감사 말 안장에
높은 양반 자리 돋음
낮은 양반 비개 돋음
이내 뼈는 추려내어
높은 양반 골패놀이
낮은 양반 칼모서리
쓸 줄 몰라 버리실까

아홉 마리 새끼를 둔 어미 사슴이 병이 들어 약수 찾아가다가 포수에게 잡혀가는 내용의 민요이다. 백성들은 이렇게 뼈와 가죽까지 몽땅 바쳐 양반님들을 위해 희생되었다. 이것이 조선 백성들의 삶이었다. 그 눈물과 한이 얼마나 사무쳤기에 악으로 산다고 했을까.

사구지미서 흘러내리는 실개천이 생골 들머리서는 동쪽에서 흘러오는 곱내하고 부딪힌다. 멀리 옥산 골짜기서 흘러내려 오는 곱내는 이름 그대로 옥구슬처럼 맑고 깨끗했다.

분들네가 살고 있는 돌음바우골은 곱내가 돌음바우산을 굽이쳐 돌아가는 안골에 있었다.

그해 을미년(1895년) 동짓달이 고삐 풀린 망아지처럼 훌쩍 달아나버리고 금방 섣달이 오고 설대목이 닥쳤다. 분들네는 아직 봉태기와 채광주리 수북수북 따놓은 목화씨조차 다 발라내지 못한 채 만삭의 배를 부둥켜 안고 쌕쌕거렸다.

돌음바우골 응달쪽 산비탈 분들네 집은 삐딱하게 쌓아올린 어설픈 흙담집인데 정지 거적문도 새로 엮어 달지 못해 꺼멓게 그을린

지난해 것 그대로다. 안방 건넌방 문짝도 팔월에는 갈아 발라야 하는데 세밑이 되도록 그냥 너덜거린 채였다. 원래 맺힌 데가 없는데다 분들네는 지금 만삭이다. 남편 조석보다 키가 한 뼘이나 더 큰 분들네는 비쩍 마른 몸뚱이 아랫배에 바가지를 엎어놓은 것 같은 배가 몹시 거북스러웠다.

벌써 가을걷이 때부터 분들네는 하루도 몇 번씩 몸을 이기지 못해 들어눕곤 했다. 죽은 중도 일어나야 할 만큼 바쁘다는 가을걷이를 그래서 조석이 혼자서 목에 단내가 날 만큼 바쁘게 지냈다. 분들네와는 반대로 안존한 체구여선지 조석은 한시도 쉬지 않고 부지런히 일하면서 오히려 분들네가 버거워하는 모습이 안쓰럽고 미안했다. 아무리 늦게 잠자리에 들어도 새벽같이 일어나 물을 길어다 놓고 아궁이 그득한 묵은 재를 긁어내고 불을 지펴 놓는다. 마음 같아서는 밥도 짓고 빨래도 해주고 싶지만 조석은 거기까지는 엄두가 나지 않는다. 죽었다 깨어나도 여자들이 하는 일은 입내도 못낼 것 같았다. 벌써 자식새끼 남매를 키우면서 끼니마다 따뜻이 밥이든 죽이든 차려주고 밤이면 아내의 목덜미에 코를 묻고 잠들 수 있는 것만도 산만큼이나 고마웠다.

섣달 열여드렛날 아침, 분들네는 느지막히 아침상을 차려 들고 와서 그래도 깡조밥 한 바가지를 마지막 한 숟깔까지 긁어먹고는 갑자기 배를 싸잡았다.

"아이고매애!"

분들네는 그대로 뒤로 벌렁 누우며 소리 질렀다.

함께 둘러앉아 아침밥을 먹던 남편 조석과 아이들이 놀라 눈이 둥그래졌다. 분들네는 닷되들이 바가지만큼 불룩한 만삭된 배를 싸

9

잡은 채 몸을 이리저리 궁글렀다. 깨금이와 장득이가 그러는 어매를 보고 "왕!" 하고 울음을 터뜨렸다. 삽시간에 집안은 난리가 터진 것이다.

조석은 잠시 멍청했다가 이내 정신이 드는지 벌떡 일어나 밖으로 달려나갔다.

흙투성이 짚신짝을 신고 울도 담도 없는 삿갓집 비탈길을 내려갔다. 밖은 며칠 전에 한 자 높이나 눈이 내려 찬바람에 꽁꽁 얼어 쇠눈이 되어 있었다. 조석은 조심조심 발을 디디며 분들네와 가장 가깝게 지내는 안골댁 쩨보 어매한테 갔다. 조석은 사립문을 밀치고 마당에 들어섰지만 얼른 말이 안 나왔다. 본래부터 숫기가 없어 마실 아낙네들만 지나가면 절로 고개를 숙여버리는 버릇이니 아무리 다급한 일이지만 입이 떨어지지 않는다.

그때 마침 뒤란에 있던 껌둥개가 뛰어나오며 시끄럽게 짖어대었다. 참 다행이었다. 이어서 안방문이 열리고 안골댁과 함께 남편 서서방이 내다봤다.

"금이 아배 오셨니껴?"

안골댁이 남편을 앞질러 인사를 해놓고 조석의 낯빛이 잔뜩 겁먹은 것을 눈치챘다.

"어째 왔니껴? 금이네가 어쨌니껴?"

"저어기……갑재기 배가 아프다 카니더."

안골댁은 벌써 동동걸음으로 집을 나선다. 서서방이 내다보며 힛쭉이 웃는다.

"옥산골이 등 한 주먹 더 굽어지겠네."

분들네는 그새 핏덩어리를 사타구니 사이로 밀어 내어놓고 파김

치가 되어 가쁜 숨을 몰아쉬고 있었다.

"애고나! 숨게 낳구나."

안골댁은 거듭거듭 탄복하고 있었다. 뒤따라 온 조석에게 물을 데우라 일러주고 태를 묶어 자르고 그리고는 자배기에 데운 물을 떠다 목욕을 시켰다.

한참 부산을 떨고 나서 안골댁은 키득거리며 조석에게 알렸다.

"금이 아배요, 이분에도 쪼개비시더."

조석은 목구멍에 침을 삼키며 괜히 긴장이 풀리고 있었다.

'틀림없이 아들인 줄 알았는데……'

아들 하나에 딸 둘은 아무래도 짝짝이 같기만 했다. 반대로 딸 하나에 아들 둘이면 바위산처럼 든든할 텐데 싶어지는 것이었다.

안골댁은 첫국밥 지을 쌀을 찾았다. 하지만 단지 안에 깜둥 물푸 래좁쌀 댓 되박 담겨 있고 쌀은 없었다.

"금이네야, 쌀 유름해 놓은 것 없니껴?"

분들네는 누운 채 고개를 젓는다.

"미역은요?"

분들네는 웃목 시렁쪽 구석을 손가락으로 가리켰다. 안골댁이 몸을 구부리고 고리짝 뒤를 더듬어 보니 중간치 미역 한 오리가 숨겨 있었다.

안골댁은 미역 반쪽을 분질러 물에 담궈 놓고는 바가지를 들고 마실로 나갔다.

"어야꼬나. 우리도 영감 움쌀 댓 되뿐인데……"

감나무집 감실댁이 그러면서 옥식기로 하나 쌀을 퍼 줬다.

"이것만 하마 두 때는 먹을시더."

안골댁은 서둘러 가서 밥을 짓고 국을 끓였다.

그새 소문이 퍼져 대추나무집에서 연자방아에 찧은 매조미쌀 닷 되를 가지고 왔다.

"금이 아배, 대목에 나무 몇 짐만 해 주이소. 그냥 줘도 안 받을 끼이까네."

금호댁 할마씨는 선수를 치며 생색도 부리고 이득도 챙긴다. 하지만 조석은 마냥 고맙기 이를 데 없었다. 허리를 세 번이나 굽신대며,

"아무리 바빠도 할매네 나무부텀 해다 디림시더."
했다.

매조미쌀을 디딜방아에 다시 하얗게 쓸어 놓으니 그것만 해도 첫 이레는 무난히 넘길 것 같았다.

하루가 지났다.

조석은 어느새 장득이 동생이 딸인 것이 하나도 서운하지 않게 되었다. 응애응애 우는 소리만 들어도 가슴이 저릿해지도록 귀엽기 그지 없었다. 금줄에다 빨간 고추 달지 않는 것도 안 섭섭하고 괜히 우줄우줄 신바람이 생기는 것이었다.

장터에 가서 문종이를 사다 입때까지 그냥 너덜너덜 구멍 뚫린 문짝에 새 문종이를 바르고 깨금이와 장득이 안방에 들어가 성가시게 할까 봐 건넌방에다 군불을 지펴 부들자리를 깔아주었다. 안골댁은 하루에 열 번도 좋다고 빙판이 된 비탈길을 어벅다리를 끌며 오르내렸다. 미역국을 데워주고 애기 기저귀를 갈아주었다.

"금이 어매 이분엔 호강한다. 깨금이랑 장득이맨치러 배고픈 때 몸 풀었시마 이룽기 미역국하고 쌀밥 웬걸 얻어먹겠나?"

분들네는 절로 입이 벙글벙글 벌어지며 미역국과 쌀밥을 주는 대로 먹어대었다.

사흘이 지났다. 그러니까 섣달 스무날이었다.

한티재 너머로 난리가 밀려 온 건 그날 밤이었다. 지난해 동학난리를 거쳐 올 팔월에 을미국상을 당하고부터 삼남 지방은 여기저기서 빨란구이(반란군-의병대)들이 갑자기 벌떼같이 일어났다. 섣달에 들면서 한티재 너머에도 한 동네 두셋씩은 젊은이들이 집을 떠나고·있었다.

집에 금송아지 매어놓고도 집 떠나면 고생이라는데, 빨란구이들은 눈이 오나 비가 오나 한뎃잠을 자고 먹는 날보다 굶는 날이 더 많고 언제 죽을지도 모른다는데, 그래도 젊은이들은 집을 떠났다. 왜 그러는지 분들네나 조석이 같은 백성들에겐 아무래도 모를 일이었다. 더욱이 그 빨란구이들과 관군 수비대들이 총포를 쏘아대며 이 산 저 산 골짜기 마을로 난리를 치고 다니며 몰려온다니 원망스럽기까지 했다.

'사램이 잘살고 못사는 건 하늘이 정해 준 팔자라는데 난리를 친다꼬 시상이 숩게 뒤집어지나. 우리 긑은 힘없는 백성 단지 남의 논밭이라도 많이 얻어 알뜰살뜰 일해서 처자식 굶기지 않고 등따십게 살아갈 수만 있다면 되는 게지 뭐. 청상과부 팔자 곤치는 것도 심드는데 무슨 심으로 감히 반란을 일구노.'

행기봉 골짜기로 총포소리가 콩볶듯이 들린 건 한밤중이었다. 마을은 발칵 뒤집혀지고 이 집 저 집 보따리를 챙겨 피난을 하느라 떠나고 있었다.

몸푼 지 사흘째밖에 안 되는 분들네도 산후조리도 못한 채 피난

길에 나섰다. 핫옷 한 벌 없는 분들네는 겹저고리 두 벌을 껴입고 조석의 핫저고리 하나 덧입었다. 얼굴은 명주수건으로 칭칭 동였지만 그래도 나름대 잡은 무당 손처럼 후들후들 떨렸다.

밖은 다행히 바람기가 없었지만 엎친 데 덮친 격으로 눈이 내리기 시작했다. 조석은 채광주리에 수북이 담긴 목화 속을 헤집고 태어난 지 사흘째 되는 간난아기를 둘둘 싸서 콧구멍만 내놓고 묻었다. 다른 짐보따리는 아무것도 못 가지고 지게에 아기광주리만 얹어 지고 한 손에 깨금이를 잡고 한 팔로 장득이를 안고 아내를 앞장세워 골짜기 비탈길을 내려갔다.

이릿재 골짜기까지 피난줄이 길게 이어졌다. 원골이나 여부정골에서 따우재를 넘어오는 사람들과 뒤섞여 시끄러웠다.

꽁꽁 얼어버린 작은 옹당못이 있는 소나무 숲까지 갔을 때는 벌써 날이 밝고 이내 동녘골에서 해가 솟아오르는지 하늘이 희뿌옇다. 총포소리도 나지 않고 인근 동네에서 아무 일 없었던 것처럼 집집마다 굴뚝에서 연기가 피어올랐다.

밤새 두려움에 떨고 추위에 떨었던 사람들은 안도의 숨을 쉬며 가던 길을 돌아섰다. 분들네는 눈물 콧물을 흘리며 훌쩍대고 있었다. 조석이 지고 있는 채광주리 목화 속 아기는 잠이 들었는지 조용했고 깨금이와 장득이도 용케 참아주고 있는데 분들네 혼자서 어린애처럼 찔금대고 있는 것이다.

눈이 발목이 빠질 만큼 내리고 사람들 콧구멍과 입에서 하얀 입김이 서렸다. 뽀득거리는 눈길을 길게길게 줄지은 사람들이 걸어가고 가끔 길마에 짐을 얹은 소까지 몰고 나온 피난꾼도 섞여 있었다.

집에 와서 분들네는 우선 군불을 지펴 펄펄 끓인 물을 두 사발이나 마시고 나서 이불을 쓰고 누웠다. 조석은 후유 하고 큰숨을 내쉬고 털썩 주저앉았다. 어벅다리 짚신 발바닥으로 녹은 눈이 스며들어 식구 모두가 발이 꽁꽁 얼어 있었다. 깨금이와 장득이도 그제야 훌쩍대며 울기 시작했다. 이녁 식구 거두느라 바쁜지 안골댁은 오늘 아침엔 오지 않았다. 반나절이 넘도록 아침밥도 굶은 채 분들네는 이불을 쓰고 누워 있었다.

난리는 아무 탈 없이 지나갔다 싶었는데 여드레째 되던 설날, 섶밭밑 문노인네 이대독자 아들이 죽었다는 소문이 들려왔다. 겨우 열흘 전에 집을 나가 빨란구이가 된 아들이다. 문노인 부자는 숨어서 동학을 믿어온 별난 집안이기도 했다. 아들 길수는 다섯 살 때 어매를 잃고 홀아버지 밑에서 자랐다. 문노인은 평생 홀아비로 살면서 오직 아들 길수만 위해 살아 왔다. 부자는 일찍부터 동학에 들어가 《용담유사》를 읽으며 신심을 키웠다. 스무 살이 된 문길수는 장가를 가서 올해 아들을 낳았다. 그게 바로 석달 전 을미국상(명성황후 시해사건)이 일어나고 한 달 뒤였다.

그 이전부터 길수는 동학혁명군을 원했지만 문노인은 간곡히 말렸다.

"길수야, 애비한테 손자 하나만 낳아주마 그 담에는 니 맘대로 해라, 부탁이다."

길수는 그래서 참았다. 아내 복남이는 열여덟이었는데 신통하게도 일찍 수태를 했고 달이 차서 낳은 게 깔밤 같은 아들이었다.

"아배요, 이자 집 떠나도 되겠제요?"

말하는 길수 가슴도 짜부러지듯 아팠다.

"그래, 넌 애비 말을 잘 듣는 효자고나. 이젠 떠나도 된다."

이날 밤, 아버지와 아들은 사랑채 토방에 꼬끌불을 밝혀놓고《용담유사》의 안심가를 읽었다.

가련하다 가련하다
아국 운수 가련하다
전세 임진 몇해런고
이백사십 아닐런가
……
기엄하다 기엄하다
아국 운수 기엄하다
개 같은 왜적놈아
너희 신명 돌아보라
너희 역시 하륙해서
무슨 은덕 있었던고
전세 임진 그때라도
오성 한음 없었으면
옥새 보전 누가 할까
아국 명현 다시 없다
나도 또한 한울님께
옥새 보전 봉명했네

들기름에 절인 닥종이에 언문글자로 베낀 사본이 삿자리 방바닥에 펼쳐져 있었다. 밤이 웬만큼 깊었다. 문노인은 책을 덮었다.

"길수야, 그만 건네가 자그라."

"아이시더. 오늘 밤은 아배 곁에서 잘라니더."

"고맙지만 너어 댁 곁에 가서 자그라."

"싫으이더, 아배요."

길수는 버티었지만 문노인은 기어코 일으켜 세워 안방으로 건너가게 했다.

다음날 새벽 일찍, 길수는 아내가 싸준 차조떡 꾸러미와 아버지가 준 엽전이 든 작은 전대를 허리에 묶어 집을 나섰다.

"길수야, 나라도 백성도 모두 한울님이다."

"명심함시더, 아배요."

아버지와 아들은 뜨거워지는 눈시울을 안간힘을 들여 참고 있었다. 아내 복남이는 갓난애기 서억을 보듬어안고 울고 있었다. 남의 눈을 감추느라 길수는 예사 볼일 보러 가는 것처럼 망태기를 메고 훨훨 걸어갔다.

을미년의 세밑은 이렇게 안타깝게 삶이 뒤틀리고 무너져버렸다.

복남이는 아무 일 없었던 것처럼 설빔을 매만졌다. 시아버님의 바지 저고리와 시집올 때 가지고 온 명주 도포를 깨끗이 다렸다. 아주 조그맣게 서억의 설빔 저고리도 다시 꾸몄다. 그리고는 복남이 제 옷도 옥색 저고리와 자주빛 치마로 곱게 매만졌다. 인지도 만들고 다식도 만들었다. 시어머님 차례상 준비도 말끔하게 준비해놓고 섣달 그믐날을 맞이했다.

이날 밤은 특별히 말갛게 걸러놓은 피마자 기름으로 등잔불을 밝혀놓고 복남이는 서억의 꽃버선에 수를 놓았다.

밤이 깊어가면서 복남이 가슴이 두근거리고 바느질 손이 가늘게

떨렸다. 혹시나 혹시나 남편 길수가 눈길을 저벅저벅 걸어오지 않을까 몇 번이고 몇 번이고 밖으로 귀를 기울였다.

드디어 첫닭이 울자 복남이는 쓰러지듯 개켜 놓은 이불 위에 엎드려 흐느꼈다. 이렇게 기다린 길수는 오지 않고 병신년 정월 초하루 날이 밝았다. 차례상을 지내고 나서 복남이는 곱게 차려 입은 모습으로 시아버지 문노인에게 세배를 올렸다.

"아가, 애비한테서 곧 소식이 올 끼다."

문노인은 며느리에게 들려주는 덕담이기 앞서 자신에게 그런 밝은 다짐을 하고 있었다. 길수는 돌아오리라는 기대가 그만큼 간절했기 때문이다.

그런데 그 기쁜 소식은 빗나가버리고 설날이 저물고 밤이 깊었는데 젊은 나그네가 불쑥 찾아온 것이다. 행색은 남루했지만 눈빛이 살아 있는 젊은이였다.

"일월산 밑에서 죽었니더. 시신은 양지쪽에 평장으로 묻어 놓았으니 세상이 가라앉은 뒤 찾아오십시오."

젊은이는 길수의 상투 머리칼을 한줌 잘라 깨끗한 명주수건에 싸서 가져온 것을 건네 주었다. 그 명주수건엔 길수가 묻힌 일월산 골짜기의 그림이 그려졌고 무덤자리를 표시해 놓았다.

문노인은 아무렇지 않게 태연하려 했지만 수건을 받아 든 손이 떨리고 있었다.

"아가."

문노인은 복남이를 불렀다.

"손님에게 늦었지만 저녁상을 차려 오너라."

복남이는 밥상을 차렸다. 남편 길수에게 마지막 따뜻한 밥상을 차려주듯이 온갖 정성을 다해 상을 차렸다. 길수가 쓰던 수저를 놓고 간장종지까지 꼭같이 놓았다. 사랑방에 밥상을 들여놓고 나서 한참 뒤 상을 내가라는 시아버지 기척이 났다. 밥상을 내오는데 문노인이 조용히 불렀다.

"아가."

"예, 아배앰요."

"애비한테 갈아입힐 옷을 준비했겠제?"

"예"

"그걸 내오너라. 손님께 입히 보내드리자."

"……"

복남이는 말없이 가서 반다지 장롱 속에 개켜 뒀던 남편의 설빔을 꺼내었다. 잘 다려놓은 두루막까지 들고 사랑으로 갔다.

"아배앰요, 여기 있니더."

손님이 옷을 갈아입고 떠난 다음, 복남이는 구석쪽 횃대에 걸린 수건을 걷어 얼굴을 감쌌다. 소리를 내어서는 절대 안 된다. 남편 길수의 의로운 죽음을 절대 욕되게 해서는 안 된다. 복남이는 가까스로 울음을 삼켰다.

갓난아이 서억은 아무 것도 모르는 채 새근새근 잠들어 있었다.

그러고 나서 닷새 뒤였다.

이곳 지방 순검 몇이서 신새벽에 찾아와 문노인을 잡아갔다. 가지색 신식 쫄대바지를 입은 그들은 조총 한 자루씩 메고 있었다. 엉겁결에 며느리 복남이는 시아버지의 옷자락을 붙잡고 매달렸다.

"아배앰요, 어델 가시니껴?"

"아가, 걱정 마라라. 쉬 돌아올 끼니까."

문노인의 말은 그게 마지막이었다.

이틀 뒤, 문노인은 골짜기 뒤기못 한가운데 시체로 떠올라 있었다.

"아배앰요! 아배앰요!"

소식을 들은 복남이는 갓난아이 서억을 업고 단숨에 달려가 못뚝에 주저앉아 통곡을 했다. 가장자리 둘레엔 얼음이 얼고 눈이 쌓였고 한가운데 시퍼렇게 넘실대는 물 위에 문노인은 엎어진 몸으로 떠 있었다.

"……아배앰요! 인제 아배앰도 가시마 내 혼자 서억이 데리고 어예 살아가니껴? 아배앰요……아배앰요……"

그러나 복남이는 시아버지의 시신을 거두어 장사지내고 나서 야무지게 입술을 깨물었다. 이젠 삼대독자가 되어버린 문씨가문의 장손인 서억을 키우며 집을 지키기로 굳게 마음먹은 것이다.

동네 아이들이 설빔으로 입은 옷들이 때가 묻어 고질고질 더러워지고 있었다. 이 아들이야 난리가 난다 해도 직접 피해가 없으면 아무렇지 않게 뛰어다니며 논다.

난리는 깊은 산쪽으로 밀려들어 세상이 점점 어둠 속으로 빠져들고 있었다.

한티재 이편저편에서 수많은 청년들이 죽어가고 있었다. 탑마을 장씨네와 못골 김씨네도 숨어서 믿어온 동학 때문에 가산을 몽땅 빼앗기고 타지방으로 떠났다고 했다.

청송, 진보, 영양, 춘양, 봉화, 순흥, 문경 쪽으로 반란군과 수비대들의 싸움이 줄다리기처럼 밀고 밀리며 끝날 줄을 몰랐다.

향교골 자부래미네 외딴집에 빨란구이 셋이 찾아왔다. 눈꺼풀이

처져 있어 언제나 눈을 감고 있는 듯이 보여 자부래미(잠보)라는 별명을 가진 박서방은 찾아온 빨란구이들한테 밥을 주고 양식도 나눠 줬다. 빨란구이 셋 가운데 둘은 그때까지 가을 홑적삼을 입고 있었다. 박서방은 군데군데 기운 옷이지만 무명 핫옷을 꺼내다 입혀 줬다. 빨란구이들은 굽신굽신 절을 했다.

"고마워하지 마시이소. 당신네들은 나라와 백성들을 구할라꼬 목숨까지 바치고 싸우고 있잖니껴."

"그렇지만 우리 겉은 걸 도와주마 무사하지 않을 것인데 뒷탈이 날까 걱정이시더."

"누가 떠들고 댕기며 알굿는다디껴. 아무도 모리는 일이니 걱정 마이소."

빨란구이들은 숨죽이며 돌아서 집을 나갔다. 몇 걸음을 가던 빨란구이 하나가 얼른 돌아서서 다가왔다.

"혹시 관에서 알기 되거든 우리가 강제로 도둑질해 갔다고 하시오."

박서방은 고개를 저었다.

"아이시더. 내 목숨 살아볼라고 당신네들 이름을 욕되게 할 수는 없니더."

빨란구이들은 눈덮인 가파른 산비탈 마른 억새풀들을 헤집고 올라갔다. 박서방은 며칠 동안 가슴을 두근대며 지냈다. 이렇게 사람들은 하나씩 둘씩 빨란구이를 도우며 함께 반란에 가담을 하고 있었다.

대보름이 다가오고 있었다. 세이레를 지내면서 분들네는 내내 심통을 부렸다.

"죽어도 싸지 싸. 감히 어디라꼬 나랏님 거역하는 짓 하고 댕기노."

"그기 아이시더. 나랏님 거역하는 게 아이고 도로 위한다디더. 임진년 난리 때도 왜놈 처없앤 건 모두 백성들이 나서서 싸운 덕택이라 카데요."

안골댁은 어디서 들은 소리가 있어서 제법 유식한 척 말했다.

"그때사 왜놈들 몰아내니라 안사람들까지 처매에다 돌을 날라주매 싸웠제요."

"지끔도 그렇다 카이요. 수비대들 중 반이 넘게 못된 왜놈들이라 카디더."

"뭐라꼬! 그기 참말이껴?"

"참말이래요. 안 그르마 미쳤다꼬 애맨 목심 내놓고 젊은 남정네들 나가 싸울리껴?"

"어야꼬나! 그라마 우리 깨금이 아배도 빠란구이 나가마 어쩌니껴?"

"자꾸 빠란구이라 카지 마소, 백성 위해 싸우는 의병들이시더."

"……"

"지난번 임금님댁을 쥑인 것도 왜놈들 짓이라디더."

"애고 무시라! 그라마 시상 어예 되니껴?"

분들네는 쿵쾅거리며 뛰는 가슴을 손으로 꾹꾹 눌렀다. 제발 제발 세상 조용히 더 이상 슬프지 않게 살았으면 싶은 게 분들네의 큰 소원이다.

맏아들을 기다리던 부모님들은 딸을 낳았다고 억울하고 분하다고 분들네라 이름지어진 분들네는 조선의 모든 딸들처럼 태어나면서 구석으로 밀려나 살았다. 분들네가 막내동생 기태하고 단 둘만 살아남은 건 열한 살 때였다. 기태는 겨우 첫돌을 넘긴 두 살배기였고 어매 아배와 가운데 동생 둘이 호열자로 한꺼번에 죽었다. 옥산골 고향집을 떠나 기태를 데리고 탑리 최부자네 정지중니미로 육년을 살다가 깨금이 아배를 만나 혼인을 했다. 지금 열다섯 살이 된 기태는 근처 먹뱅이에서 꼴머슴으로 남의집살이를 하고 있다.

"불쌍한 우리 기태 얼른 커서 장개 가서 옹글게 살아야 할 텐데
……"

분들네가 동생 기태한테 쏟는 정성은 참으로 살뜰했다. 워낙 고되고 외롭게 살아온 탓으로 쌓여온 한이 덩어리져 그것이 심통으로 바뀌어 몹시 사나와지고 종살이를 하다보니 일이 고달파서 자꾸 게을러지는 게 탈이었다. 허드렛일만 했지 규모 있는 살림살이나 바느질 길쌈도 제대로 못 배웠다. 겨우겨우 배운 길쌈은 닷새 무명베 한 필을 보름이나 걸려 짜는 정도였다.

하늘이 도왔는지 그런 분들네한테 신랑 조석은 과분할 만큼 좋은 남편이었다. 어설픈 살림살이도 남정네 같은 억센 심술도 그냥 어리광처럼 받아주며 조석은 작은 몸집에 대면 마음이 바다 같았다. 사 형제의 막내로 자라면서도 조석은 형들한테 언제나 고분고분했다. 가난한 집안이면서도 식구들 모두가 알뜰하고 다소곳하게 살았던 탓일 게다. 부모님들은 맏아들 규석이만 장가들여 놓고는 일찍 세상을 떠났다. 그래서 나머지 세 형제는 맏이 규석이 밑에서 컸고 나이 차서 하나씩 둘씩 출가를 했다. 색시감은 모두 가난한 집 딸이거나 아예 집도 없는 남의 부엌데기 처녀였다. 세 형제는 그래도 불평 한마디 없었다. 오히려 분수대로 사는 것이 잘 길들여진 조상

대대로의 내림인지도 모른다. 이들은 또한 한 고향에서 대소가를 이루어 살 수 있는 기반이 없어 도리원이나 다인지방으로 뿔뿔이 제 갈길을 찾아 흩어졌다. 분들네의 착한 남편 조석도 그렇게 탑리 최부자댁 부엌데기 처녀와 혼인을 해서 이곳 돌음바우골 산비탈에 오두막을 짓고 살아온 것이다.

대보름은 그래도 즐거웠다.

아이들은 밤이 늦도록 꼬꿀불을 켜놓고 수수깡으로 풍년낱가리를 만들었다. 오곡을 만들고 소와 개와 닭과 돼지도 만들었다. 쟁기도 만들고 써레도 만들고 길마도 괭이도 만들었다. 만든 것은 아침마다 마당 구석 거름덩이에 꽂았다. 대보름날까지 어느 집이나 거름 가득히 낱가리가 쌓였다.

대보름날 한낮이 지나자 벌써 머슴애들은 산으로 올라갔다. 마을마다 뒷산 봉우리에 달집을 쌓았다. 어른들은 깊은 산 골짜기에서 싸우고 아이들은 산꼭대기에 달집을 태우며 달님에게 빌었다. 나라가 바로 서고 싸움터 간 아버지와 형들의 무운을 빌었다.

우당탕 타당탕 찬알소리
안구미 진통사 진똥 싸네

논뚝아 밭뚝아 날 살려라
총살이 화살이 비오듯하네

달집이 타오르면서 동쪽에서 희고 둥근 달이 솟아올랐다. 성미 급한 아이들은 작대기 하나씩 들고 산을 내려와 떼를 지어 다니면서 집집이 거름덤이에 꽂아둔 낱가리에 달려들어 마당질을 하듯 실컷 두들겼다. 머슴애들이 동네를 한바퀴 돌고 나면 벌써 보름달은 감나무 가지 위까지 솟아올라 있다.

아이들이 타작해 놓고 간 낱가리는 정성껏 쓸어담아 가마솥 앞에 놓고 깨끗이 태워 꿀밤 깍지로 한 섬 한 섬 되어 두구미에 담아 논밭에다 뿌린다.

오곡밥을 먹고 풍년을 비는 대보름은 이렇게 부산스럽게 지나갔다.

그리고 닷새 뒤 정월 스무날 아침 일찍, 향교골 고지기 채서방이 동산에 올라가 크게 소리치고 있었다. 괴인테 마을 앞 강변 서깥으로 모이라는 전갈이었다.

스무날 일하면 스무나무 가시에 찔린다고 모두 느긋하게 쉬고 있는데 뭣 때문에 모이라는 걸까?

마을은 어쩐지 뒤숭숭해졌다. 난리통에도 할 일 다하고 명절도 그런대로 즐겼는데 무언가 심상치 않은 분위기였다. 더러는 서깥에서 큰 구경거리가 생겼다고도 했지만 아무래도 개운찮은 일이 일어난 게 틀림없어 보였다.

반나절이 되면서 사람들은 곱내 강변으로 모이기 시작했다. 얼축동저고리 바람에 어벅다리 짚신 그대로 나가는데 더러는 의관까지 갖춘 향교골 샌님들도 섞여 있었다.

돌음바우골엔 새댁과 처녀들만 남고 아이들까지 구경거리가 있다니까 다투어 몰려갔다. 정월도 그물어가서인지 날씨는 한결 풀리어 푸근한 햇볕이 제법 노곤하기까지 했다. 그래서 사람들이 더 많이 모여든 것인지도 모른다.

분들네는 갓난아기를 눕혀놓고 섰다 앉았다 하면서 갑갑해 못견

디었다. 결국 분들네는 깨금이한테 아이를 지켜보라 일러놓고 집을 나섰다.

분들네가 버드나무, 팽나무가 봄을 기다리며 상큼상큼 길게 서 있는 서깥에 다다랐을 땐 사람들이 장날 장꾼처럼 붐비고 있었다. 모두 웅성서리며 강물 건너편 마른 풀 퍼덕을 바라보고 있었다.

분들네도 뒷편에 깨금발을 딛고 넘겨다보니 놀랍게도 총을 멘 관군 수비대 둘이 매섭게 눈을 치뜨고 기둥처럼 꼿꼿한 자세로 서 있었다. 그 뒷편 버드나무 두 그루의 굵직한 둥치엔 무언가 서속짚으로 엮은 거적으로 가리워져 있었다.

이윽고 아랫쪽 강가 둔치쪽에서 누런 똥색 군복을 입은 수비대 대장인 듯한 사나이가 검자주빛 말을 타고 달려왔다. 버드나무 퍼덕까지 온 말은 우뚝 멈추어 섰고 사나이는 말을 탄 채 수비대 두 사람에게 무어라고 명령을 내렸다.

사람들은 말탄 사나이의 말소리가 무슨 소리인지 아무도 몰랐다. 왜놈이라고 하는 일본 사람을 본 것은 그것이 처음이었고 일본말을 들어본 것도 처음이었다.

말을 탄 채 그 왜놈 사나이가 무어라고 명령을 했다. 턱주가리에 너부죽히 살이 붙은 왜놈 대장의 목소리는 그다지 우렁차지는 않았지만 칼날처럼 날이 서 있었다.

명령을 받은 수비대 둘이 뒷편 버드나무 둥치에 가리워진 서속짚 거적을 들췄다. 놀랍게도 나무둥치엔 상투머리 남정네 하나와 아직 더벅머리 총각 하나가 따로따로 묶여 있었다.

구경하던 사람들 모두가 그랬겠지만 분들네는 도무지 두 다리가 후들후들 떨려 서 있는 것이 힘겨워 금방 쓰러질 것 같았다. 묶여 있는 두 남정네는 틀림없이 빨란구이일 게다. 어쩌자고 저렇게 묶어 놓고 사람들을 모이라고 했는가?

모두가 얼음덩어리가 가슴을 헤집고 심장을 자르는 듯이 겁을 먹고 있는데, 명령을 받은 수비대 둘이 멀찌감치서 두 남정내를 향해 총을 겨누었다.

탕! 탕!

탕! 탕!

한 사람이 두 발씩 총알이 나갔고 남정네 둘의 가슴에 피가 흘러 내리며 고개를 떨구었다.

사람들이 웅성거리기 시작했다. 아이들은 큰소리로 울음을 터뜨렸다. 그러자 총을 든 수비대 하나가 공중을 향해 총을 쏘았다.

탕!

울던 아이들이 울음을 그치고 새파랗게 질려버렸다.

말탄 사나이는 어느새 말을 몰아 강변 둑길로 사라졌고 수비대 둘도 그 뒤를 좇아갔다.

버드나무 둥치에 묶인 빨란구이 둘은 피를 흘린 채 그냥 버려졌다. 누가 거두라는 말도 않고 아무도 거두는 이도 없었다. 이백 명이 넘는 사람들은 하나같이 겁을 집어먹고 도무지 소리 한 번 지르지 못하고 있다가 수비대들이 사라지자 다투어 서깥을 떠나고 있었다. 꾀죄죄한 무명옷에 짚신을 신은 너무도 초라하고 멍텅구리 같은 사람들은 주인을 따라왔던 강아지들과 함께 비굴하게 흩어져 가기 바빴다.

경칩을 이틀 앞둔 늦겨울의 해는 행기봉 너머로 기울어지고 버드나무의 빨란구이 시체는 그대로 묶인 채 버려져 있었다. 총맞은 구멍에서 검붉은 피가 흘러흘러 무명옷을 적시고 바지가랑이 아래로 내려와 맨발등을 적시고 버드나무 그루턱을 적셨다. 먼저 흐른 피는 꺼멓게 말라붙고 나중 흐른 피는 팥죽물처럼 걸쭉하게 넘어가는 햇빛에 번들거렸다.

얼굴빛은 푸르등하다가 점점 검어지고 눈은 흰챙이가 더 들어가고 입은 반쯤 벌리고 있었다. 넘어가는 햇빛에 어디서 날아왔는지 겨울 파리 몇 마리가 콧구멍과 입언저리에 붙었고 피가 흐르는 앞가슴에도 붙었다.

다음날 아침, 사람들이 강변을 건너다보니 시체는 그냥 묶인 채 있었고 한낮이 되자 제법 따뜻한 햇볕에 냄새가 나고 어제보다 더 많은 파리떼가 날아와 붙었다. 그 위에 까마귀떼가 날아와 시체의 가슴팍을 파먹기 시작했다. 소리개가 빙빙 하늘 위를 날아다녔다. 시체의 머리는 더 많이 수그러졌고 살갗이 쪼그라들었다. 까마귀가 파먹은 가슴팍 옷이 찢겨지고 신체 한 구는 바지가 반쯤 벗겨지고 허벅지가 주먹 크기만큼 뚫어져 있었다.

사흘째는 더 심했고 더 처참했지만 아무도 시체를 거두는 이가 없었다.

나흘째 아침이었다. 사람들은 버드나무에 시체가 말끔히 치워진 것을 보고 깜짝 놀랐다. 그리고 아무도 모르게 행기봉 골짜기 양지쪽에 새 무덤이 두 개 생겨 있었다.

누가 그 거룩한 일을 했는지 아무도 몰랐다. 다만 이듬해 정월 열아흐렛밤, 향교골 자부래미 박서방네 집에 누군지도 모르는 기제사를 지낸다는 것을 하나 둘씩 입과 입으로 퍼져 나갔다.

어쨌든 그 일이 있은 날부터 삼밭골 사람들은 옛날 임진왜란 때의 이야기를 떠올리고 오늘 자신들의 눈앞에 현실로 나타난 학살을 보고는 두려움과 절망과 함께 조그맣게나마 분노의 움을 가슴에 티우게 되었다.

분들네는 이틀밤을 헛소리까지 하면서 온통 식은땀을 흘렸다. 조석은 두 손으로 아내의 손을 움켜잡고 밤을 지세웠다. 분들네의 뛰는 가슴은 한 달이 지나면서 천천히 가라앉았다. 그리고 세월이 흘렀고 난리통에 태어났던 계집아이 강생이가 여덟 살이 되고 그 밑으로 남매를 더 낳았다.

섶밭밑 문노인네 손자 서억이 아홉 살이 되었고 복남이는 외롭고 고달픈 수절과부로 살고 있었다. 아버지 길수를 쪽 빼어 닮은 서억은 과부 어머니의 작은 아들이면서 남편 같은 의젓한 머슴애이기도 했다.

사람들은 하루하루 농사일과 길쌈일에 바빴고, 일껏 거둬들인 곡식들을 지주들에게 나눠 바치고 아깝고 허전했지만 어쩔 수 없이 궁한 대로 굶기도 하고 먹기도 하면서 질기게 살아가고 있었다.

2

칠월 중순인데도 벌써 장마가 다 지나갔는지 날마다 불볕 더위가 이어졌다. 계묘년(1903년)은 윤오월이 들어 있어 칠월은 팔월 맞잡이였기 때문이다. 강 모서리 둔치쪽 수수밭이 무성하게 우서리져 있었다.

정원네 네 식구가 강나루에 닿았을 때 마침 나루지기 노인이 나와 손님을 기다리고 있었다. 오늘도 불볕더위는 여전하려는지 해가 금방 솟아오르면서 강가 모래를 뜨겁게 달구었다.

"마님은 이롷기 일찍으이 어데 가세니이껴?"

느릿느릿한 말씨로 나루치 노인이 물었다. 정원이는 갑자기 마님이라 불려지자 얼굴이 달아오르며 몸둘 바를 몰랐다. 지금 정원이네 식구들 행색으로 봐서 아무도 마님이라 불러줄 만한 처지가 못

되었기 때문이다. 사대부 집안 여인네와는 너무도 어울리지 않게 거지행색이나 다름없는 차림새인데 왜 나루치노인은 마님이라 치켜 받드는지 당황스러웠기 때문이다.

하지만 정원이는 그냥 읍내 양반들 밑에서 평생 나루지기로 살아온 노인한테 배어버린 아랫사람 예사 말씨라 삭여들을 수밖에 없었다. 그래서 이내 정나미 담긴 목소리로 대답했다.

"야들 위갓집에 간다네."

그래놓고 정원이는 한 번 더 부끄러워 얼굴이 붉어졌다. 마님이라 부르는 나루치 노인한테 크게 당한 느낌이었다. 분명히 그랬다. 나루치 노인은 속으로 웃고 있을지 모른다. 아랫사람들이 웃사람한테 굽신대는 것이 겉으로만 그런 거지 결코 속까지 그러는 건 아니지 않는가.

배가 건너편 나루에 닿았다.

"마님 살펴 가시이소."

"………"

정원이 이번에는 말없이 그냥 고개만 조금 숙였다.

그때, 오라배 이석이 손을 잡고 배를 내린 이순이 뺑 돌아서서 절을 했다.

"할배요, 고마부이더."

나루치 노인이 뜻밖이었던지 양쪽 어금니가 빠져 홀쭉해진 볼이 한층 오무라지며 웃었다.

"애기요, 잘 가이소."

지난해 섣달에 겨우 네 돌을 넘긴 이순이는 그래도 나이는 여섯 살이다. 말수가 적어 항시 곁에 있는지 없는지 그랬다. 그런 이순이가 나루치 노인한테 인사를 한 것이다. 정원이도 뜻밖이었고 오라배 이석이도 어리둥절했다.

강변 모래밭을 몇 걸음 걸어오는데 갑자기 나루치 노인이 부른다.

"마님요! 이것 아직 새 신이시더. 쫌 크제만 신고 가시이소."

노인이 신고 있던 짚신을 벗어들고 가까이로 다가왔다. 눈꺼풀이 실쭉 움직여지며 울컥 눈물이 나올 것 같았다. 그러고 보니 정원이 신고 있는 미투리가 다 해어져 한 쪽 발 뒷갱이끈 하나가 떨어져 터덜터덜 끌리고 있었다. 이석과 이순의 짚신도 앞총이 너덜거리는 걸 들메끈으로 칭칭 감아맸다. 벌써 오늘이 나흘째다. 이백리가 넘는 길을 사흘 동안 걸었고 오늘은 앞으로 칠십 리를 더 걸어야 한다.

"먼길을 걸어오신 것 같은데 신발이 성해야 앞으로 더 가실 게 아니시이껴?"

정원이 등뒤에서 노인은 조심스럽게 말하고 있었다.

"시상이 여간 힘들어야제요. 아직도 여기저기 난리는 끈치잖고 토벌대들이 화적패를 찾아댕긴다드구만요."

정원은 더 이상 그대로 있을 수 없어 돌아서 노인을 쳐다봤다.

"어르신네요. 지는 마님이 아니고 그냥 농사꾼 아낙이시더."

"괜찮으시더. 마님은 얼굴이 참 고우시이더."

"………"

"마님 겉은 사람들이 며칠에 한 번씩은 강을 건네가시니더."

"………"

"자, 이 신을 가져 가시이소."

노인은 짚신 두 짝을 두 손으로 공손히 내미는 것이었다.

정원은 그 신을 받았다.

"늦기 전에 얼른 가시이소."

노인은 손짓을 하며 다 알고 있다는 듯 재촉을 했다.

정원은 아이들을 데리고 모래밭길을 걸었다. 등에 업힌 이금이가 무슨 일인지 까르르 웃는다. 나루치 노인한테 얻은 짚신 때문인지 발걸음이 한결 가벼웠다.

모래강변을 걸어나와 끝없이 펼쳐진 사이사이로 남새밭이 푸른 바닥밭 둑길을 지나자 나락이 패오른 다락논이 층층이 진 가장자리로 한티재 오르막길이 나 있었다.

이금이는 지난 이월에 첫돌을 지나 아장걸음을 걷지만 이런 먼길은 엄두도 못낸다. 가끔 이석이가 정원이 대신 얼마쯤 업어준 것밖에는 줄곧 정원이 등에 매달려 왔다.

고갯길 오르기가 힘겹다. 올해 아홉 살짜리 이석은 오래비 노릇하느라 이순이 손을 잡고 열심히 앞장서서 걷는다.

정원은 발을 멈추고 잠시 돌아봤다. 강가에 나루치 노인이 동그만이 앉아 이쪽을 보고 있었다. 정원은 잘 알아보지 못하지만 고개를 숙여 공손히 절을 했다.

강건너 멀리는 안동 읍내가 한눈에 들어와 보였다. 한가운데 산 밑으로 까만 기와지붕들이 반짝이고 양쪽 가장자리로 작은 초가집들이 흩어져 있었고, 저만치 강물 기슭에 단청빛이 바래어진 영호루가 우뚝 서 있었다.

아침에 읍내 밥집에서 국밥 한 그릇씩을 먹은 때문인지 이석과 이순이 발걸음에 힘이 나 있었다. 잿마루에 닿자 모두한테 땀이 홍

건이 흘렀다.

"석아, 이금이 데리고 여기 좀 쉬고 있어라."

정원이는 이금이를 내려 소나무 그늘에 앉히고 이석과 이순이한 테 보살피게 했다. 정원은 저만큼 뻗어나간 칡넝쿨을 보고 그리로 갔다. 뾰죽하게 날이 선 돌을 주워 칡넝쿨의 질긴 쪽을 잘라 반 가 닥으로 쪼개었다. 정원은 나루치 노인이 준 짚신은 칡넝쿨에 꿰어 허리에 단단히 차고, 신고 있는 신은 그대로 칡넝쿨 들메끈으로 칭 칭 동여맸다.

일이 끝나자 정원은 다박솔 그늘에 몸을 기대고 주저앉았다.

'시상이 여간 힘들어야제요. 아직도 여기저기 난리는 끈치잖고 토 벌대들이 화적패를 찾아댕긴다드구만요.'

나루치 노인이 하던 말이 귀에 쟁쟁 남았다.

'마님 겉은 사람들이 며칠에 한 번씩은 강을 건너가시더.'

그러고 보니 나루치 노인은 다 알고 있었던 것이다. 정원이네가 지금 그 토벌대한테 쫓겨 이리로 달아나고 있다는 것을 훤히 알고 있었던 게 틀림없었다. 나루치 노인이 평생 나룻배를 저으며 터득 한 감각이다. 경험이라는 것은 그만큼 무서웠다.

정원은 소나무 밑에 앉아 울었다. 나흘 전에 남편의 시체를 묻어 놓고도 울지 못했던 것인데 나루치 노인의 말 한 마디로 정원은 눈 물을 흘릴 수 있는 기회를 얻은 것이다.

잿마루에 이석과 이금이와 함께 앉아 쉬고 있는 이순은 연신 이 마에서 흘러내리는 땀을 훔쳐내며 멀리 바라보니 강과 산이 있고 그 산너머에 또 산이 있다. 나흘 전까지 살았던 이순이네 집 순흥 가래실은 어디쯤일까? 흙속에 꽁꽁 묻어버리고 온 그 아배는 정말 죽어버렸고 흙속에서 영영 나오지 못하는 것일까?

이순은 아배가 그리워졌다.

아배 건재는 아주 깨끗한 것을 좋아해서 평생 가난하게 살아야 했다. 건재는 농사꾼도 아니고 선비도 아니었다. 아니 농사꾼이면서 선비처럼 글을 읽었기 때문에 이쪽저쪽 모두가 성실하지 못했다.

건재는 삼대독자였다. 그래서 가까운 일가친척도 없었다. 순흥 가래실 외딴 골짜기에 초가집 오두막을 짓고 네 식구가 다소곳하게 살았다. 소백산 골짜기는 물이 맑고 울창한 소나무 숲이 사람의 마음을 따사롭게 했다.

이순의 머리 속에 아배 모습이 둥둥 떠오른다. 핏기 없는 얼굴에 알맞게 자란 구레나룻이 참 쓸쓸한 아배 모습이었다. 아배는 꼬끌 불을 싫어했다. 방안이 까맣게 그으른다고 피마자기름이나 산초기름으로 불을 밝혔다. 아배는 가을이면 손수 숲을 다니며 반쯤 벌어진 산초열매를 따 모았다. 집 둘레엔 키 큰 아주까리를 심고 밭둑엔 들깨를 촘촘히 심어 질병마다 기름을 가득가득 짜두었다. 기름은 불을 밝히는 데 쓰기도 했지만 산나물을 덖는 데도 쓰고 약으로도 썼다.

아배는 짚으로 동그랗게 방석깔개를 엮어 디딤돌에 얹어 놓고 하얀 버선발을 되도록 더럽히지 않으려 했다.

"안사람하고 옹기그릇은 언지라도 깨끗게 해야제."

그러는 아배 때문에 어매 정원이는 빨래감이 줄어들어 수월할 때도 있었지만 힘들 때가 많았다. 장독대는 항시 기름을 발라놓은 듯이 반질거려야 하고 어매 쪽진 머리밑에 동정이 언제나 하얘야만 했다.

아배의 나뭇짐은 이웃집 아바이들한테 대면 엉성하고 초라했다. 그래서 방안은 달달 떨리도록 추웠다. 군불 한 번 마음놓고 지필 수 없었기 때문이다.

아배는 이순이 남매를 끔찍히 사랑했다. 이순이 머리를 어매보다 아배가 더 많이 빗겨줬다. 귀만머리도 땋고 주취 뿌리를 캐 와서 어매한테 시켜 자주색 물감을 들여 댕기를 접기도 했다. 그러나 아배는 결코 자식들에게 실컷 먹여주지도 못했고 절절 끓는 방안에 느러지게 재워주지도 못했다.

아배는 몸이 몹시 약했다. 소백산 골짜기는 오랫동안 의병대들이 숨어다니며 싸우는 전쟁터였다. 동학난리부터 을미년 난리를 거치면서 산천에서 목숨을 잃은 젊은이도 많았다. 여기서도 의병을 의병이라 말하지 못하고 빤란구이(반란군)라 했다. 관군 수비대는 총포를 가지고 다니며 의병을 쏘아 죽이고 잡아갔다.

정유년(1897년)이 지나고 이순이 태어나던 무술년(1898년)이 되면서 많은 의병들이 죽어가고 더러는 항복을 했다. 만주로 옮겨가는 의병부대도 많았고 이러지도 저러지도 못한 의병들은 태백산 소백산 깊은 골짜기에 남았다.

빤란구이라고 했던 의병들이 세월이 지나면서 화적패가 되었다. 의병에서 활빈당으로 탈바꿈한 그들은 부자집 재산을 훔쳐다가 가난한 백성들에게 나눠주고 다녔기 때문이다. 하지만 가난한 백성들 집에서 활빈당들이 주고 간 곡식이나 돈을 잘못하여 들키게 되면 받았던 것은 도로 빼앗기고 끌려가서 모진 매를 맞았다. 활빈당들은 그걸 알자 이번에는 훔친 물건을 장터나 길바닥 같은 사람들이 많이 지나다니는 곳에 그냥 흩어놓고 달아났다. 그러나 그것도 실패만 했다. 그렇게 버려진 물건을 주워왔다가 또 곤욕을 치른 사람이 생기자 겁이 나서 아무도 가져오는 사람이 없었기 때문이다. 가난한 백성들을 구제하는 일은 활빈당이 할 수 있는 일이 아니었다.

결국 활빈당들은 소백산이나 태백산 깊은 산속으로 숨어들어가 큰일을 계획하며 앞날을 기다리는 수밖에 없었다. 그러나 깊은 산속에서는 먹을 것이 없어 마을로 내려가 양식을 훔쳐야만 했다. 이래서 활빈당은 화적패가 되어버린 것이다.

이런 화적패를 잡으러 다니는 관군들을 토벌대라 했다. 토벌대들은 화적패를 찾아 가래실 골짜기에도 들어왔다. 화적들과 토벌대는 서로 쫓으며 쫓기며 마주치면 총을 쏘며 싸우기도 했다.

가끔 가다가 화적패들이 가래실 이금이네 살고 있는 외딴 마을에 와서 물을 얻어마시고 찬밥이 있으면 얻어먹었다. 이순이가 본 화적패들은 참 더러웠다. 옷도 더럽고 얼굴도 더럽고 머리도 더러웠다. 그런 화적패들한테 아배 어매는 무엇 때문인지 먼 데서 온 손님처럼 반겨줬다. 어매 정원이는 있는 대로 먹을 것을 차려주고 아배는 삼아놓은 미투리를 껴내줬다.

아배 건재와 화적패들은 서로 이야기를 주고 받았다.

"임자들은 이렇게 떠돌아 댕기고 고향집 소식이라도 더러 듣는가요?"

"고향집이야 벌써 딴 데로 떠났겠지요. 아무도 고향 소식 같은 건 모르니더."

"그럼, 언제꺼지 이런 고생을 하고 댕길 낀가요?"

"세상 바로 잡히지 않으마 평생 이러고 댕겨야지 어찌겠니껴. 우리 겉은 천한 것은 이게 팔잔 걸 도리가 없제요."

"봉기에 앞장섰던 양반 선비들은 진작에 물러나서 살고 있다던데
……"

"그런 양반님들이야 제 살 궁리로 한번 일어났다가 움추리고 들
어간 거지요. 그런 양반들은 제집 재산 지키고 제자리만 튼튼히 지
키마 되니까요. 우리 겉은 백성들이야 어찌겠소. 올바른 세상 될 때
까지 이렇게 숨어댕기는 거제요."

화적패들 속에는 갑오년 난리 때 농민군으로 싸우던 이도 있었고
을미년 난리 때 의병도 있었다. 오십이 넘은 늙은이도 있고 스무
살 젊은이도 있었다. 그들은 일껏 양반 유생들의 봉기에 힘을 얻어
집과 처자식과 부모를 버리고 따라나선 용감한 백성들이었는데, 지
금은 나라에 역적이 되어 앞뒤로 쫓기는 화적패 신세가 되어버린
것이다.

토벌대들이 몰려와 가래실 외딴집을 불지른 건 칠월 중순이었다.
그전날 십리 바깥 동네에서 도둑이 들어와 소 두 마리와 양식을 훔
쳐 달아나자 주인대감은 틀림없는 화적패 짓이라고 관아에다 통고
를 했던 것이다. 그 도둑들이 가래실쪽으로 달아났다는 소문이 나
자 토벌대들이 몰려와 골짜기에 띄엄띄엄 있는 초가집 다섯 채를
차례로 불지르고 남정네를 모두 끌고 갔다. 아랫집 곰보 할배와 웃
집 키 큰 선바우네 아배와 이순이네 아배 건재는 똥구멍에서 피가
흘러나오도록 두들겨 맞고 간신히 집으로 돌아왔다.

하지만 졸지에 집을 잃은 식구들은 모두 정신을 잃은 채 겁에 질
려 있었다.

이순이 어매 정원이는 겨우 정신을 차려 불탄 자리에 거적을 깔
고 남편을 뉘였다. 그러나 남편은 이틀 동안 계속 피를 흘렸다. 아

무엇도 먹지 못하고 물만 몇 모금 받아마시며 점점 기운을 잃어갔다. 결국 살아나지 못하고 사흘 만에 숨을 거두고 말았다.

아배는 숨을 거두면서 어매한테 간신히 말했다.

"아이들 데리고 장모님한테나 가게나. 의지할 덴 거기밖이 없잖소."

아배가 죽었는데도 어매 정원이는 울지도 못했다. 사람은 너무 기맥힌 일을 당하면 눈물도 나지 않는 모양이다.

다행히 곰보 할배와 선바우네 아배는 기운을 차렸고 채순이네 아배와 성기네 아배하고 힘을 모아 죽은 이순이 아배를 구석진 양지바른 곳에 평장으로 묻었다.

그러고 나서 사람들은 모두 가래실을 떠나기로 했다. 함께 이웃하며 평생을 살아온 사람들이니 헤어지는 것도 슬펐지만 그렇게 슬퍼할 경황도 없었다.

곰보 할배와 다른 집 아배들이 우선 질기게 미투리를 삼았다. 그걸 한 켤레씩 나눠 신고 신들메를 단단히 묶었다. 요행히 갈무리했던 엽전을 꺼내어 서로서로 똑같이 나누었다. 모두가 밤을 타서 가래실을 떠났다.

"내중에 세상 좋아지거든 다시 이리로 모예 사이시더"

선바우네 어매가 찔끔대며 말했다.

"그러믄요. 다시 와서 살아야제요. 오고 말고지요."

곰보 할배가 역시 코맨 목소리로 한마디 했다. 모두가 헤어지더라도 건강하게 죽지 말고 살자고 다짐을 했다.

이렇게 해서 기약도 없이 가래실 사람들은 뿔뿔이 헤어진 것이다.

이순이네가 삼밭골 외갓집에 다다른 것은 이날 저녁 늦게였다. 섶밭밑 복남이는 서억이와 저녁을 일찍 먹고 마당에 멍석을 깔고 삼을 삼고 있었다. 서억은 모깃불을 피우며 밤하늘에 총총하게 눈부신 별을 쳐다보고 있었다.

그때 건너집 수동댁 마당에서 아낙네 울음소리가 들려왔다. 사람소리로 웅성거리고 계집애 울음소리도 났다. 어머니와 아들은 잠시 건너집에서 들리는 소리에 귀기울이며 무언가 심상치 않은 일이 일어나고 있는 것을 눈치챘다.

"어매, 할매네 집에 누가 왔는갑제."

"글쎄다. 멀리 순흥에 딸이 있다디이 거기서 왔는지 모르제."

울음소리는 잠시 뒤에 그치고 본래대로 조용해졌다.

이튿날 아침, 서억이 개울에 나가보니 낯선 애 둘이 먼저 나와 낯을 씻고 있었다. 얼굴이 가무잡잡한 작은 계집아이는 서억이 나타나자 얼른 오라배 등뒤로 숨었다. 숨어서 빼꼼히 쳐다보는 계집아이 눈이 서억이 눈과 마주쳤다. 계집아이는 재빨리 얼굴을 감추었다. 그리고 오라배 손을 끌고 조그맣게 속삭였다.

"오라배, 그만 들어가자."

서억이 키만큼 홀쭉 큰 머슴애는 동생의 손에 이끌려 가다가 서억을 보고 정답게 한 번 웃었다.

서억은 집에 돌아와 어매 복남이한테 개울에서 만났던 아이들 얘기를 했다.

"할매 외손자들인갑다. 딸이 친정 온 게 맞는가 보제."

수동댁 딸이 남편을 잃고 올 데 갈 데 없어 친청에 왔다는 소문은 온 삼밭골 골짜기로 퍼져나갔다. 쉰다섯 살의 과부한테 스물아홉 살의 과부딸이 더부살이하러 온 건 커다란 얘기거리였다. 그 에미에 그 딸이라고 소문은 조그만 꼬투리만 잡히면 곁가지에 곁가지를 쳐서 무성하게 부풀려져 나갔다.

이런 소문이야 어쨌거나 수동댁 모녀의 팔자는 기구했다.

이석이네 외조모 수동댁이 삼밭골에 온 것은 이태 전이었다. 아틈실 건너편 갯밭이 집하고 한꺼번에 큰물에 쓸려가버리자 꼽추 아들 내외를 데리고 살 곳을 찾아온 것이 지금 있는 언덕배기 초가오두막이었다. 삼밭골서 마름질을 하는 정서방이 따비밭 두어 마지기 얻어줘서 그나마 살 자리를 잡은 것이다. 수동댁은 시집와서 삼남매를 낳았지만 아들 하나는 일찍 죽고 하나 남은 아들은 아홉 살 때 등뼈를 다쳐 꼽사등이 되었다. 노점을 앓던 남편은 아들이 죽은 지 석달 만에 저 세상으로 갔다. 꼽추 아들은 스물이 훨씬 넘어 벙어리 처녀와 혼인을 해서 십 년이 되었는데도 아직 자식이 없다.

수동댁 자신은 십 남매 가운데 오라배들만 아홉이고 막내로 태어나 온 집안의 귀염을 받으며 자랐지만 부모네가 죽은 뒤 가세가 기울어들며 고생길로 들었다. 아홉 오라배들 밑에서 선머슴애처럼 자란 탓인지 어려운 고생을 꿋꿋이 견디는 데 일찍부터 길들여져 여태 남정네처럼 드세게 살았다. 남편이 죽고 아들이 죽어도 눈물 한 방울 내비치지 않아서 모두들 독한 여편네라고 혀를 내둘렀다.

정원이가 먼길을 걸어 찾아오던 날 밤에도 딸이 어매 손은 붙잡고 통곡을 해도 그냥 담담할 뿐이었다.

"에미야, 걱정 마라. 산 입에 거무줄 안 친다. 니 오래비캉 내캉 같이 살만 된다."

수동댁은 한 마디 그렇게 말했을 뿐이다. 꼽추 오라배도 벙어리

올캐형님도 안심하라는 마음으로 잔잔하게 웃어주기만 했다. 정원은 친정집의 따뜻한 분위기에 마음을 놓고 가래실 골짜기에서 일어났던 엄청난 사건의 두려움에서 조금씩 벗어났다.

그리고 정원이가 친정집에서 마음을 잡고 살아가는데 큰 힘이 된 건 건너집 서억이 모자였다. 복남이는 정원이보다 한 살 아래였다. 비슷한 처지의 두 청상과부는 쉽게 가까워질 수 있었고 서로 아픈 곳을 달래주는 길동무가 되었다.

스무 살의 나이로 남편을 잃고 살아가는 복남이에 대면 정원은 기막힌 슬픔조차 내색할 수 없었다. 복남이는 그만큼 힘든 인생을 살아온 스승처럼 우러러보였다. 정원은 친정집으로 온 것이 무척 다행했고 이런 이웃이 있다는 것도 하늘의 도움인 것 같았다.

둘은 부지런히 길쌈을 했다. 멀리 하회나 현마실까지 가서 수나 이감을 얻어왔다. 복남이는 지출이 삼베 열두 새까지 해내는 길쌈꾼이었다. 정원이 솜씨도 따라가기가 힘들었다.

수동댁은 둘이서 금방 친하게 된 것이 참으로 대견스러웠다. 그 것만 아니었다. 여태 외톨이로 자란 서억이와 이석은 처음부터 아 삼륙이었다. 둘은 단짝이 되어 어디 가나 함께 다녔다. 오라배들이 다니는 곳에 이순이도 갈 수 있는 곳은 한사코 따라다녔다. 동생이 없던 서억은 이순에게 홈빡 빠져 들었다. 이순이가 하고 싶어하는 일은 무엇이든지 다 들어줄 것처럼 서억은 이석이 샘을 낼 만큼 귀여워했다.

동갑내기 두 머슴애들은 장난꾸러기면서도 엄연히 한 집안의 맏아들 노릇도 잘했다. 둘은 생김새도 비슷했고 성격도 닮았다. 조금 다른 것은 서억이 이석보다 무슨 일이든지 잘 앞장섰다. 싸리꼬챙이를 다듬어 먹물을 찍어 글씨를 익히고 글경이나 통발을 만들어 고기도 잡았다. 글씨 쓰는 건 서억이 더 잘 썼고 통발 만드는 건 이석이 솜씨가 훨씬 더 좋았다.

폭풍이 치고 억수비가 쏟아져도 날씨가 개이면 만물은 다시 햇빛을 받아 고개를 들고 잎을 피우고 꽃봉오리를 맺듯이 사람들도 마찬가지다. 살아 있는 것은 그렇게 또 살아갈 수밖에 없는 것이다.

수동댁은 식구가 늘어난 만큼 걱정도 늘어났다. 마름질하는 정씨한테 찾아가 밭뙈기 하나라도 얻어보려고 했지만 가을걷이가 끝난 다음에 보자고 한다.

그런데 그것이 운명인지도 모른다. 이릿재로 가는 길목에서 주막을 하던 땅돌네라는 주모가 갑자기 죽은 것이다. 자식내이를 못했던 불쌍한 땅돌네는 오십 평생을 온갖 수모를 견디며 살아왔다. 너무도 억세어서 별명이 땅돌네였다. 수없이 지분대는 남정네를 따돌리기 위해서는 바위처럼 억세지 않으면 안 된다. 그래서 땅에 박힌 돌처럼 굳어버렸다고 땅돌네가 된 것이다.

그런 땅돌네를 더욱 괴롭힌 건 친정 동생들이었다. 처음엔 아쉬워 몇 번 돈푼이나 얻어갔는데 그것이 한두 번으로 그치지 않고 둘 남동생은 시샘을 하듯이 번갈아 찾아와 불쌍한 누님의 눈물겨운 주머니를 훑어갔다. 화를 내고 쫓아도 보고 울면서 애걸을 해도 어떤 평계를 대어서도 돈을 긁어갔다.

그런 땅돌네가 이젠 쉰 살을 넘긴 나인데 갑자기 죽었다는 것이다. 그 전날까지도 술손님을 시중들던 땅돌네가 이튿날 아침 잠자리에서 일어나지 못한 채 죽어 있었다. 허무하고 안타까운 인생이었다.

땅돌네를 장사지내고 나자 친정 동생 둘은 기다렸다는 듯이 주막을 팔려고 내놓았다. 살 사람이 선뜻 나설까 싶었는데 여기저기서 값을 물어오는 사람이 줄을 잇듯 했다. 뜻밖이었다. 하지만 모두가 헐값에 넘겨받을까 하는 속셈으로 오는 이가 대부분이었다.

수동댁은 서둘러야 되겠다는 생각이 들자 마냥 앉아 있을 수 없었다. 주막을 찾아가서 단판을 지었다. 명주 한 필과 무명 두 필, 그리고 수동댁은 은비녀까지 뽑아주고 집문서를 건네받았다. 무명한 필은 건너집 서억이 어매 복남이가 짜놓은 걸 꿔다 보탠 것이다.

수동댁은 정원이와 아들 내외와 그리고 건너집 서억이 어매 복남이까지 불러놓고 이야기했다.

"내 말 명심코 들어라. 옛날 순임금도 어려불 땐 독장사를 했단다. 서억이네 어매도 힘 모자랄 때는 거들어야 하니더."

복남이는 웃으며 고개를 숙였다. 과부 사정은 동무 과부가 안다.

"걱정 마시소. 이석이 어매하고 같이 거들제요."

주막 앞으로 지나가는 길손은 그리 많지 않았다. 멀리 강원도에서 약초를 짊어지고 대구 약장터로 팔러 가는 등짐장수들이 많았고 안평장으로 가는 소장수들, 소금장수들이었다. 겨울이면 무삼으로 굵게 짠 삼포 중우적삼을 겹겹이 껴입고 덜덜 떨며 조짚으로 엮은 섬에다 매끄럽게 말린 약초를 차곡차곡 담아 다섯씩 열씩 무리를 지어 다녔다. 산길에 떼강도라도 만나면 가진 물건이나 돈은 물론 목숨까지 잃기 때문에 항시 힘센 장정들만 여럿이 길을 나서는 것이었다.

한티재를 넘어 봉놋방이 있는 일직에서 자고 이릿재를 넘어 사구지미를 지나 안평으로 가는 도부꾼들은 수동댁 주막에선 그냥 잠깐 쉬어서만 갔다.

수동댁 주막은 그래서 장날이면 흥청대지만 무신날은 한가로왔다. 쉰다섯 살 나이여서 수동댁은 아직 거뜬거뜬 날래게 손님대접을 잘했다. 얼굴에 약간 마마자국이 나 있는 수동댁은 훤칠하게 큰 키에 어깨도 벌어져 겉보기도 흡사 남정네 같았다.

처음 몇 번은 벙어리 며느리 채숙한테 부엌 설거지를 시키더니 나드는 남정네들이 능청스레 지분대는 걸 보고는 아예 혼자서 도맡아 했다. 땔나무 같은 것은 아들 봉원이가 소등으로 실어다 줬다.

"어매 혼자서 힘들 낀데 어짜노?"

정원이가 걱정을 하면 수동댁은 팔을 크게 내저었다.

"아서라. 이서방 상이라도 나고 이금이 키워 놓고 그때는 니가 나서면 된다."

사람 살 곳은 골골마다 있다고 했던가? 정원이네 네 식구 더부살이는 이렇게 버겁지 않게 시작되었다. 꼽추 오라배 봉원이도 채숙이도 아기가 없어 이석이 삼남매를 잘 보살펴 줬다.

쑥부쟁이가 보라빛 꽃을 피우고 붉나무 잎이 빨갛게 물드는 가을이 왔다. 서리가 내리고 가을새들이 북에서 날아왔다. 기러기들이 우는 밤이면 정원이는 가래실 생각을 하고 남편 건재 생각을 했다. 베갯잇이 젖도록 눈물을 흘리고 나면 아프던 가슴이 조금은 풀리는 것 같았다.

'석이아배요, 석이아배요……'

정원은 입 속으로만 힘들게 힘들게 불러 보았다.

이석은 아예 복남이네 건넌방에서 서억이하고 같이 잤다. 함께 싸리꼬챙이로 글씨도 쓰고 팽이도 만들고 자치기도 했다. 외숙부 봉원이는 서억이와 이석에게 똑같이 지게를 다듬어 줬다. 둘은 지게를 지고 산에 나무하러도 갔다. 들로 나가 일을 거들 때나 놀러 다닐 때도 줄곧 붙어 다니느라 동네 다른 애들과는 어울리지 않았다.

대신 이순은 소꿉동무 계집애들과 잘 어울렸다. 최서방네 딸 귀돌이와 분옥이가 이순의 친한 동무가 되는 건 쉬웠다. 맏딸 귀돌이는 여덟 살, 동생 분옥이는 이순과 동갑이었다. 귀돌이네는 어매가 없었다. 분옥이가 갓난애기 때 병을 얻어 죽었다. 최서방은 진작 후처장가를 가려 했지만 마땅한 데가 없었는데 다행히 늙은 노모가 살림을 살아주고 두 손녀딸을 키워 주었다. 그런데 그 노모마저 지난 봄에 저 세상으로 떠나버려 지금은 구질구질한 홀애비꼴이 말이 아니었다.

귀돌이는 두 볼에 보조개가 생기는 예쁜 계집애였다. 여덟 살인데도 불콩을 까넣고 콩밥을 지었다. 아바이 중우 적삼도 빨고 분옥이 옷까지 빨았다. 귀때기가 떨어져 나간 방티에다 어설프게 빨랫감을 이고 동생 분옥이와 냇가로 가면 이순이도 그걸 흉내내어 빨래를 하러 갔다.

귀돌이는 예쁜 얼굴을 가졌는데도 좀처럼 웃지 않았다. 말수도 적고 동네 사람들 앞에서 언제나 고개를 숙이고 다녔다. 어린 것이 지나치게 올되어 가는 것을 보고 동네 여자들은 가엾게 보면서도 한쪽으로는 밉깔지게 여겼다.

"지집아가 팔자지. 저래서 에미도 일찍 죽고 할미마저 죽은 거제."

정말 여덟 살밖에 안 되는 귀돌이 작은 몸집에 십 년이나 더 큰 어른이 들어 있는 것 같았다.

그런데 그 가엾은 귀돌이한테 계모가 들어온 것이다. 콩밭이 누렇게 익어가던 어느 장날, 아배 최서방은 소문도 없이 이녁보다 두 살이나 더 먹은 과부를 데리고 왔다. 귀돌이는 새어매 눈이 너무 작다고 생각했다. 그리고 그 작은 눈이 예사롭지 않게 에미 없이 자란 두 딸을 매섭게 흘겨보는 것을 금방 알아차렸다.

새어매 숨실댁은 아홉 딸 가운데서 일곱 번째로 태어났다. 태어나지 말아야 할 계집애가 일곱이나 줄줄이 태어났으니 어떻겠는가? 아예 죽으라고 탯줄도 자르지 않은 채 밀어뒀는데 하루가 지나도록 죽지 않았다. 숨실댁도 역시 갓난아기 때부터 모진 목숨을 이어온 조선의 딸 가운데 하나였다. 열다섯에 시집가서 삼년 만에 소박을 맞았다. 시어마씨 머리끄댕이를 잡고 늘어졌던 게 결국 쫓겨나는 몸이 된 것이다.

숨실댁은 친정에도 들여주지 않아 십 년이 넘도록 떠돌아다녔다. 남의 집 정지중넘이 노릇도 하고 주막집 허드렛일도 했다. 그러다가 어느 홀애비 늙은이한테 훗살이를 갔는데 오 년을 살고 영감이 죽어버렸다.

이런 숨실댁이 하필이면 귀돌이네 계모로 들어온 것이다. 온갖 세상풍파를 겪으며 거칠어질 대로 거칠어진 숨실댁은 이제야 겨우 앉을 자리에 앉은 것인데 그 동안 쌓인 설음을 제대로 풀어내지 못하고 어린 귀돌이한테 앙갚음처럼 되어버린 것이다. 한 가지 다행한 것은 숨실댁이 집안 살림을 아주 매뜻게 해나가는 거였다. 들어오던 다음날부터 소매를 걷어부치고 방설겆이, 마당설겆이, 집안 구석구석을 쓸고 닦았다. 어른스럽던 귀돌이가 다시 어린애로 돌아갈 수 있었지만 수그러진 고개는 더 수그러졌다. 숨실댁은 전실 딸 둘을 몰아부치며 못된 계모노릇을 톡톡히 하기 시작했다.

귀돌이와 분옥이는 아배 밥상머리에서 부엌바닥으로 쫓겨나 쪼그리고 앉아 밥을 먹어야 했다. 아배 빨랫감은 새어머니가 맡아 했지만 둘 옷은 이전대로 귀돌이가 빨았다. 아배 최서방은 숨실댁한테 빠져들어 이녁 자식새끼가 구박받는 것도 보이지 않았다.

귀돌이는 저보다 두 살이나 아래인 이순이한테 서러운 마음을 하소연했다.

"이순아, 니는 아배 대신 어매가 살으니 좋제? 나도 아배가 죽고 어매가 살았으마 얼매나 좋을꼬."

"………"

이순은 어매가 살아 있는 것이 귀돌이한테 미안했다. 귀돌이를 달래줄 어떤 말도 생각나지 않았다.

어둡고 서러운 시절엔 아이들의 이런 눈물을 닦아줄 아무것도 없었다.

3

산골 농사꾼 머슴애들은 누구나 여남 살만 되면 지게를 지고 나무하고 망태를 메고 꼴을 벴다. 돌음바우골 장득이는 올진 열두 살인데도 아직 키가 작아 열 살도 안돼 보인다. 하지만 이번 겨울부터 장득이도 아배를 따라 산으로 갔다.

나뭇길은 십리가 넘었다. 이릿재쪽으로도 가고 큰 평지나 신정골로도 갔다.

조석은 맏아들인 장득이를 앞세우고 나뭇길을 걷는 것만 해도 자랑스러웠다. 장득이가 나무를 부지런히 하든 말든 그냥 앞세워 데리고 다니는 것으로 즐거웠다. 작은 지게 위에 어설프게 제손으로 모은 나뭇가지를 얹어 지고 가는 것도 귀여웠고 아배 흉내를 내어 한 자닥 한 자닥 나무를 모으는 모습도 대견스러웠다.

십리길이 훨씬 넘는 나뭇길을 하루 한 번씩 조석 부자는 겨울 동안 오르내렸다. 가랑비에도 옷이 젖는다고 장득이가 작은 지게에 날라온 나무도 제법 살림에 보탬이 되었다.

분들네는 요즈막 좋은 일이 많이 생겨 절로 신바람이 났다. 지난 여름 아들 하나 낳고 배냇소를 키워 얻은 송아지가 무럭무럭 자라고 있다. 그보다도 분들네의 가장 기쁜 일은 먹뱅이서 머슴살이하는 동생 기태를 장가들이게 된 것이다. 각시는 안동 읍내 김진사댁 종년이지만 심덕이 고와서 더할 나위 없는 색시감이라고 했다.

김진사댁 종년 사월이 본래 이름은 실경이다. 거푸거푸 낳은 자식이 죽기만 하니까 광주리에 담아 실경(시렁)에 올려놓아 살아난 아이여서 실경이라 부른 것이다. 실경이는 아홉 살 때 동생 주남이하고 같이 진사님댁으로 종살이로 들어갔다. 분들네 남매와 비슷하게 졸지에 부모를 잃었기 때문이다. 실경이는 열아홉 살이나 되는 큰애기였다. 본래는 삼 년 전부터 기태하고 혼인얘기가 있었지만 실경이 몸값 때문에 여태 미뤄진 것이다. 지난 갑오년에 종문서가 모두 없어졌지만 사삿집끼리 법을 무시하고 종은 그대로 사기도 하고 팔기도 했다.

실경이 몸값은 상평통보 엽전으로 허리반이었다. 허리반이란 엽전을 꿴 길이가 장정 허리로 한 바퀴 반이 되어야 한다는 것이다. 분들네는 이 엽전 길이를 채우면서 얼마나 울었는지 모른다.

'그놈의 진사 벼슬이 뭔데 사람을 종으로 사고 판다노. 김진사란 어느 쩍에 진사였는지도 모리면서 안죽도 진사님인가? 애구 애구 우리 기태 십년 머슴살이 새경돈을 몽땅 바치라니, 세도 부리는 양반네야 말로 도둑놈이제.'

그러나 조석이 오줌분지에 담가 뒀던 닥껍질을 쇠죽솥에 삶아서 촘촘하게 꼰 노끈으로 그 동안 단지 안에 모아 뒀던 엽전을 정성껏 꿰었다. 분들네는 그 엽전 꿰미만큼 길게 무명으로 전대를 만들었다. 첫닭이 울자 조석은 처남인 기태를 앞세워 길을 떠났다. 기태의 키는 조석의 머리상투가 겨우 어깨에 닿을 만큼 껑충했다. 그 기태의 허리에 감긴 엽전이 제법 묵직했지만 발걸음은 훨훨 날아갈 듯 가벼웠다.

　한티재 꼭대배기에 오르자 동산에서 해가 솟아올랐다. 둘은 마루턱에 앉아 콩고물에 묻힌 조밥덩어리를 꺼내어 아침요기를 했다. 조석은 목이 맥혀 잘 넘어가지 않는데 기태는 꿀꺽꿀꺽 잘도 먹어대었다.

　김진사님댁에 닿은 건 아침 진지상을 금방 치운 다음이었다. 둘은 행랑채 앞에서 서 있고 집사가 나와서 기태 허리에서 풀어낸 전대꾸러미만 받아 사랑채로 갔다.

　다리가 뻐쩡다리가 될 듯이 꽤 오랜 시간이 지나서야 깜둥치마에 옥색 저고리를 어설프게 입은 실경이 나타났다. 나이 좀 들어보이는 정지어매가 따라나오고 눈에 물기를 가득 먹은 소년이 따라나왔다.

　"주남아, 누부야 가거든 얼른 돈을 모돠가주 니 데불러 올꾸매이. 쪼매만 참아래이."

　실경이는 주남이 손을 잡고 흐느껴 운다. 주남이 손을 잡은 실경이 손등이 두꺼비 등처럼 거칠게 터져 있었다. 열여섯 살의 소년 주남이는 매형이 될 남자를 물끄러미 쳐다봤다. 약간은 원망스러워 하면서도 이제부터 누나의 보호자이자 한 식구가 된다는 미더움이 어린 눈빛이었다. 이 남자는 누나의 남편이자 누나를 종의 몸에서 풀어준 고마운 은인이기도 했다.

남매가 이별하는 시간은 조금 길어졌다. 실경이는 십 년 동안 종 살이를 해 온 진사님댁을 뒤로 하고 기태와 조석의 뒤를 따라 걸음을 재촉했다. 주남이가 낙동강 나루터까지 따라왔다.

나룻배를 타면서 실경이는 자꾸 울고 거푸거푸 뒤를 돌아봤다. 주남이는 용하게도 그냥 서서 바라보기만 했다. 사내대장부여서 참고 있는지 주남은 고맙게 더는 울지 않았다. 한티재를 오르는 좁은 골짜기 비탈길을 오르면서 산자락이 가리워지자 뒤를 돌아봐도 주남이 모습은 볼 수 없었다. 잿마루에 올라가 실경이는 한 번 더 뒤를 돌아보고는 모든 걸 뒤로 남겨두고 종종걸음으로 고갯길을 내려갔다. 이렇게 해서 실경이는 새로운 인생길을 걷게 된 것이다.

십 년 전 어린 주남이의 손을 잡고 걸어오던 이 길을 주남이만 버려두고 서방이 된 기태를 따라가는 것이 목구멍까지 죄스러움이 꽉 차오르는 듯했다. 십 년 전 아홉 살 나이로 여섯 살이 된 주남이와 걷던 길이다. 주남이는 걸으면서 질금질금 울었다. 주남이는 주저앉아 더 이상 걸으려 하지 않아 애를 먹었다. 같이 데리고 가던 국시골 아재도 연신 혀를 차며 안쓰러워했다. 주남이가 주저앉아 울던 곳이 저기쯤이고, 오줌누던 곳은 여기쯤이고, 실경이는 새록새록 그때를 되살리며 자꾸 흘러내리는 눈물을 손등으로 닦았다.

그때는 이 길에 푸른 새싹이 돋아나고 꽃이 피어 있었다. 길섶으로는 냉이꽃과 말똥굴레가 피고 산자락으로는 이밥꽃과 아그배꽃이 피었다. 솜다리꽃도 피고 애기똥풀도 양지꽃도 제비꽃도 폈다.

한티재를 오를 땐 실경이도 기운이 없어 몇 번이고 주저앉고 싶었지. 식은땀이 흐르고 다리가 떨리고 유난히도 푸근했던 햇살이 눈앞을 어지럽혔지. 국시골 아재는 "이자 다 와 간다. 쪼매만 참어래이, 쪼매만⋯⋯." 그러면서 주남이 등을 두들겨주고 실경이 어깨를 쓸어줬지. 실경이는 눈물을 글썽이고 몹시 헐떡거리며 고갯길을 걸었고, 잿마루에 올라 산구비를 돌자 하얀 모래밭이 바다처럼 펼쳐진 강퍼덕이 보이고, 건너편 산 아래로 길게 넓게 읍내 집들이 보이자 실경이는 두렵고 떨려 가슴이 콩콩 뛰었고⋯⋯. 그렇게 진사님댁 종살이로 들어가던 날이 어제 같은데⋯⋯. 덕택에 보리밥 조밥이지만 굶지 않고, 헌옷가지를 걸쳐도 헐벗지 않았고, 때로는 일이 고달팠지만 주남이와 한지붕 아래 살고 있는 것만 해도 고마웠지. 아배 어매를 먼 저승나라로 먼저 떠나 보낸 실경이 남매는 그렇게 함께 살 수 있었던 것만도 다행이었지⋯⋯.

실경이는 뒤를 돌아봤다. 한티재 저 너머에 주남이는 지금쯤 혼자 떨어져서 어떻게 하고 있을까? 열여섯 살이나 되는 청년이니까 이젠 혼자서 꿋꿋이 견디며 살겠지.

돌음바우골에 닿은 건 행기봉 산꼭대기로 해가 너울거리며 넘어갈 즈음이었다. 동네 아낙네들이 몰려와 기웃거리며 실경이 구경하느라 법석을 떨었다. 한쪽 다리 부러진 데를 칡으로 칭칭 묶은 평상을 놓고 댓잎 솔잎을 꽂고 물을 한 그릇 얹어 혼례식을 올렸다. 족두리도 없이 사모관대도 없이 신랑 각시 맞절을 두어 번 한 것으로 혼례는 금방 끝나고 모여든 아낙네들에게 국수 한 그릇씩 대접했다. 분들네는 그만큼 체면치레를 할 줄 알았다.

아이들은 모두 안방으로 몰아놓고 건넌방을 비웠다. 기태와 실경이 내외는 거기서 첫날밤을 지내고 이튿날 먹뱅이로 떠났다. 머슴살이하는 황부자네 문간방으로 또다시 남의 집살이를 떠나는 것이다. 하지만 팔려가는 종살이가 아니라 새경을 받고 약속한 기한이 차면 마음대로 떠날 수도 있다.

실경이는 부지런히 엽전을 모았다. 시누형님 분들네가 가르쳐 준 대로 바가지 두구미를 벽장 구석에 놓고 생기는 대로 집어넣었다. 그다지 똑똑하지 못한 실경이는 솜씨도 꼼꼼하지 않아 그냥 남의 집 허드렛일을 거들어주고 다듬이질도 했다.

두 해가 되어 두구미가 반 넘게 채워졌다. 그리고 나서 큰 사달이 일어나 가근방 머슴들이 반란을 일으킨 것이다. 을사년에 조선이 일본국에 넘어가자 신돌석 장군을 따라 삼남지방은 또 한번 돌개바람이 일어난 것이다. 죽은 녹두장군이 다시 살아났다고 백성들은 들뜬 마음들이었다. 동학난리만큼 이번에도 수많은 젊은이들이 피를 흘리게 될 것이다.

실경이 뱃속에 애기가 여섯 달째 되었으니 걸음걸이가 쉽지 않았다. 그런 몸으로 실경이는 기태하고 백 리길을 걸어 읍내 진사님댁에 갔다. 이태 동안 자나 깨나 보고 싶던 주남이를 데리러 간 것이다.

하지만 주남이는 없었다. 주남이는 누나가 엽전 꾸러미를 가져오기 전에 제 스스로 뛰쳐나간 것이다. 신돌석 장군님 만세! 조선 임금님 만세! 노비들과 머슴들이 소리소리 만세소리를 드높이 부르며 일월산으로 모여들었다.

실경이는 하늘이 무너지는 듯 놀라고 원통했다. 주남이가 살던 행랑채 봉당 끝에 주저앉아 꺼이꺼이 울었다. 진사님댁 체면 때문에 소리내어 통곡은 못하고 눈물 콧물이 범벅이 되도록 울었다.

정지어매 살금댁이 실경이를 달래었다.

"이보게나 실경이, 굼빙이도 밟으마 꿈찍이는데 주냄이 이적제 참은 것도 용해서 그랬네. 주냄인 지 혼자서 훨훨 날아갔으니 대견코 대견체."

"정지어매, 주남이 살아 돌아올씨껴?"

"그래, 살라꼬 날아갔는데 살아서 오지 그럼 죽어 오겠나?"

"내사 주남이 없이 어예 사니껴? 그 불쌍한 동상 쥑이고 나는 못 사니더."

"안 죽는다. 절대로 안 죽는다. 어서 일나서 박서방 데리고 안으로 들어가 요기 좀 하고 돌아가야제."

정지어매가 차려준 점심을 얻어먹고 기태 내외는 가져갔던 엽전 꾸러미를 도로 가지고 읍내를 떠났다. 정지어매하고 행랑아배는 아까운 돈 도로 가져가게 되어 다행이라 했고, 가서 기대리면 주남이 꼭 살아 돌아올 끼라고 달래주었다.

실경이는 봄에 딸을 낳았다. 눈이 똥그랗게 가무잡잡한 예쁜 아기였다.

돌음바우골 월캐가 되는 분들네가 산바라지를 해줬다.

천지가 뒤흔들리고 난리가 나도 세상에는 아기가 끊임없이 태어났다. 조선의 골짝골짝마다 이렇게 태어나는 아기 때문에 모질게 슬픈 일을 겪으면서도 조선은 망하지 않았다.

그 아기들은 자라서 어매가 되고 아배가 되고 할매, 할배가 되었다.

참꽃이랑 산앵두꽃이 피어나는 들길로 그 애들이 손잡고 노래부르고 있었다.

새야 새야 파랑새야
녹디남게 앉지 마라
녹디꽃이 을어지마
청포장사 울고 가고
묵장사는 웃고 간다

장득이는 열다섯 살이 되면서 아배 조석이 뒤를 따라다니는 건
그만두고 또래 머슴애들과 어울려 나무하러 다녔다. 자그만 몸집인
데도 웬일인지 장득이는 나뭇짐이 컸다. 분들네는 그것만 가지고도
맏아들 장득이가 대견스럽고 가슴이 뿌듯했다.

그해 늦은 봄날 삼밭골 개울둑으로 쌀버들이 연두빛으로 살랑거
릴 때, 최서방네 귀돌이가 열한 살 나이로 방아실 강씨 홀애비네
집으로 민며느리로 갔다. 홀애비 강씨네 맏아들 달수는 열세 살이
었다.

온 삼밭골이 울었다.

귀돌이는 강씨네 집에서 보내왔다는 자주빛 옷고름이 달린 반회
장저고리를 입고 아배 최서방이 공들여 삼아준 짚신을 신고 아배를
따라 연두빛 개울둑길을 걸어서 갔다. 고개는 숙어들어 숫제 땅만
보고 걷는데 눈물방울이 줄곧 뚜득뚜득 떨어지고 있었다.

마실 어마이들이 내다보고 혀를 차며 눈물을 훔치고 있었다.

"애고, 불쌍키도 하제. 에미 죽은 건만도 섧은데 민미느리로 어린
것이 가다이……."

"저것도 모두 이붓에미 탓이제. 고년 숨실댁이 천벌 받을 끼다."

이순이는 귀돌이 떠나는 것을 울안에 숨어서 보고 있었다. 계집

애는 어떤 일이 있어도 나서서는 안 되고 얌전히 다소곳해야 한다고 외할매 수동댁이 다그치고 있었다.

"어매, 민미느리가 뭐로?"

이금이가 어매 보고 물었다. 다섯 살이지만 올진 살이어서 이금이는 키도 상큼하게 크고 똑똑했다. 이금이는 이순이가 어렵게 여기는 일을 서슴없이 묻고 따지고 나부대었다.

"귀돌이겉이 쪼맨한 미느리를 민미느리라 하제."

"그라마 셍이도 민미느리 되겠네?"

듣고 있던 이순이 가슴이 철렁 내려앉았다.

"셍이는 민미느리 안 가고 낸죄 훨씬 크그덩 온미느리로 시집간다."

이순이는 혼자 있을 때면 뒤란 울타리 밑에 쪼그리고 앉아 귀돌이 생각하며 울었다. 삼 년 전에 죽은 아배는 얼떨결에 당한 일이어서 슬픔이란 건 그다지 몰랐는데 귀돌이 떠나보낸 게 이다지도 서러운지 몰랐다. 이웃 사람들이 한 소리로 타박하는 말이 귀돌이는 어디까지나 이붓어미 숨실댁이 억지로 밀어보낸 것이란다.

귀돌이는 빨래길 갈 때나 나물 캐러 갈 때 언제나 이순이와 분옥이를 데리고 다녔다. 그동안 이순이는 어매한테보다 귀돌이한테 옷매무새, 그리고 차분하면서도 꼿꼿한 마음씨까지 닮아갔다. 아홉 살까지 삼 년은 어른들의 삼십 년만큼이나 소중한 세월이었다.

들나물, 산나물을 캐러 가고 하나하나 나물 이름도 배웠다.

"귀돌아, 이건 뭐꼬?"

"쪼바리."

"이건 뭐꼬?"

"벌구두디기."

"이건?"

"드나생이."

"요건?"

"장깨나물."

………

들나물 이름도 갖가지였다. 나랑나물, 사랑나물, 칼나물, 콧따데
기, 돌쪼구, 씀바구, 달랭이, 꼬들빼기……

산나물은 높은 산에 갈수록 향내가 아리도록 코를 찔렀다.

참취, 곰취, 참뚝깔이, 개뚝깔이, 개미취, 미역취, 가지취, 바디취,
꿩졸라기, 꼬치대, 고수대, 민마늘, 기름나물, 삼나물, 칫동아리, 종
발나물, 젓가락나물, 둥어리나물, 잔대나물, 산미나리……

귀돌이와 오르내리던 앞산 뒷산 골짜기가 온통 허전하게 비어버
린 것 같았다.

이순이는 생각했다.

'난 넨줴 누구한테 시집갈꼬?'

이석이 오라배와 서억이 산에 나무하러 갔다가 바알간 참꽃 한다
발씩 꺾어 와서 오라배 이석이는 이금이한테 주고 서억인 이순이한
테 덥석 안겨 줬다. 참꽃다발이 이순이 가슴에 닿았을 때 이순이는
저도 모르게 가슴이 콩콩 뛰었다. 이금이와 함께 정지 부뚜막으로
가서 참꽃 하나씩 따먹으며 이순이는 달달 떨리는 목소리로 얘기했
다.

"이금아, 난 서억이 오라배한테 시집갈 끼다."

이금이 눈이 뚱그래졌다.

"안돼!"

이금이는 소리지르며 동시에 서억이가 준 언니 가슴의 참꽃 꽃다발을 나꿔채어 홀쩍 태질해버린다.

"왜 이라노, 이금아?"

"서억이 오라배한테 내가 시집갈 끼다!"

그러면서 이금이는 달려들어 이순이 얼굴을 손톱으로 앙칼지게 할퀴었다.

졸지에 당한 일이어서 이순이는 피할 사이도 없었다. 할퀸 얼굴에 피가 줄줄 흘러내리자 이순이는 얼굴을 감싸며 울음을 터뜨렸다.

묵은 콩잎 한 동치를 삶아 샘가에서 빨아 자배기에 담아 이고 들어오던 정원이 놀라 자배기를 봉당 끝에 내려놓고 달려갔다. 그새 이금이는 어디론지 내빼고 없었다.

정원은 이순이 얼굴을 닦아 할퀸 터에다 참기름을 발랐다. 피는 이내 멎고, 그리고 상처도 며칠 안 가 아물었지만 꼭 한 군데 왼쪽 볼에 오이씨만한 흉터가 남아버렸다.

이금이는 이렇게 삼남매 중에도 별난 애였다. 눈 코 입이 또렷하게 깜찍했던 만큼 속안지도 그렇게 다부지고 개살스러웠다. 오라배 이석은 생전 화를 내지 않는 희뜩하게 생긴 얼굴만큼 마음씨가 좋았다. 중간치인 이순이는 그냥 생김새도 술술했고 마음도 무던했다.

그날 밤, 외할매 수동댁한테 이금이는 호되게 꾸지람을 들었다. 싸리 회초리로 종아리도 맞았다. 그러나 수동댁은 귀엽고 불쌍한 외손녀를 모질게 때리지는 못하고 맨살 종아리는 비켜 아랫쪽 버선목에다 매질을 하는 것이었다. 그랬는데도 이금이는 집이 떠나가라고 소리내어 울어대었다.

보고 있던 이순이가 할매한테 매달렸다.

"할매, 고만 때려. 이금이 불쌍타. 할매, 고만 때려……."

이순이 괜히 저 땜에 이금이가 야단맞는 것 같아서 미안해지는 거였다. 닭똥 같은 눈물을 흘리며 한사코 할매 손을 붙잡고 매달렸다.

"요년! 다시는 셍이 낯에 손톱으로 안 헤비뜯제?"

"………"

이금이는 머리를 크게 끄덕였다.

하지만 이금이는 며칠 안 가 다시 기가 살아나고 제 세상인 양 까불며 다녔다. 외아재 봉원이 불룩 튀어나온 등 위로 올라가 목마를 타기도 하고 올라 탄 채 상투머리를 잡고 흔들기도 했다. 자식이 없는 봉원이는 그런 이금이가 마냥 달라붙어 꼬대기는 꼴이 귀엽기만 했다.

이금이는 외아지매 채숙이한테도 어름서름없이 지분대었다.

"위아지매는 왜 생전에 말도 안하는 거야?"

"………"

채숙이는 이금이 말뜻을 알아들었는지 빙그레 웃기만 한다.

"말 한분 해봐!"

"………"

이순이가 황급히 이금이 팔을 잡아끌고 갔다.

"이금아, 위아지맨 귀가 안 들리는 거 니도 알제?"

"귀가 왜 안 들리노? 저렇게 귀가 양짝에 있는데도……"

"있어도 안 들릿는다. 아지매 불쌍치도 않나, 니는?"

"귀가 안 들리마 입도 맥히나?"

이금이는 일부러 그러는지 억지소리를 해댔다.

그런 외숙모 채숙이가 딱 한번 큰 소리를 지른 적이 있었다.

참꽃이 지고 넌달래꽃(철쭉꽃)이 필 즈음이면 으레 보릿고개가 찾아온다. 조선 강산엔 보리고개로 굶주리는 백성이 일에 지치고 병들어 죽어가기도 했다. 배가 고픈 건 삼밭골 사람들도 마찬가지였다. 수동댁 주막 손님도 줄어들고 그래서 식구들은 모두 산으로 갔다.

꼽추 봉원이가 절구공이만한 칡뿌리를 캐 지고 오다가 쓰러져 피를 토한 건 그렇게 갑작스런 일도 아니었다. 봉원이는 올해 봄이 되면서 기운이 없었다. 한낮이 지나면 오슬오슬 춥고 열이 났다. 꼭이 우직하거나 미련스러워 그랬던 건 아니다. 봉원이는 아프다는 내색을 하지 않고 몸에 한기가 들면 혼자 양지쪽에 쪼그리고 앉아 추위가 가시어질 때까지 기다렸다. 밤중에 식은 땀이 흘러도 아침엔 별일 없었던 것처럼 일어났다.

이날도 배고픈 조카들에게 칡뿌리라도 캐다 먹이려고 봉원이는 아픈 몸을 이끌고 산으로 간 것이다. 허리배가 짜부러지고 꼽추 등에 잘 맞도록 지게 등태를 왕골 속으로 두껍게 엮어 달았지만 지게는 마냥 곤드랍고 배기었다.

다리가 떨리고 눈이 아물아물 앞이 노래졌다. 까끌막진 비탈을 주춤거리며 내려오다 그냥 주저앉아버리자 지게 다리가 가플막에 부딪혀 그대로 앞으로 고꾸라진 것이다. 그러면서 앞가슴이 짓눌리며 목구멍으로 피가 쏟아져 나왔다.

먼 데서 그걸 본 마실 사람들이 들쳐 업고 집으로 왔다.

이때부터 봉원이는 어둠컴컴한 방안에 보름 동안을 쪼그리고 누워 있었다. 수동댁은 먹이던 개를 잡아 고고 뒤란에 꽃이 한창 피어나는 버선꽃나무를 캐어 감주를 만들었다.

봉원이는 이것도 저것도 마다하고 아침 저녁 미음만 조금씩 마시다가 결국 숨을 거두었다. 겨우 서른다섯 나이였다.

채숙은 밤낮 가리지 않고 남편 시체 앞에 머리를 푼 채 짐승이 울부짖듯 큰소리로 울었다. 태어나서 이렇게 소리를 지르기는 처음이었다. 집안 사람들도 이웃 사람들도 그 소리를 듣는 것이 두렵기까지 했다.

수동댁은 입을 꽉 다문 채 아들의 장례가 끝날 때까지 거의 말을 하지 않았다. 삼우제를 치르고 나서는 주막문을 닫아 잠갔다.

수동댁은 정원이를 불러 단 둘이 마주 앉았다. 장롱 안에 때가 꺼멓게 찌든 무명 주머니를 꺼내어 딸 앞에 밀어놓았다.

"어매, 왜 이러니껴?"

"에미야, 이건 니가 간수하고 있거라. 난 어디 좀 댕기올꾸마."

"어디 갈라꼬 이라니껴?"

"내가 참 죄가 많은갑제. 아들자식 다 죽이고 사위자식꺼정 잡아먹은 년이잖나."

"무신 말을 그리하네."

"아닛다. 월캐형 살뜰이 봐주고 아아들 굶기지 말고 죽이라도 배불리 먹도록 해 줘라."

"어매 없으마 어쩨 내 혼자 다 감당하라는고?"

"내 한 보름 동안만 바람 쐬고 올꾸마."

들판은 보리가시랭이가 까실까실 익어가고 있었다. 수동댁은 되도록 한짝진 길을 걸었다. 제일 먼저 아무도 없는 깊은 산중에 들어가 퍼질러 앉아 대성통곡부터 했다.

"봉원아! 이눔아 봉원아! 이 못된 놈아! 에미 두고 자식이 먼저 가는 법이 어디 있다드노 이눔아……."

수동댁은 목이 쉬어 소리가 안 나도록 울었다.

그리고는 길을 걷고 걸었다. 산을 넘고 강을 건너 동쪽으로 동쪽으로 갔다. 짚신이 닳아 떨어지면 뉘 집이든 들어가 짚을 한 단 얻어 앉은 자리에서 물에 축여 손수 삼아 신었다. 허드렛일을 거들어 주고 한 끼씩 요기를 하고 밤이면 구석자리 방을 빌어 잠을 잤다. 청송, 진보, 영덕을 지나 울진 바닷가까지 갔다. 한 보름 나다니다 돌아가겠다고 했는데 한 달이 지나고 두 달이 지났다.

바닷가에서 덕장에 고기 말리는 일도 거들고, 엉클어진 그물을 사려 주기도 하고, 갯가에서 틀레로 바닷말을 비틀어 뽑아주기도 했다. 온갖 허드렛일을 하면서 가슴을 애는 슬픔을 씻어내었다.

말린 고기와 미역과 파래, 진저리를 한 보따리 얻어 이고 고향집에 돌아간 것은 선들바람이 불어오는 구월이었다.

정원은 갑자기 불쑥 나타난 어매를 보자 잠시 멍하게 바라보다가 그만 어린애처럼 껴안고 울음을 터뜨렸다.

"시상에도 어매는 너무 했네, 나는 어매가 평생 안 오는 줄 알고 그 동안 얼매나 마음고생했는지 모른다네……."

벙어리 채숙은 온 팔을 휘저으며 반가운 시늉을 했다. 셋 과부는 한 동안 인생의 삶이 어떤 것인지 곱씹으며 만난 기쁨을 나누었다.

이금이는 밤늦도록 할매 품에 안겨 그 동안 있었던 일을 하나하나 들려줬다.

"서억이 오라배네 개새끼 아홉 마리 낳았제. 까만 거 한 마리 우리 준다고 했다. 내가 달라카이 준다 했어."

"………"

"분옥이네 아배 어매 맨날 싸웠다. 분옥이가 정지 부뚜막에서 자다가 새어매한테 들켰제. 그래서 부지깽이로 마구 뛰디러 팼는데 달구리에서 피가 철철 흘렀제. 그걸 보고 아배하고 어매하고 싸웠어. 할매, 새어매는 왜 용식이만 귀엽다 하고 분옥이는 만날 때리노?"

"그건 용식이는 이녁 몸에서 낳고 분옥이는 이붓자식이래 그렇제."

가을걷이가 끝난 삼밭골 사람들은 날을 잡아 땅임자들한테 수(도조)를 바친다. 이릿재 넘어 사내골, 시장골까지 땅임자는 하회마을 유씨네 것이 가장 많았다. 길마에 볏섬을 싣고 가는 집은 그래도 수월했지만 거지반 남정네들이 지게에 지고 가고 홑살림을 하는 과부들은 조나 콩, 팥, 참깨 들깨까지 무명 자루에 담아 졸망졸망 머리에 이고 갔다. 고지기들이 도조를 바치러 가는 줄이 길게길게 이금실 강가까지 이어졌다. 삼밭골에서 하회마을까지는 지름길로도 오십리가 넘었다.

서억이와 이석이도 어매를 따라 지게에 서숙(조) 자루를 두 말씩 지고 갔다. 고개를 두 개나 넘어 이금실 강나루까지 닿은 건 반나절이 훨씬 넘었다.

나루터엔 짐꾼들로 북닥판이 되어 있었다. 여느날은 한 척만이 오가던 나룻배가 오늘은 다섯 척이나 되었다. 삿대를 잡은 나루치도 모두 힘깨나 쓰는 장정들이었다.

한참을 기다린 다음, 차례가 되어 강을 건넜다. 마실 앞에서 서억이네와 이석이네는 따로따로 헤어져 각자 지주들의 솟을대문으로 들어가 곡간 앞에서 짐을 내렸다. 집사라는 구실아치가 곡간 앞에서 고지기들이 가지고 온 곡식을 꼼꼼이 살피고 수량과 이름을 적었다.

이날, 집에 돌아온 서억은 몸이 지쳤는데도 좀체 잠이 안 왔다. 곁에 함께 있는 옆집 이석이한테 무언가 하고 싶은 얘기가 많은데 입이 열리지 않았다.

"억아, 잠이 안 오나?"

이석이 먼저 눈치라도 챈 것처럼 물었다.

"석아, 난 집에 있구 싶지 않다. 어디 먼 데 훨훨 가구 시푸다."

"어디 가구 싶나? 나가서 어떻게 사는데?"

"그냥 가구 싶다는 마음이제. 어디로 가는 것꺼지는 아직 모린다."

"니가 가면 너어 어매 혼자 어짜지?"

"차라리 어매가 없었으마 좋겠다. 아배는 왜 어매 혼자 두고 집 나가서 죽었을까?"

"좋은 세상 만든다고 그랬제. 무단히 죽었나? 너어 아밴 사람노릇한 거지 어디 허투로 그리 했겠나?"

"누가 그걸 모리나. 아배는 목심까지 바쳐 죽었는데도 세상은 하나도 좋아지지 않았는걸."

"………"

두 소년은 벌써 세상과 인생에 대한 생각을 할 만큼 자란 것일까?

서억은 아직도 아배 길수가 묻혀 있는 일월산이라는 곳에 한 번도 가보지 못했다. 해마다 아흐레 사이를 두고 아배와 할배 제사만 모셔 왔을 뿐이다.

이석이네도 역시 삼 년 전에 두고 온 순흥 가래실 아배 무덤에 한 번 찾아가지 못했다.

어쨌든 둘은 힘든 세상에 태어나서 남이 모르는 고통을 안고 어린 시절을 살아가기가 어찌 버겁지 않겠는가.

늦은 가을 밤 소슬바람이 불고 이따금 먼 곳에서 부엉이 울음소리가 들렸다.

부엉이 소리가 들리는 이번 가을 밤을 방아실 귀돌이도 늦게까지 잠들지 못했다. 벌써 집을 두고 헤어져 온 지 반 년이 지났다. 귀돌이는 하루도 한시도 평생 분옥이를 잊어버리지 않았다.

'분옥이는 어째 살꼬? 새어매한테 구박받고 뚜두리맞을 것이겠제. 밥은 굶지 않을까? 자꾸 날씨가 추워지는데 옷은 뭘로 입고 있을까? 분옥아……분옥아…….'

귀돌이는 반 년이 지나는 동안 몸이 말이 아니게 야위었다. 앞으로 신랑이 될 달수는 의젓한 소년이었다. 생김새도 반듯하고 행동 하나하나 자상했다. 솜씨도 야무져 귀돌이 짚신까지 삼아주고 땔나무도 토막토막 짤라주었다.

아직 어리지만 달수와 귀돌이는 남매처럼 정이 들어갔다. 참으로 다행이었다.

그러나 좋은 일엔 무엇인가가 시샘을 하게 되는지도 모른다. 시아버지 될 강씨는 인정머리가 없고 앞뒤가 꽉 막힌 쉰 살이 넘은 홀애비였다. 강씨는 귀돌이가 당신 며느리감이 아니라 그냥 부엌데기 계집애로만 여기고 있었다. '며느리 사랑은 시아버지가 한다'는 말도 꼭이 맞는 말이 아니었다.

열한 살짜리 귀돌이는 물 길러 갈 때와 개울에 빨래하러 갈 때 외엔 사립문 밖을 나가지 못했다. 시아버지 강씨는 한눈을 돌릴 틈을 주지 않았다.

귀돌이는 정지문지방, 방문지방, 이렇게 집 언저리만 맴돌았다. 그러면서도 아침 일찍부터 저녁 늦게까지 쉴 틈이 없었다.

가장 힘든 것은 시아버지 바지 저고리 두루막까지 빨고 풀을 먹이고 다듬이질하고 바느질, 대림질까지 혼자서 하는 일이었다. 귀돌이의 팔자가 그런지 어떻게 그런 힘든 일을 해내고 있는지, 이웃 사람들까지 대견스레 여기면서도 한편 측은해 했다.

하지만 귀돌이는 어떤 고생도 다 좋으니 동생 분옥이만 곁에 있다면 얼마든지 참을 수 있을 것이라 생각했다.

가을이 깊어 수채구멍에 고인 구정물이 얼던 날, 귀돌이는 달수한테 억지로 입을 열어 말했다.

"저어, 나 집에 가구 싶어."

뒤란에서 감나무 가랑잎을 긁어 모으던 달수가 놀라 쳐다봤다.

"안돼!"

달수는 큰일이라도 생긴 것처럼 한마디로 안 된다고 했다.

"하릿밤만 자고 올 끼니까 아배한테 일러줘. 꼭 하릿밤만 자고 날래 댕기 올꾸마."

"이태(두 해)만 참았다가 혼례 치루고 내캉 같이 가."

"이태 있으마 혼례 치룬다꼬?"

"그래, 이태 있으마 난 열다섯 살인걸."

"………"

귀돌이는 돌아서 힘없이 정지 안으로 들어가 북덕나무가 쌓인 구석쪽에 쓰러지듯 주저앉아 흐느껴 울었다.

삽사리가 들어와 울고 있는 귀돌이 목덜미를 정답게 핥아주고 있었다.

그리고 나서 열흘 뒤, 귀돌이는 그만 일을 저질러버렸다.

시아버지와 달수가 산에 나무하러 간 사이에 몰래 친정집으로 찾아간 것이다. 동생 분옥이를 잠깐 만나보고 금방 돌아오면 될 것으로 알았다.

작은 무명수건에 감홍시 네 개를 싸서 품에 안고 가슴을 할딱거리면서 있는 힘을 다해 달렸다. 감홍시 두 개는 분옥이 주고 두 개는 이순이네를 주기로 마음먹은 것이다.

동구밖을 나와 작은 개울을 건너고 들길을 지나 고개를 넘었다. 굽이굽이 산굽이를 돌고 그리운 친정집에 닿은 건 한낮이 훨씬 지나서였다.

낯익은 마을 비탈길을 오르는데 대추나무집 할매가 흘깃 보더니 자즈러지듯 놀란다.

"자는 귀돌이 아니가? 워짠 일이로? 니 시집에서 달라빼 온 기제?"

할매는 숨가쁘게 여러 가지를 한꺼번에 물었다.

"할매요, 내 얼른 돌아가니더."

귀돌이는 할딱거리며 달리고 달렸다.

집마당에 들어서니 마침 분옥이가 툇마루 끝에서 새어매가 낳은 배다른 동생 용식이를 데리고 놀고 있었다.

"분옥아!"

"싱야!"

둘은 얼싸안고 마당 한가운데 주저앉아 한없이 울었다. 분옥이는 언니의 목덜미를 껴안고 놓지 않았다.

"싱야, 이젠 가지 말고 울집에서 살어."

"아닛다. 싱야는 돌아가야 된다."

귀돌이는 싸가지고 온 홍시를 줬다.

"이건 안 먹어도 돼. 싱야 가지 마고 여기서 살어."

그때였다.

"애구나! 조년 봐라!"

숨실댁의 목소리였다. 귀돌이는 정신이 번쩍 나서 벌떡 일어섰다.

그새 어떻게 알았는지 앞뒷집 이웃 어마이들이 찾아와 둘러섰다. 졸지에 온 마실이 소동이 벌어진 것이다.

소식을 듣고 아배 최서방이 쌕쌕거리며 들어와 지게작대기를 휘두르며 귀돌이의 몸을 사정없이 두들겼다.

"요년이 집안 망신을 시켜도 유분수지, 허락 없이 내빼 오다이……."

"아배요, 아배요, 잘못했니더, 아배요……."

귀돌이는 두 손을 모아 빌었다.

이순이가 놀라 달려갔을 때, 귀돌이는 퉁퉁 부은 얼굴로 아배 최서방의 억센 손에 등을 떼밀리며 집을 나오고 있었다.

"귀돌아! 귀돌아!"

이순이가 불렀지만 귀돌이는 쳐다볼 엄두도 나지 않는지 힘없이 손만 내젖고 있었다.

귀돌이는 그렇게 아배 손에 등을 떼밀리며 왔던 길을 되돌아갔다.

지름길로 갔는데도 방아실까지는 한밤중에야 닿았다. 동구 밖에서 아배는 되돌아갔고 귀돌이는 얻어맞아 아픈 몸을 이끌고 집에 가 사립문을 밀치고 들어섰다.

삽사리가 낑낑거리며 반겨주고 이내 기척을 들었는지 건너방 문이 열렸다.

달수가 맨발로 달려나와 맞아주었다.

귀돌이는 설움에 북받쳐 또 울음을 터뜨렸다. 그러자 건넌방에서 시아버지 강씨가 벼락치듯 고함을 질렀다.

"그년! 왜 도로 왔는지 들라주지 마라!"

귀돌이는 찔끔 울음을 그쳤다.

"썩 나가지 못할 끼라!"

건넌방 문이 열리며 시아버지가 한번 더 소리질렀다.

"아배요, 한 분만 용서해 주이소."

달수가 귀돌이 대신 그렇게 빌었지만 강씨는 마당으로 나와 친아비 최서방이 그랬듯이 똑같이 지게작대기를 찾아들고 귀돌이를 사립문 밖으로 내몰았다. 강씨는 사립문을 닫아버리고 달수를 데리고 방으로 들어갔다.

사립문 밖 돌담자락에 기대어 귀돌이는 무섭기도 하고 춥기도 하고 서러워 한없이 울었다.

어느 때쯤인지 달수가 나와 살며시 귀돌이 손을 잡고 안방으로 데리고 가 이불을 깔아주고는 건너갔다.

귀돌이는 그대로 쓰러져 울다가 어느새 잠이 들었다.

4

"이순아! 이순아아!"

주막에서 수동댁이 고함쳐 부르면 온통 골짜기가 쩌렁쩌렁 울린다. 이순이가 할매 고함소리를 들을 수 있는 곳은 안골 깊숙한 곳만 아니면 아무데서나 들렸다. 빨래터에서도, 마실 골목길에서도, 나들이 들판에서도, 이순이는 할매가 부르면 강아지처럼 달려갔다. 시샘이 많은 이금이도 덩달아 주막으로 뛰어갔다. 아직 쪼꼬만 것이 걸리적거린다고 아무것도 안 시키는 것을 이금이는 따돌려진 듯이 안 좋은 것이다. 계집애들 시샘은 하늘도 안다지만 이금이는 그게 지나쳤다.

할매는 오목한 뚝배기에 부글부글 끓는 개장국을 떠담고 작은 너버지로 뚜껑을 덮고, 그걸 다시 족자리가 붙은 옹배기에 담아 머리에 얹어준다.

"고끼고끼 갖다주고 오니라, 엉!"

"응"

수동댁 주막엔 장날이면 개를 잡는다. 군치리를 않으면 술만 팔아가지곤 오그랑장사밖에 안 된다. 웃마실 아랫마실로 단골도 생겨 개 한 마리는 너끈히 팔았다. 큰 가마솥에 새벽부터 끓는 개장국은 언덕바지 꼭대기까지 냄새가 퍼져올랐다.

벌써 이순이는 개장국 심부름에 이력이 났다. 잔걸음으로 패나케 가면 이금이는 괜히 숨가쁘게 뒤따라간다.

이날도 건너 마실 모과나무집 심부름으로 바쁘게 가는데 언제 봤던지 개울둑길로 서억이 오라배가 환하게 반기며 달려온다.

"순아! 이순아, 내가 들어다 주꺼마."

서억은 어느새 성큼 다가와서 이순이 이고 있는 옹배기를 냉큼 들고 앞장서 성큼성큼 걷는다.

서억이 오라배는 언제 봐도 정답다. 이순은 어쩐 일인지 이런 땐 이금이가 곁에 없었으면 싶은 것이다. 세상 없이 귀여운 동생인데도 괜히 마음이 옥아지고 암끼가 생긴다. 왜 이러제, 왜 이러제, 하면서도 서억이 오라배하고는 둘만 있고 싶은 욕심인 것이다.

이금이는 이런 언니 마음을 아는지 일부러 앞질러 가 서억이 겨드랑이 밑으로 바짝 붙어서 간다.

개울 돌다리를 건너고 보리밭 둑길로 두 계집애들은 종종걸음으로 따라갔다.

마실 골목길로 들어서 모과나무집이 저만치 보이자 서억은 들고 오던 옹배기를 이순이 머리 위에 도로 얹어준다.

"자, 이제 갖다 주고 온나."

그러자 이금이는 샐쭉하니 그러면서도 애지랑을 떤다.

"싱야, 조만치니까 내가 이고 가까?"

"안 된다! 엎어지마 큰일난다."

"안 엎어진다."

이순은 더 이상 들은 척하지도 않고 잰걸음으로 가버린다. 이금이는 오똑하니 멈춰서서 언니가 미워서 쌕쌕거린다.

'모두가 왜 싱야만 좋다고 그럴까? 심부름도 싱이만 씨겠고 나는 돌아보지도 않제?'

그러다가 이금이는 문득 치마를 홀렁 걷어올려 봤다. 몽당치마 하나뿐이고 맨다리가 다 들어난다. 까닭은 이건지도 모른다. 이금이는 여태 맨치마 바람인 것을 이제서야 알아차린 것이다.

이금이는 부끄러워 낯이 새빨개지면서 한쪽으론 억울코 분했다.

부리나케 집으로 달려갔다. 보리밭 샛길로 개울 돌다리를 마구 마구 뛰어가니 집에는 외숙모 채숙이만 있고 어매는 없었다.

"어매애!"

이금이는 젖먹던 힘까지 다해 불렀다.

"어매애애…!"

다섯 번을 불러도 대답이 없다. 채숙이가 눈치를 챘는지 팔을 내저으며 들로 갔다는 시늉을 한다.

이금이는 또 동동 뛰어갔다. 뒷등 너머 목화밭에서 어매는 밭을 매고 있었다. 달려간 이금이는 밭고랑에 털썩 주저앉아 마구발방으로 소리질러대었다.

"오매 오매, 나는 왜 고쟁이도 안 주노?"

"야가 각중에 왜 이러제."

"다 보였다. 남사스럽그러 다 보였다이까!"

"뭐가 보였단 말고?"

"×지가 다 보였다 카이!"

"보였으마 보앤거제 어짜라고."

"그라이께네 나도 싱야 같은 고쟁이 달라이까."

"니는 아직 고쟁이 안 입어도 된다."

"입어야 된다."

"나이 안죽 입곱 살에 무신 속옷을 입노?"

"일곱 살이라도 입어야 된다!"

이금이는 퍼질러 앉아 발버둥질을 해댔다. 밭이랑이 망가지고 목화포기가 쓰러진다.

정원이는 할 수 없어 일어나 달래었다.

"그래 그래, 고쟁이 해 주꺼마."

보통 계집애들은 일여덟 살 될 때까지 몽당치마로 앞가림만 하면 되니까 속옷은 입지 안했다. 머슴애들이야 바지를 입지 않을 수 없어 다섯 살만 넘으면 몽당중우를 입기 시작하는 것인데, 이금이는 기어코 난리를 치고, 반 년이나 앞당겨 그 거치장스런 고쟁이를 입게 된 것이다. 그 덕에 이금이는 입곱 살 여름을 복닥더위로 지내야만 했다.

고쟁이를 입었는데도 서억이 오라배는 여전히 언니한테만 마음쓰고 있었다.

이금이는 이렇게 세상은 제 마음대로 아무거나 다 되는 것이 아니라는 걸 조금씩 알게 되었다. 그리고 그 세상은 기쁜 일보다 슬픈 일이, 좋은 일보다 나쁜 일이 더 많다는 것도 알았다.

외숙모 채숙이가 애비도 모르는 아기를 낳고 우리들의 희망이었던 신돌석 장군이 죽은 무신년(1908년)은 참으로 답답한 한해였다.

벙어리 채숙이가 애비도 없는 아기를 밴 것을 알고부터 골짜기 아낙들은 암까마귀 수까마귀 없이 회술레질로 재미나게 떠들어대었다.

정원이는 처음 올케언니가 달뱅이(월경)도 없이 두어 달 그냥 지나치는 걸 별로 마음쓰지 않았다. 빨래감을 늘상 같이 하다보니 숨길 것 없이 예삿일로 알고 지냈는데 그게 세 번 네 번 건너뛰면서 뭔가 수상쩍어 유심히 살피게 되었다. 설마 설마 했는데 채숙이는 배가 불러왔고 나날이 겁에 질린 듯 불안해 했다.

정원이는 수동댁한테 조용히 알렸다.

"어매, 월캐가 아무래도 이상타."

"뭐이 이상트노?"

"벌써 다섯 달째 서답이 없대이."

"그기 뭔 소리로?"

수동댁은 가슴 밑이 떨그덕 소리나는 듯했다.

"어매, 자시 봐라, 배가 엄청이 불렀제."

수동댁은 마당에서 빨래를 널고 있는 며느리를 봤다. 앞치마 둘른 허리가 이전의 채숙이와 다르게 푸져 있고 모가지가 껄대같다.

수동댁은 하늘이 내려앉는 듯한 절망 때문에 한동안 넋나간 듯 앞이 캄캄해졌다. 사흘 동안 내쳐 그랬다. 죽은 남편 생각, 아들 생각, 그리고 오랜 과부살이로 고달팠던 신세한탄도 했다.

왜 이런 일이 닥치는가고 하늘보고 원망도 푸념도 했다. 지독히도 험살궂은 팔자라고 칼을 물고 죽어버리고도 싶었다.

그러나, 며느리 채숙이가 그러는 시어머니 눈치를 보고 뒤란 구석에 돌아앉아 울고 있는 것을 보자, 수동댁은 모든 잡된 생각을 쓸어버릴 수 있었다. 울고 있는 채숙을 쓸어안았다.

"아가, 괜찮다. 우지 마라. 과부가 얼라 낳는기 뭐 죄가 되노. 우지 마라. 아가, 우지 마라."

듣지도 못하는 며느리한테 하는 말이라기보다 이녁 마음을 이녁이 달래주고 있는 것이었다.

이렇게 채숙은 세 과부만 사는 집에 애비 없는 아들을 낳은 것이다.

수동댁은 일부러 왼새끼를 길게 꼬아 숯덩이와 빨간 고추를 듬성듬성 꿰어 사립문을 가로질러 높디높게 금줄을 걸었다. 금줄은 세이레가 지날 때까지 당당하게 아주 당당하게 걸려 있었다.

수동댁 모녀는 벙어리 채숙의 산바라지를 극진히 했다. 장날마다 잡던 개도 잡지 않고 부정탈 일은 아무것도 않으려 했다.

채숙과 아기는 건강하고 아기는 어마이와는 다르게 귀가 밝고 울음소리가 우렁찼다.

마실 아낙들은 모이기만 하면 채숙이 험담으로 한껏 재미지게 쑥덕거렸다.

"아바이는 떠돌이 소금장사라 카드라."

"아닛다. 마뜰서 온 소장사라 카드라."

여편네들은 보지도 못한 헛소리를 지어내어 온갖 것을 다 갖다 붙이며 지레짐작으로 떠들어대었다.

안사람들이 이런 헛튼 소리를 들떼놓고 떠들고 있는 사이 남정네들은 다른 일로 사랑방들이 시끄러웠다.

서억이네 아배 길수의 열네 번째 기제사를 지낸 뒤, 서억은 건너 집 이석이한테 속마음을 털어놓았다.

"이석아, 우리 아배 무덤자리 찾아가는데 니도 따라가 줄래?"

"너어 아배 산소가 어디 있다 했제?"

"일월산 골짜기에 묻히 있단다."

"일월산이마 아주 먼데 잖나?"

"암만 멀어도 이틀이마 갔다 올 수 있을 끼다."

"니가 꼭 가고 싶으마 따라가 주꺼마."

"고맙다, 석아."

어매한테 아주 어렵게 그 말을 전했을 때, 복남이는 별로 놀라지 않았다.

"너어 아배도 여태 기다리고 있었을 끼다."

복남이는 장롱 속에 감춰 뒀던 열네 해 전 그 명주수건을 꺼내었다. 누렇게 바래어진 자투리 수건엔 너무도 막연한 그림이 흐릿한 먹물로 그려져 있었다. 두 그루 소나무가 우뚝 서 있는 골짜기 한 녘에 동그란 묘자리 표시가 그려져 있었지만 그게 어느 골짜기인지도 알 수 없었다. 다만 두 그루 큰 소나무만이라도 아배 길수의 묘자리를 여태 그대로 고스란히 지켜주고 있었으면 싶은 바램이다.

세상은 얼마나 살벌한지 신돌석 장군의 죽음으로도 알 수 있었다. 신 장군을 죽인 이는 다른 사람이 아닌 사촌되는 한 집안 사람이다. 외사촌인지 고종사촌이지 하는 작자가 토벌대들이 내다건 상금에 눈이 어두워 피를 나눈 형제를 죽인 것이다.

토벌대한테 쫓겨 숨어들어온 장군을 안심시키며 술을 먹여 잠들게 한 뒤 도끼로 목을 잘랐다니 얼마나 끔찍한 일인가.

떠도는 소문에는 신 장군님은 도끼로 목을 벴는데도 그 목이 공중 높이 솟아올랐다가 도로 제자리에 내려와 감쪽같이 붙어버렸다고 한다. 그렇게 다시 살아난 신 장군은 자기 목을 자른 사촌을 너그럽게 용서하고 어디론가 사라졌다. 신 장군은 사람이 아니라 영험을 지닌 도인이기 때문에 절대 죽지 않고 만백성을 구하기 위해 다시 나타날 것이라고 했다. 사람들은 그렇게 믿고 있었다. 죽은 사람을 살리는 것은 민심이다.

이날 밤, 이석은 잠자리에서 가래실 아배 생각을 했다. 이참에 서억이와 함께 거기까지 찾아갔다 올까 생각했다. 하지만 가래실은 너무 멀다. 그렇게 되면 열흘은 넘게 걸릴 것이다. 게다가 그쪽은 아직 싸움이 끊이지 않고 있다는 소문이다. 가래실까지 가는 것은 버거운 일이다.

결국 두 소년은 일월산 서억이 아배 무덤까지만 찾아가기로 했다. 태어나서 처음, 서억은 아배 무덤을 찾아가게 된 것이다.

수동댁은 정원이와 복남이에게 일러 두 소년의 옷차림새를 단정하게 입히도록 했다. 구질구질한 행색으로 가면 도리어 위태로울 것 같았기 때문이다.

다행이 소년들은 설빔으로 입었던 무명바지 저고리에 열한 새 무명으로 만든 쪽빛 두루막까지 차려 입었다. 신발은 왕골 속을 섞어 삼은 미투리였지만 발목에 맨 대님은 자주빛 공단이었다. 두 어마이들은 이렇게 손수 길쌈을 해서 자식들의 옷을 만들어 입혔다.

수동댁은 이석이한테 단단히 타일러 두었다.

"서억이하고는 친형제간이나 다름없으니 살고 죽는 것까지 같이 할 수 있어야 한다. 이 할미는 못난 짓 하는 손자는 싫다. 옛말에도 '에미 팔아 동무 산다'는 말이 있듯이 동무는 그만큼 소중하다는 거다. 알았제?"

이석은 수동댁의 거친 손을 잡고 크게 머리를 끄덕였다.

검고 윤기나는 머리채를 촘촘하게 땋았는데도 엉치까지 내려왔다. 그렇게 차리고 서억과 이석은 희끗희끗 눈덮인 들길을 늠름하게 걸어서 길을 떠났다.

둘은 앞서거니 뒷서거니 하면서 부지런히 걸었다.

한티재를 넘어 내앞을 지나 진보까지 갔을 때 벌써 날이 저물고 있었다.

밤길은 위태로우니 날이 저물면 어느곳이나 주막은 말고 보통 농사꾼집을 찾아가 묵어가도록 하라는 어머니들 말대로 둘은 진보에서 두어 마장 들어간 작은 동네 농사꾼집을 찾아 들어갔다.

주인은 환갑이 지난 노인이었다. 마침 정초여서 아들 내외는 처갓집에 갔고 손녀딸 하나와 세 식구만 있었다. 그래서 그런지 이전부터 안면이라도 있는 사람처럼 스스럼없이 반겨주었다. 할머니가 저녁상을 차려주고 사랑방에 이부자리까지 봐주었다.

이튿날 일찍 일어나 길을 떠나려니까 한사코 아침밥을 먹고 가고 한다.

"내 집에서 묵은 손님을 어째 빈입으로 보내노."

할머니는 당신 손자들 대하듯 꾸짖듯이 말하며 쌀알이 듬성듬성 섞인 물푸레조밥을 무국과 함께 차려 준다.

두 소년은 맛있게 먹고 몇 번을 망설이다 품 속에 넣고 온 엽전 몇 닢을 내어놓으니 야단야단 꾸짖는다.

81

"이런 뱁이 어디 있드노? 우리가 어디 봉놋방 차려놓고 장사하는 집이라?"

할 수 없이 옆전을 도로 넣고 나오니

"혹시 돌아오다 날이 저물그덩 어려버 말고 들어오니라."
그러신다.

둘은 인사를 하고 서둘러 길을 재촉했다.

일월산은 먼 데서 바라보니 하얀 눈으로 덮인 우람한 바위덩어리 같앴다.

한낮이 덜 되어 산밑에 닿았지만 어디서부터 찾아야 할지 막막했다. 우선 남쪽 산자락을 더듬어 들어갔다. 눈이 무릎까지 쌓여 걸어가기가 힘들었다.

십리길을 더듬어가도 아배 길수의 무덤자리 같은 건 어디에도 보이지 않았다. 아름드리 소나무는 한없이 우거져 어느 게 그 소나무인지 알 길이 없다. 서억이 갑자기 걸음을 멈추었다.

"이석아, 그만 돌아가자."

"왜? 안죽도 골짜기는 반도 못 살폈잖아."

"아이다. 난 첨부터 아배 산소를 꼭 찾겠다고 온 기 아이다."

"그라마 뭣 때문에 여기꺼정 왔제?"

"우리 이 일월산 전부가 우리 아배 무덤이라 여기고 인사를 드리자."

두 소년은 눈 위에 나란히 미투리를 벗고 엎드려 공손히 절을 했다. 서억은 아배 길수한테만이 아니라 이 산 골짜기마다 피흘리며 죽어간 모든 아배들한테 큰 절을 올리는 마음으로 절을 했다.

두번째 절을 하며 엎드렸을 때, 서억은 그만 눈 위에 얼굴을 박으며 울음을 터뜨렸다. 울면서 죽은 아배한테 그동안 하고 싶던 말을 줄줄이 쏟아놓았다.

"아배요, 아배요, 나는 아배 얼굴이 어떻게 생겼는지도 모르니더. 할배도 뛰따라 그렇게 세상 뜨시고 어매하고 내하고 여지껏 고생고생 살았니더, 우리 어매 혼자 고생하면서 날 이만치나 키워줬니더. 그런데 아배요, 나는 인지부터 어옜으마 좋을리껴. 인생살이 아무 뜻도 없이 이릏기 그저 살아도 되는지, 아니마 나도 아배처럼 뭔가 할 일이 있는 거 같은데, 지금은 어찌해야 좋을지 몰라서 괴로우이더. 아배요 아배요……."

"서억아, 그마 춥다 일라거라."

이석이 어깨를 잡고 흔들었다.

서억은 정신이 들어 일어나면서 이석의 허리를 한아름 껴안았다. 갑자기 이석의 눈에도 눈물이 흐르기 시작했다. 두 소년은 그렇게 또 한참을 눈 덮인 일월산 골짜기에서 서로 부둥켜 안고 울었다.

골짜기에서 내려오니 벌써 또 날이 저물고 있었다. 둘은 부지런히 걸어 밤이 이슥해질 때야 어젯밤 묵었던 그 노인댁에 다시 찾아갔다.

노인은 여전히 반갑게 맞아주었다.

밤이 깊었는데도 할머니는 저녁상을 차려다 주었다. 상을 받아 맛있게 먹었다.

저녁상을 물리고 나자 노인은 둘을 이윽히 바라보며 조용히 물었다.

"자네들 혹시 무슨 사연이 있어 일월산에 갔다 온 것 아인가?"

"………"

둘은 얼른 대답을 못하고 서로 얼굴을 마주 바라보았다.

그러다가 서억이 조심스레 아배 얘기를 노인께 들려드렸다.

"그랬구먼. 어제 저녁 진작 이바구했드라마 내가 같이 가 줄 낀데……. 어쨌든간에 둘이서 잘 댕기왔으니 됐구마. 하제만 앞으론 조심해야 되니라. 무단히 산중에 들어가지 말게나. 자네들은 안직 앞날이 만리 같은 인생이니 부디 몸조심해야 하니라."

사흘 만에 집으로 돌아가니 복남이는 눈이 퉁퉁 붓도록 울고 있었다.

"서억아, 서억아, 니 없이는 나는 못 살거니 지발 니는 집나가지 말아다고. 이 어매는 니만 보고 이적제 힘들지만 살았잖나……."

"어매, 잘못했네. 어제 돌아온다는 기 그만 저물어 못 왔제."

귀돌이가 쪽진 머리로 기어코 소박을 당해 돌아온 건 그해 정월 보름이 지나고 그믐께였다.

귀돌이는 모가지가 황새 모가지 같고 눈은 움푹 들어가 눈까풀이 늙은이처럼 주름살이 지고 팔은 막대기 같고 손가락은 마른 겨릅대 같앴다. 신랑 달수가 업고 오다가 조금 걷다가 하면서 삼십 리길을 종일 걸려서 왔다.

멀찌감치 마실 들머리 개울만 건네줘 놓고 달수는 돌아서 갔다.

"내 언지라도 도로 데릴로 올 끼니까 그때꺼정 기대리고 있거라. 틀림없이 데릴러 올 끼라."

달수는 설움에 북받쳐 울먹거렸다.

귀돌이가 시가맥 방아실에서 시름시름 앓은 것은 벌써 두 해 전, 몰래 친정집에 왔다가 호되게 쫓겨났던 그때부터였다.

귀돌이는 그렇게 마음이 모질지 못했다. 자나 깨나 동생 분옥이 생각만 했다. 세상이 저를 버렸고 모든 게 끝이 난 것으로 알았다. 달수의 지극한 정성도 귀돌이한테는 소용없었다. 귀돌이는 아직 몸도 마음도 어렸다. 동생 분옥이와 이순이네와 함께 돌담 밑에서 소꿉살림하는 것이 더 그리웠다. 어매 없이 일찍부터 철이 들었다고 모두 맹랑하게 보았지만 그건 귀돌이 속내를 몰라서다. 사람은 누구나 바로 앞에 자신이 아끼고 사랑할 수 있는 상대가 있을 땐 더 큰 어려움도 견디며 이겨나가는 것이다. 귀돌이한텐 동생 분옥이는 그런 소중한 상대였다. 귀돌이가 어른스러울 수 있었던 것도 저보다 작고 어린 분옥이가 있었기 때문이다.

"분옥아, 분옥아…… ."

귀돌이는 하루하루 야위어갔고 기어코 쓰러져 눕는 날이 잦아졌다.

시아버지 강씨는 꽁지벌레처럼 지천대었다. 귀돌이는 그럴 때마다 간이 오그라들고 무서워 헛소리까지 했다.

강씨는 달수한테 깡다짐으로 꾸짖었다.

"저년은 아무래도 내 집 귀신 되기는 글렀으니 데려다 줘라!"

"하지만 아배요, 우린 내외지간이고 아배한테 미느리지 않니껴."

"야가 뭔 소릴 하노? 칠거지악도 넌 모르나? 저년은 우리 집 미느리도 아니고 니 댁도 아니다."

한 달이 가고 두 달이 가고 결국은 아배한테 달수가 지고 말았다.

귀돌이는 이젠 운명대로 따르는 수밖에 없었다. 아무리 어린 에미네가 흔한 세상이지만 열네 살짜리 소박데기는 하늘 밑에 또 어디 있을까 싶었다.

마실 들머리에서 헤어져간 달수는 몇번이고 뒤돌아보면서 멀리 산모롱이를 돌아 사라졌다. 귀돌이는 휘청거리는 다리를 겨우겨우 끌고 낯익은 마을 앞 정자나무 밑을 지나 걸었다.

어둑살이 지고 있어 다행하게도 골목길에 사람이 나다니지 않았다. 귀돌이는 약간 비탈진 골목길을 쉬엄쉬엄 걸어 그리운 집앞 사립문까지 왔다.

하지만 귀돌이는 선뜻 집안으로 들어가지 못했다. 사립문 기둥을 붙잡고 집안을 살폈다.

사람소리에 누렁이가 짖어대었다.

저녁을 먹던 식구들이 잠깐 숟가락 든 손을 멈추고 바깥으로 귀를 기울였다. 누렁이는 귀돌이가 누군지 몰라 연이어 짖어대었다.

"분옥아, 배깥에 나가 봐라. 누가 왔는가."

숨실댁이 작은 눈을 내리 깔며 말했다.

분옥이가 발딱 일어나 문을 열고 나갔다.

"워어리, 워어리……."

누렁이는 사립문 있는 데서 더 크게 짖는다.

"분옥아, 냇다, 분옥아……."

사립문 밖에서 부르는 소리는 분명히 언니 귀돌이었다.

"싱야 아이가?"

"분옥아……."

귀돌이는 더 버티고 서 있지 못하고 그 자리에 털썩 주저앉는다.

"싱야! 싱야! 귀돌이 싱야!"

분옥이는 언니 곁에 꽉삭 엎어지며 둘은 또 한덩어리가 되어 울기 시작했다.

안방문이 열리며 아배와 새어매가 한꺼번에 뛰어나왔다.

"이기 무신 소리고!"

아배 고함소리에 울던 둘은 펄떡 울음을 그쳤고 귀돌이는 바들바들 떨었다. 춥기도 하고 무섭기도 했다.

"저년이 기어코 소박당해 왔는갑제!"

숨실댁이 매섭고 차가운 목소리로 지청구질을 했다. 숨실댁은 예전에 이녁이 열일곱 나이에 소박당했던 일을 기억하고 귀돌이 지금 어떤 곡절로 저리 되었는지 얼른 알아챈 것이다.

못된 시어미 밑에 구박받던 며느리가 더 못된 시어머니가 된다 했던가? 숨실댁은 그렇게 독한 여자가 되어 이녁이 당했던 대로 귀돌이를 사립문 앞에서 내쫓았다.

"분옥이 썩 들어와! 그라고 용식 아배는 삽짝문 닫아 걸었뿌소!"

안사람이 돛대같이 강하면 사내는 그만큼 순해지는지, 최서방은 어릴 적엔 그토록 귀여워했던 딸자식을 문밖에다 버려둔 채 사립짝을 매정하게 닫아버렸다.

새어매는 분옥이 손목을 잡아끌고 아배까지 앞세워 안으로 들어가 버렸다.

귀돌이는 사립문 밖에서 바들바들 떨다가 조용히 일어났다. 어떻게 해야 할지 조금 망설이다가 할 수 없이 친한 동무 이순이한테 가기로 했다.

어두워진 길을 더듬어 찾아가니 온 식구가 자지러지게 놀란다.

아랫목에 이불을 펴고 우선 따듯이 눕혀 놓고 정원이는 귀돌이를 위해 좁쌀로 미음죽을 쑤었다.

귀돌이는 죽 한 그릇을 먹고 따뜻한 이불 속에서 잠이 들었다.

수동댁이 최서방네를 찾아가 나무라고 달래도 보았지만 숨실댁은 끝까지 쌀쌀맞았다.

"한번 출가한 여식 빌어도 시집으로 가서 빌어야제요. 친정에서 딸년 역성들었다가 뒷감당을 어쩔려고요. 죽어도 딸자식은 못본 척 하는 게 상책이시더."

귀돌이는 봄이 올 때까지 석달 동안 수동댁 주막에서 잔심부름을 하면서 지냈다. 동생 분옥이가 용식이와 대식이를 데리고 언니한테 놀러 오면 그것만으로도 귀돌이는 행복했다. 숨실댁은 분옥이가 동생을 데리고 주막에 놀러 가는 것까지는 말리지 않고 내버려 두었다.

귀돌이는 차츰 생기가 돌고 두 볼에 토실토실 살이 올랐다.

그러나 세상인심은 그러지 않았다.

수동댁이 아예 귀돌이를 드난살이를 시키다가 갈보년을 만들거라는 악담들이었다. 수동댁은 곰곰 생각하다가 결심을 했다. 귀돌이를 불러 조용히 일렀다.

"귀돌아, 너도 언지까지 이러고 있을 수 없제? 재너머 능마루 골에 수더분한 영감이 있단다. 먹을 것도 따따분코 인심도 좋다니까 그리로 가도록 하자."

귀돌이는 가까스로 한마디 했다.

"방아실 강서방이 나중에 데릴러 온다 했니더, 할매요."

"그건 강서방이 널 측은히 보고 그랬던 거지. 여자는 한분 소박 당코나만 다시 돌아갈 수 없단다."

수동댁은 최서방을 불러다 일을 매듭지었다. 최서방도 능마루골 장씨 홀애비 사정은 대강 알고 있었다. 최서방보다 나이 다섯 살이나 많은 중늙은이지만 머슴까지 두고 사는 형편이 괜찮은 집안이라는 것도 소문으로 알았다. 딸만 둘을 키워 출가시켰더니 아들이 없어 되도록 나어린 후처를 찾고 있다니, 귀돌이는 운이 좋은 건지도 몰랐다.

이렇게 해서 귀돌이는 사월 초파일날 다시 홋살이 시집을 갔다. 장씨 영감은 처갓집에다 어려운 보리고개에 쌀 한 섬을 보내주었다. 숨실댁의 입이 함지박만큼 벌어졌고, 덕택에 분옥이도 햇보리가 날 때까지 쌀밥을 먹을 수 있었다.

그보다 분옥이가 좋았던 건 숨실댁 마음이 훨씬 부드러워진 것이다. 새어매는 영판 딴 사람이 된 듯이 보였다.

숨실댁은 태어나면서 그동안 자기가 겪었던 온갖 아팠던 것, 서러웠던 것, 부끄러웠던 것, 남우세스러웠던 일을 귀돌이가 꼭같이 당함으로 한풀이가 된 것이다. 참으로 별나고 못된 인간의 마음이다.

분옥이 얼굴이 밝아지면서 이순이도 함께 밝아졌다. 계집아이들은 뻐꾸기가 귀청이 떠나가도록 시끄럽게 울어대는 참나무 숲으로 다니며 나물을 캤다.

이금이가 돌음바우골 장득이 이마빼기에 차돌맹이를 던져 피를 흘리게 한 건 그 즈음이었다.

열여덟 살의 총각 나무꾼 장득이는 깎은 서방님처럼 얼굴이 새참았다. 키는 작았지만 다부진 어깨가 괜찮은 총각이었다.

그날은 장득이 나무짐 위에 노란 고사리 한 묶음이 달랑 얹혀 있었다. 나무를 하면서 눈에 띄는 대로 꺾어 모은 고사리를 댕댕이로 한 단 꼭 묶어가지고 나뭇짐 위에 얹어 지고 가던 것이었다.

언니하고 골짜기에서 나물바구니를 들고 오던 이금이가 그걸 보고 금방 부러워진 것이다. 이금이는 저만치 걸어가는 장득이 뒤에서 있는 힘껏 소리질러 말했다.

"왜 남우 마실에 와서 고사리 다 꺾어 가노오!"

"……"

장득이는 못 들었는지 그냥 꺼벅꺼벅 걸어가고 있다.

"귀막재기라. 물어도 왜 대답도 않네!"

"……"

"왜 남우 고사리 꺾어 가노오!"

"……"

꺼벅꺼벅 걸어가던 나뭇짐이 잠깐 멈추어 서는 듯하더니 이내 못 들은 척 다시 걸어간다.

"이눔아아! 고사리 도둑놈아! 고사리 안 놓고 가마 붕알 까부린다아!"

그러면서 이금이는 차돌맹이 하나를 주워 힘껏 던졌다.

장득이가 잔뜩 골이 나서 나뭇짐을 진 채 돌아선 것은 그때였다.

"시끄럽다, 이눔 지집애!"

이마빼기에 차돌맹이가 딱 부딪힌 건 장득이 화난 말소리가 끝날 때하고 같은 시간이었다.

"아이쿠!"

장득이는 손을 이마에 가져가 문질렀고 이마에선 금세 피가 흘러내렸다.

이금이는 덜컥 겁이 나서 걸음아 살려라고 달아나고 덩달아 이순이도 헐떡헐떡 달아났다.

멀찌감치 달아나서 찔레넝쿨이 우거진 숲에 숨어서 바라보니 장
득이는 지게를 받쳐 놓고 개울로 내려가 이마의 피를 씻어내고 있
었다.

잠시 뒤, 이쪽을 두리번 살피는 듯하더니 아무도 보이지 않자, 지
게를 지고 꺼벅꺼벅 또 걸어가버린다.

이금이는 숨어서 보다가 겨우 큰숨을 내쉬었다.

"이금아, 니 그르다가 혼띰이 날 줄 알아라."

이순은 참으로 이금이가 걱정스러워 그렇게 타일렀다.

"꼭 등충이 겉은 게 뭐가 무섭노. 이리 와서 내캉 싸우자!"

장득이가 가물가물 멀리 가는 걸 보면서 이금이는 촐랑대고 있
다.

그 장득이가 스무 살 가을에 이순이한테 이바지 이양떡 한 고리
짝 짊어지고 오게 될 줄 누가 알았겠는가?

돌음바우골 분들네 맏아들과 혼인 말이 오고 갈 때만 해도 이순
은 답답하고 힘들게 생가슴을 앓았다.

'서억이 오라배는 어짜고, 딴 데 시집을 어예 가노? 어매야, 어매
야……'

혼자서 그렇게 속을 태웠지만 아무도 알 턱이 없었다.

분들네는 장득이 색시감이 영 못마땅했다. 술어마이 짓 하는 과
부 외손녀라는 것부터 시뜻한데다 겨우 십리길 사이에 사돈을 맺는
다는 게 싫은 것이다. 뒷간하고 사돈댁은 멀어야 한다는데 엎어지
면 코 닿을 데라니 찜찜하기 그지 없었다.

하지만 조석은 그런 저런 것 다 제쳐놓고 맏아들 색시감이 생긴

것만으로 가슴이 들떠 있었다.

이순이와 장득이 혼인은 양쪽 집 모두가 약간씩은 껄끄럽게 밀고 당기다가 결국은 마지못한 듯이 혼약이 이루어진 것이다.

수동댁은 손녀한테보다 딸한테 많이 다독거렸다.

"제 복이 있으마 개똥밭에 뗀져 놓아도 잘 산단다. 우리 형편에 그만하면 되지 않겠나?"

"어매가 그리 말하니 어쩔리껴. 좋게 보내야제."

이순이 나이 열네 살의 늦가을 시월 그믐께 사주단자가 오고 뒤이어 사위인 장득이가 떡 한 고리짝 짊어지고 왔다.

그 장득이를 보고 이금이는 기겁을 했다.

"아이고매! 싱야, 저것 봐라! 그전번에, 그으 전번에 내가 돌로 이마빼기 뚫어준 그 머슴아다, 봐라!"

이순이는 잠시 낭패스럽게 보다가 이금이 허벅지를 꼬집으며 달래었다.

"제발 이금아, 가만 있거라. 아무 말도 하지 말고 모리는 척 가만 있거라."

이금이는 입을 다물었고 그날 이순이의 면약식은 무사히 끝났다. 이제는 빼지도 박지도 못하게 이순은 장득이란 그 나뭇꾼 총각하고 혼약을 해버렸다. 일 년 뒤 가을이면 이순이도 시집을 가는 것이다.

수동댁 주막에 달옥이가 찾아온 것은 이순이 면약을 하고 석 달 뒤였다.

진눈개비가 내리던 밤에, 주막 앞에 누군가 쓰러져 있었다.

처음엔 여느 술주정꾼이 쓰러진 줄 알고 수동댁이 어설픈 짚신발로 몇 번 찔벅거렸다. 그런데 자세히 보니 남정네가 아닌 여자였다.

그것도 치렁치렁 땋은 머리가 긴 처자였다.

수동댁은 처자의 손을 만져봤다. 온기라고는 하나도 없었다. 얼굴도 얼음장 같고 목덜미도 차가웠다. 혹시나 죽은 게 아닌가 싶으면서 수동댁은 처자를 안고 방으로 데려다 눕혔다.

주막 손님 가운덴 벼라별 사람도 있었지만 이렇게 처자몸으로 밤중에 길바닥에 쓰러져 있는 게 아무래도 심상치가 않았다.

옷은 군데군데 깁고 남루한 억샌 무명옷이었지만 이마가 반듯한 예사 처자가 아니었다.

물을 끓여다 먹이고 손발을 주물렀다.

처자는 차츰 핏기가 돌고 정신을 차렸다. 정신이 들면서 처자는 자리에서 일어나 사방을 살피더니 수동댁을 보고 잔뜩 겁을 먹은 채 속삭이듯 말했다.

"할매요, 여기가 어디시이껴? 날 좀 숨겨 주이소. 할매요, 붙잡히마 안 되니더. 날 좀 숨겨 주이소."

오들오들 떨면서 처자는 숨겨 달라고 빌었다.

"처자는 어디서 왔나? 혹시 무신 곡절이 있어 숨어 댕기는가?"

"할매요, 지는 달라빼 왔니더, 지는 도망쳐 나온 종년이시더……"

수동댁 가슴 소리가 바깥까지 들릴 만큼 두근대었다.

"그렇담 여기 있어선 안 되니 우리 집으로 가자."

수동댁은 처자를 일켜 세워 눈길을 걸어 집으로 갔다.

구석방에다 들여놓고 식구들한테 절대로 입밖에 내지 못하게 일렀다.

"어렵은 사람 도와주는 기 인간의 도리니께 잘 보살펴 줘라."

이렇게 해서 달옥이는 수동댁 집에 숨어 살게 되었고, 올해 열여덟 살이 된 늠름한 총각 이석과 끊을 수 없는 사이가 된 것이다.

이석이가 달옥이를 본 것은 다음날 아침이었다. 안방 구석에 다소곳이 앉아 있는 낯선 처자를 처음 봤을 때, 이석은 온 몸이 자지러지는 듯한 기분이었다.

이런 것이 운명인지, 이석은 앞으로 한평생 달옥이와 행복하면서도 고통스런 삶을 살아야만 했다.

5

달옥이는 수동댁 뒷방에서 보름 동안 숨어 살았다. 보름이라는 날자는 너무 길었고 그 보름 동안에 어떤 일이 만들어져 가고 있는지 수동댁도 정원이도 아무도 몰랐다.

흔히 은혜를 원수로 갚는다는 말도 있지만 달옥이는 자기 마음과는 다르게 이 불쌍한 과부들만 사는 집안에 커다란 슬픔을 안겨주고 만 것이다.

달옥이는 이석이보다 한 살 위인 열아홉이었다. 하지만 남자와 여자 사이에 생기는 사랑이라는 것은 어느 한쪽이 억지짓으로 끌어들인다고 되지 않는다.

두 사람이 처음 얼굴을 마주쳤을 때 이석이 그랬던 것처럼 달옥이도 아찔하게 어지럼증을 느꼈다. 달옥이는 정작 잠깐 그랬을 뿐인데 이석은 그때부터 뛰기 시작한 가슴을 내내 가라앉히지 못했다.

밤이면 잠을 못 이루고 낮에는 일이 손에 잡히지 않았다. 여태까지, 이석이 태어나서 열여덟 해 동안 한 번도 없었던 가슴앓이였다. 여자동생인 이순이나 이금이한테 느끼고 나누던 띠앗머리와는 원체 다른 사랑이었다.

이석은 두번째 달옥이와 마주쳤을 땐 얼른 고개를 돌렸지만, 세 번 네 번 거듭되자 좀더 용기가 나서 뚜렷이 쳐다보게 되었다. 이석이 이랬던 것처럼 달옥이도 마찬가지였고, 서너 번 얼굴을 마주했을 때 방그랗게 웃은 건 달옥이 쪽이 먼저였다. 순진한 총각 이석은 봄햇볕 속으로 빨려들어가는 아기의 잠처럼 포근히 녹아들고 있었다.

이석은 일부러 달옥이와 자주 마주쳤고 달옥이가 웃으면 따라 웃었다. 둥둥 구름 위에 뜨는 기분이었다.

두 사람이 캄캄한 밤중에 몰래 뒤란 모과나무 밑에서 만나게 된 것은 달옥이가 이리로 와서 열흘이 못 되어서였다. 둘은 약속도 안 하는데도 밤마다 그맘때가 되면 뒤란으로 나갔고 결국은 떨어질 수 없는 사이가 되어버렸다.

참말 아무도 몰랐다. 수동댁은 주막일에 바빴고, 정원이도 길쌈일, 바느질, 모든 일에 바빴고, 꿈에도 그런 일이 있을 줄도 몰랐기 때문이다. 벙어리 채숙이는 더욱이 밤이면 무엇 하나 분간을 못하는 처지였고, 똑똑하고 눈치빠른 이금이도 이순이하고 정신없이 베갯잇이나 베갯머리, 밥상보에 예쁘게 색실로 꽃을 놓고 있었다. 뒷방에 있는 달옥이가 뒤란으로 가서 무엇을 하는지 알 턱이 없었다.

거기다 이석이 오라배야 말로 착하고 믿음성 있는 이 집안의 기둥이다.

그랬는데 둘은 못되게도 딴마음을 가지고 집안 식구들한테서 등을 돌렸던 것이다.

이렇게 숨어서 만나던 두 사람이 꼬리를 잡힌 건 그리 멀지 않았다. 어느 날 밤 물레로 실을 잣던 정원이가 밤늦게 물레 가락에 끼울 서속짚을 가질러 뒤란에 갔다가 보아버린 것이다.

희끄므레하게 사람 덩어리 같은 것을 보고 무심코 정원이가 불러 보았다.

"거, 누꼬?"

"……"

놀란 두 사람이 떨어져 불쑥 정원이 앞으로 다가서는 것이 달옥이와 이석인 것을 알았을 때, 정원이는 그 자리에 까무라쳐 쓰러져 버렸다.

온 집안이 초상집처럼 모두가 반죽음이 되어버렸다. 수동댁은 지난번 며느리가 애비도 없는 자식을 가졌을 때보다도 기가 막혔고, 남편이 죽고, 자식이 죽고, 사위가 죽고, 딸이 과부가 되어 친정집에 왔을 때보다 더 절망스럽고 모든 것이 끝이 난 듯했다.

정원은 먹지도 마시지도 않고 자리에 누웠고 이석은 그런 어매 머리 맡에 꿇어앉아 용서를 빌고 빌었다.

'이 일을 어야노? 어야노?'

수동댁은 가슴에 불이 붙은 것처럼 목이 타들어갔다.

벙어리 채숙은 새파랗게 질려 부들부들 떨고 이순이와 이금이는 찔금찔금 울기만 했다.

그러나 역시 수동댁은 하루 만에 크게 가슴을 쓸어 내렸다. 이석이와 달옥이를 뒷방에 불러 앉혀 놓고 북받치는 서슬감정을 내리누르며 얘기했다.

"이석아, 니는 사내 대장부다. 대장부는 지가 저질른 걸 지가 끝꺼정 책임져야 한다. 달옥이는 이자 니 색시다. 내일 새북 일찍 둘이 같이 떠나그라. 달리 어쩔 수 없다는 걸 니도 알제? 달옥아, 너도 이석이 니 남편으로 삼았으니 같이 떠나거라."

수동댁은 운명을 거슬려서는 안된다는 것을 재차 깨달았다.

그 운명의 물은 아래로 흘러가는 대로 흘려보내야 한다. 다만 흘러가면서 사람은 제 몫에 맡겨진 임무를 해나갈 뿐이다.

수동댁은 건너집 서억이를 불렀다.

"서억아, 넌 우리 이석이하고 한 동상끼리라는 걸 알제?"

"예, 할매요."

"그러니까, 이건 말하기 어렵제만 우리 이석이 생각해서 내일 같이 따라가 줄래?"

"걱정 마시이소. 따라갔다 옴시더."

"따라가서 어디 마음놓고 살 수 있는 자리 잡거든 곧 돌아오너라. 제발 부탁이다."

이튿날 새벽 첫닭이 울 때, 이석은 달옥이와 같이 집을 나섰다. 도망쳐 나온 종년을 사랑한 것이 결국 이렇게 죄인 아닌 죄인이 되어버렸다.

몇 가지 옷을 싼 보따리와 양식 자루와 엽전 꾸러미를 서억이와 나눠 짊어졌다.

달옥이는 긴 머리채를 틀어 쪽을 졌다. 정원이 꽂고 있던 은비녀를 뽑아 달옥이 쪽진머리에 꽂아줬다. 이석도 어설프게나마 상투를 틀어올리고 보니 둘은 누가 봐도 젊은 내외간이었다.

서억이와 함께 둘은 나와 서 있는 식구들에게 인사를 드렸다. 이석은 어매 손을 붙잡고 꺽꺽 목이 메이게 울음을 짜내었다.

"어매요, 내가 못쓸 놈이시더. 어매요, 내가 못쓸 놈이시더……"

무슨 말을 어떻게 할 수도 없었다. 산다는 것은 이렇게 매정하고 모질어야 하는 걸까?

옆에서는 달옥이가 수동댁 가슴에 얼굴을 묻고 역시 흐느끼고 있었다.

"아가, 괜찮다. 니가 무신 죄가 있나? 괜찮나. 아가, 괜찮다……"

수동댁은 달옥이 등을 쓸어 주며 이렇게 또 누구한테 하는 말인지 거듭거듭 괜찮다는 말을 되풀이했다.

"자, 그만 됐다. 어서어서 가그라."

수동댁은 더 지체해서는 안 되겠기에 달옥이와 이석이 등을 밀었다.

둘이 뒤돌아서 걸어가자 이번에는 이금이가 울음을 터뜨렸다.

"오라배, 가지 마!"

이석이 몇 걸음 걷던 걸음을 멈추고 뒤돌아봤다. 이금이 뛰어가 오라배 손을 잡고 매달렸다. 수동댁이 다가가 그러는 이금이를 떼어내고 정지문 앞에서 얼쩡거리는 개를 쫓아내듯 후들겼다.

아직도 까만 새벽길을 이석은 걸었다.

아홉 살 때 가래실에서 쫓겨오듯 이순이 손을 잡고 사흘길을 걸어와서 살았던 삼밭골을 또 아홉 해 만에 이렇게 쫓겨나듯 기약도 없이 가야 했다.

제일 앞서 이석이 걷고 가운데 달옥이가 서고 맨 뒤에 서억이 따라 걸었다. 산을 넘고 곱내강을 거슬러 동으로 가면 산이 높고 골짜기가 깊어진다. 셋은 그런 깊은 산 속을 찾아 걷고 걸었다.

온 천지가 눈으로 덮였고 산길은 험하고 걸어도 걸어도 끝이 없었다. 미투리를 신은 발에 눈녹은 물이 스며들어와 버선발이 젖고, 그래서 발은 얼었다가 달아올랐다가 나중엔 시린 건지 따가운 건지 아무 느낌도 없었다.

아직 펄펄 피끓는 젊은 나이여서 그래도 지치지 않고 걸었다.

이석이네가 꼬박 하룻길을 걸어 물어 물어 찾아간 곳은 청송지방 칠배골이란 부대기 묵정밭이 군데군데 버려진 곳이었다. 오 리에 한 집, 십 리에 한 집, 그렇게 뜸뜸이 떨어져 작은 막살이집이 웅크리고 있었다.

벌써 날이 저물어 어둑어둑한데 깜빡깜빡 불빛이 깜빡이는 집이 있어 찾아갔다. 마당에서 잠깐 머뭇머뭇하다가 큰 기침을 하고 주인을 찾았다.

"쥔요, 쥔요!"

"……"

안에서는 들리지 않는지 얼른 내다보지 않는다.

"쥔요오! 쥔요오!"

서억이 큰소리로 부르자

"뭐이 이러제?"

그러면서 문살이 반넘어 망가진 작은 외짝문이 열리며 머리칼이 하얀 상투머리 늙은이가 내다봤다. 늙은이는 잠시 놀라는 듯싶더니 어둠살에도 젊은 새댁이 끼인 걸 보고 이내 마음이 놓이는지 반갑게 맞이한다.

"워짠 일로 이런 산중에 젊은네들이 찾아왔제? 어서 들어오게
나."

듬성듬성 엮은 듯한 띠자리가 깔린 방안은 보꾹이 낮아서 이석이
와 서억은 몸을 구부려야만 했다.

집안엔 할아버지 또래의 할머니뿐인 걸 보니 둘만이 이런 산중에
서 호젓하게 살고 있는 모양이다.

"그래, 모도 멀리서 온 모양인데 저녁 요기라도 해야제."

할머니가 그러면서 윗목에 한쪽 귀때기가 떨어진 방구리에서 좁
쌀을 떠낸다.

"할매요, 우리가 여게 양식 유름해 왔니더."

서억이 폐가 될까 봐 얼른 가지고 온 쌀자루와 좁쌀자루를 꺼내
놓았다.

"쾌언쿠마, 제집에 온 손한테 저녁 대접도 안하면 체면이 안 되
제."

할머니는 가당치도 않다는 듯 새까맣게 때가 긴 이남박에 좁쌀을
떠담아 정지로 나간다.

"할매요, 지가 거듬시더."

달옥이가 냉큼 일어나 따라나간다. 하루 꼬박 걸어왔는데도 달옥
이는 가뿐하게 몸을 움직인다. 어릴 적부터 종년으로 다져진 몸이
어서 저리 가벼운지도 모른다.

정지살림은 쇠붙이로 된 건 하나도 없고 한말지기 작은 솥도 질
솥이었다. 소댕이는 깨진 걸 헝겊으로 더덕더덕 붙여 놓았고 그릇
도 모두 나무로 깎아 만든 소쪽박들이다. 읍내 양반댁 허드렛일을

하면서도 살림살이는 번듯한 그릇들을 만지던 달옥이는 이런 막살림엔 정작 서툴지 않을 수 없었다. 그냥 할머니가 하는 것을 멍청히 구경만 했다.

깡조밥을 고들빼기짠지와 먹는데도 꿀맛이었다.

밥상을 치우고 나서 서억이 나서서 노인께 이리로 온 사정 이야기를 했다. 힘든 고지농사보다 젊은 나이에 부대기라도 일구어 보려고 찾아왔다고 하였다.

"그래 그래, 맘 잘 먹었네. 요 안에 심마니가 살든 모듬 빈집이 하나 있다네. 우리 늙은이들 동모가 생겨 기쁘구망."

늙은이 내외는 어린애처럼 좋아했다.

산중에서 사람 귀한 걸 겪어 본 사람이면 누구나 이럴 때 기쁘지 않을 수 없을 것이다.

단칸방에서 다섯이 요모조모로 오구리고 잤다.

이튿날 아침, 밖에 나와 보니 눈 덮인 산골짝엔 미출미출한 나무들이 하늘을 떠받치듯 서 있었다. 노인을 따라 안쪽 휘어진 샛골로 자근당 걸어 들어가니 미둑새로 지붕을 인 오두막이 있었다.

"지난 가실게 떠났으니 그냥 씰고 들가 살망 될 걸세."

노인이 솔가쟁이로 빗장빌러 놓은 문고리를 벗겨 방안을 들여다보니 이부자리만 없고 손때 묻은 살림살이가 그냥 있었다. 정지 안에도 질동이와 질솥이 그대로 놓여 있었다. 흡사 달옥이네가 이리로 올 것을 미리 알았던 것처럼 고스란히 사람만 떠난 것 같았다.

셋이서 부지런히 먼지를 떨고 쓸어내었다. 물을 길어다 솥에 붓고 군불을 지피니 이내 방이 따뜻했다.

서억은 이석이 부지런히 집안 설겆이를 거드는 걸 자세히 봤다.

달옥이와 함께 꽁꽁 언 흙을 아궁이불에 녹여가며 무너진 데를 바르고 비뚜러진 돌 하나도 바로 세우며 행복해 하는 것이었다. 이석은 본래 솜씨가 모돌지어 무엇이나 잘 만들고 고쳤다. 달옥이도 역시 이석이 못지 않게 거동이 야무졌다. 앞으로 어렵겠지만 두 사람이 살아가는 덴 걱정 않아도 될 것 같았다.

서억은 다음날 칠배골을 떠났다.

이석이 달옥이와 함께 골짜기 입새까지 바래다 줬다. 이석이 눈가에 글썽 눈물이 맺히는 걸 서억이 봤다. 하지만 서억은 이석이 내외가 어쩐지 부럽게 보였다. 그렇게 될 수만 있다면 당장이라도 처지를 바꾸고 싶어졌다.

백리길이나 되는 산길을 혼자 걸으면서 서억은 끊임없이 생각했다.

만약에 내가 저런 일을 저질렀다면 어매는 어찌 할꼬? 그 자리에서 피를 토하며 쓰러져 죽을지도 모른다. 어매는 언제나 그랬제. '니는 삼대독자고 나는 니만 보고 입때껴정 살았다.' 철이 들면서 귀가 따갑도록 들어온 말이다. 그건 말이 아니라 올가미도 되고 채찍도 되고 창끝이 되기도 했다. 느슨하게 묶인 쌀자루는 편하게 놓인 채 있을 수 있지만 팽팽하게 죄어 묶인 쌀자루는 자꾸 비져나오려 하고 터지려 한다. 꽁꽁 묶으면 묶일수록 결국 터져버린다.

어매도 짐이 되고 죽은 아배도 할배도, 세상 모든 게 짐이 된다. 자꾸자꾸 옥죄고 우겨 넣으려는 세상이 원망스럽다.

집에 돌아오니 기다리던 수동댁 식구들이 한밤중인데도 자지 않고 모여들었다. 서억은 칠배골 묵정밭 얘기, 빈집과 노인들 얘기를 차근차근 들려주었다.

정원은 잠시 동안 마음이 놓였지만 이번에는 에미를 버리고 갔다는 노여움과 설움을 씻어낼 수 없었다. 가래실에서 남편 건재를 잃어버린 한에다 아들마저 잃은 한이 덧씌워진 것이다.

만약 사람한테 일이 없으면 슬픔에 찢겨 죽어버릴 것이다. 일이 있기 때문에 사람은 슬픈 일 괴로운 일을 잊을 수 있는 것이다.

정원이도 온종일 고된 일을 하다보면 밤엔 잠에 묻혀버리고 아침에 깨어나면 또 일에 묻혀버린다. 낮에는 베틀에서 베를 짜고 밤에는 물레로 실을 잣고 실꾸리를 감았다.

정원은 베를 짜면서 문득문득 이석이 생각을 했다. 도투마리에서 뱀댕이가 하나하나 떨어질 때마다 이석이 산에서 공이 없는 낭대나무나 가죽나무를 베 와서 새참게 배빗대를 다듬어주던 모습이 떠올랐다. 저절로 휘어진 등나무 줄기를 잘라와서 신나무를 용케도 꿰어 맞추고, 물레살도 꼭지마리도 손가락이 배기지 않게 다듬었다. 씨아의 잡주지도, 돌것 보탕도, 진개도, 새끼자새도, 왕골 속으로 삼은 부티도, 끌신도, 다올대도, 꼭지새 뿌리를 캐와서 만든 정지 쑤세미도, 노강주나무 닭둥우리도, 옻나무 횃대도, 개집도, 디딜방아의 참나무 공이도, 솔것공이도, 시렁 밑 횃대도, 꼬끌불을 밝히기 위해 잘게 잘게 쪼개놓은 광솔가지도, 구석마다 모퉁이마다 이석이 손길이 안 간 데가 없었다. 그것들을 만지고 쓸 때마다 정원은 가슴이 쓰리고 아렸다.

그러면서 또 삼밭골엔 겨울이 가고 봄이 오고 있었다.

개울둑 길섶으로 쇠뜨기 싹이 삘쭉삘쭉 올라올 때, 수동댁은 주막을 팔고 여기저기 외상으로 나간 사슬돈을 매뜩하게 받아내었다.

"어매, 어쩌자고 이러네?"

"인제 술장사 하구 싶잖애서 그런다."

"그래, 어매 힘도 드는데 쉬어야제. 여기저기 댕기매 귀경이나 하게. 월키 형님하고 둘이서 부지런히 일하마 어맨 안 굶길까네."

정원은 차라리 속이 거뜬해지는 듯한 기분이다. 수동댁은 그냥 허허 웃었다.

그런데, 수동댁은 그 동안 혼자서 무언가 속내를 안 들어내고 기틀을 잡아놓은 것 같았다. 눈에 띄지 않게 하나하나 갈무리를 했다. 수동댁 이녁 옷가지, 며느리 채숙이 옷하고 채숙이가 혼자 낳은 네 살배기 종대 옷을 골라 쌌다.

주막을 넘겨준 돈은 세 몫으로 나누고 소납 물건은 두 몫으로 나눴다. 그래놓고 건너 서억이네를 불러다가 둘러앉혀 놓고 얘기했다.

"사람이 너무 미련하면 못 씬다. 진작 어디 떠날걸, 그만 때를 놓진 거제. 서억이네도 그 동안 우리 때문에 많이 애썼제?"

수동댁은 무슨 말인지 오랫동안 준비해둔 것 같았다.

"그게 무슨 말씸이껴? 우리가 이석이네한테 애씬 것 아무것도 없니더. 우린 이석이네가 없었으마 두 모자가 참 외로웠을 게시더."

복남이는 어쩐지 눈물이 핑 돌았다. 수동댁이 어딘지 떠날 마음을 가진 게 틀림없었기 때문이다. 정원이는 어매가 주막을 팔 때부터 무언가 짐작했기 때문에 어떤 각오가 서 있어 담담했다. 일부러라도 그래야 또 힘든 삶을 살아갈 수 있기 때문이다.

수동댁은 세 몫으로 나눠 둔 엽전 꾸러미를 정원이한테 하나, 복남이한테 하나, 며느리 채숙이한테 하나, 그렇게 봉개 나누듯 나눴다.

"에미야."

"어매 하고 섶은 말 있그덩 뭣이나 다 말하소. 이 쑥맥 같은 딸년 실큿 꾸짖어도 되네."

정원은 다 알고 있었다. 어매가 떠날려는 마음이 무엇 때문인지 다 알고 있었다. 어매는 이석이 저렇게 떠난 것도 어매 탓으로 알고, 며느리 채숙이가 아비도 모르는 자식을 낳아 커가는 것도 큰 짐이 되고 있다는 걸 안다. 어매는 이것도 다 팔자라 여기고 물 흐르는 곳으로 흘러가려 하는 것이다.

"뭔 소릴 그리 하노? 단지 내가 가드라도 서억이네랑 이전같이 서로 위하면서 살라꼬 부탁하는 거다."

"할매는 어데 가실라 카니꺼?"

복남이가 목이 맨 소리로 물었다.

"갈 데가 많애 안죽 정하지 못했제. 훨훨 가다가 좋다 싶으마 거기서 사는 거제 뭐."

"가실라면 이 돈 모두 가지고 가시이소. 지가 어째 이 돈 받을리꺼."

복남이는 건네 준 돈꾸러미를 도로 내밀었다.

"사람끼리 나눈 정을 돈으로 따지는 건 안됐지만 내가 서억이네 한테 해줄 게 이것뿐이라네. 그동안 나한테 해준 것 무얼로도 다 갚지 못하지만 내 마음이고, 그라고 곧 서억이 장가드릴 텐데 보태 쓰게나. 지금 안 받으면 내 떠날 때 뗀져놓고 갈 테니까."

밤늦게까지 이야기를 나누다가 모두 헤어지고 수동댁은 이 집에서 마지막 밤을 새기 위해 자리에 누웠다. 누운 채 또 가지가지 생각을 했다.

수동댁은 강원도 바닷가를 생각하고 있었다. 영덕을 해서 울진이나 멀리 강능, 속초까지라도 갈 수 있겠거니 어림잡고 있었다. 바닷가는 바람이 거세고 파도가 친다. 수동댁은 조용한 데가 싫다. 억세고 사나운 곳에 가야 된다. 그런 곳에 가서 바다 파도처럼 바람처럼 살고 싶은 것이다. 아비가 누군지도 모르는 종대는 그런 곳에서 자라야만 탈없이 살아갈 수 있을 것이다.

채숙이는 수동댁 며느리고 그 며느리가 낳은 자식은 당연코 수동댁의 손자이지 않는가.

수동댁은 떠날 때, 마실 이 집 저 집 다니면서 인사를 했다. 삼밭골에 와서 십년 남짓 살면서 좋은 일보다 못할 짓을 더 많이 했다는 걸 이야기하고 잘못한 것 용서해 달라고 빌었다.

더러는 그게 무슨 말이냐고 오히려 위로해 주며 눈물짓는 이도 있었고, 더러는 시뜻하게 여기며 돌려세워 놓고 입을 비쭉거리기도 했다. 세상은 원래가 그렇다. 사랑 받을 짓도 하고 미움 받을 짓도 다 하게 된다.

벙어리 채숙이와 종대를 앞세우고 천천히 천천히 걸었다. 울면서 울면서 자꾸 따라오는 정원이와 건너집 복남이와 외손녀 이순이와 이금이를 꾸짖어 돌려세워 놓고는 구불구불 골짜기를 돌아돌아 걸었다.

수동댁은 예순을 넘겼고 채숙은 마흔 살이 가까워 온다. 둘은 옷가지를 싼 보따리를 번갈아 이고 불쌍한 종대를 또 번갈아 손잡고 건다가 업었다가 하면서 걷고 걸었다.

바닷가로 가는 길은 수동댁도 이젠 낯익었다. 해마다 정월이면 의성, 안동, 봉화, 청송 같은 데서 나이 많은 할매네들이 찹쌀이나 콩, 팥, 참깨 같은 잡곡을 몇 되박씩 싸 이고 바닷가로 찾아갔다.

정월 대보름과 이월 초엔 영등제를 지낸다. 그때 소용되는 찰밥거리 떡거리를 이렇게 안쪽 윗데 산골에서 가져오는 곡식을 받아 썼기 때문이다.

산골 할매네들은 거지반 한 달이 걸려 수백 리나 되는 바닷가로 오고 갔다. 몇 되박씩 이고 간 곡식을 주고 대신 바다에서 나는 생선과 미역 파래 같은 해물을 얻어 왔다.

영등할매가 하늘에서 내려오는 이월 초하루는 바람이 많이 불었다. 영등할매가 고운 치마를 입은 딸을 데리고 오기 때문이다. 바람이 불어 할매네 딸이 입은 분홍치마가 팔랑팔랑 바람에 나부껴 보기 좋게 하자면 바람이 불어야 하기 때문이다.

이따금 영등할매는 며느리도 데리고 오는데 그날은 영낙없이 비가 내린다. 며느리 분홍치마가 비에 젖어 얼룩이져서 보기 흉칙해지라고 그런단다. 며느리 미워하는 건 영등할매도 땅에서 사는 시어머니들과 똑같았다.

이래서 바닷가로 나들이가는 할매네들은 해마다 영등할매가 딸을 데리고 오기를 바란다. 바람부는 건 괜찮지만 비가 내리면 나들이하기가 어렵기 때문이다.

영등할매는 땅에 내려와서 사람들이 차려준 제사상이 흡족하면 사흘 만에 올라가버리지만 제사가 마음에 안 들면 보름이고 한 달이고 내내 돌아다니며 바람을 일으킨다. 그래서 어떤 해는 이월 내내 바람이 불어댄다.

하지만 사람들은 영등할매를 원망하거나 싫어하지 않는다. 해마다 이월이면 영등할매를 기다리고 올해도 바닷가 사람들은 고기를 많이 잡게 해 줄 것을 빌고 뭍에 사는 사람들은 농사가 잘 되기를 빌었다.

돌음바우골 분들네는 요즘들어 속이 내내 부글부글 끓었다. 혼자 있을 때면 불쑥불쑥 욕지거리가 나왔다.

올 가을이면 며느리가 될 이순이 오라비가 도망쳐 나온 종년과 같이 야반도주를 했다니 그런 망칙한 일이 또 어디 있겠는가. 거기다 할미되는 술장사 늙은이는 마실돈을 등쳐먹듯이 거둬가지고 벙어리 며느리와 어디론가 가버렸으니, 그런 집 딸년을 어떻게 며느리로 삼을 건가. 정말 원통하고 창자가 뒤집힐 일이었다.

그러나 정작 분들네가 속을 끓이는 건 사돈댁 흉보다 이녁 아들 장득이 때문이었다. 겉으로 보기엔 얌전하고 힘이 있어 큼직큼직한 일을 잘해내는데, 장득이는 두어 해 전부터 노름판을 다니게 된 것이다. 삼밭골에도 이젠 총칼을 든 왜군들뿐만 아니라 온갖 왜물건들이 퍼져 들어와 좀벌레처럼 사람들의 넋을 갉아먹고 있었다. 저 승사자가 보인다는 요지경을 자전차에 싣고 골짝골짝 다니며 돈을 받고 구경시켜주는 장사도 생기고, 가장 고약한 것이 투전 대신 들어온 화투라는 딱지였다.

장득이는 벌써 지난해 이 화투노름 때문에 집에서 먹이던 소를 날려버렸다.

겨울 동안 내내 밤을 새다시피 마실을 나갔다 오더니, 어느 날 갑자기 빚쟁이들이 찾아와 돈을 내어놓으라는 것이다. 그러지 않으면 관청에서 장득이를 잡아간다고 했다.

영문을 모르는 조석과 분들네는 겁부터 나서 덜덜 떨기만 했다. 장득이는 고개만 푹 숙인 채 아무 말이 없었다.

"저어게, 저어게……우리 장득이가 빚을 얼매나 졌니껴?"

조석이 덜덜 떨면서 가까스로 물었다.

"막카 오원이요."

돈도 왜나라 돈으로 계산하고 있었다. 조석과 분들네는 그 오원이 얼마치나 되는지 도무지 감이 잽히지 않았다.

"오원이마 쌀이 한 말이 넘니껴?"

조석이 그렇게 물으니까 빚쟁이들은 큰소리로 웃었다.

"쌀 한 말이 아니라 소가 한 마리요."

"뭐라꼬요!? 소, 소가 한 마리라꼬……"

조석은 털썩 주저앉으며 그만 울음을 터뜨렸다.

이렇게 해서 몇 해나 걸려 애지중지 길러온 집안 옹근재산인 소를 날려버린 것이다.

그러나 장득이는 그 소 한 마리로 그치지 않았다. 잃어버린 소를 도로 찾겠다고 길미돈을 꾸어 또 노름을 한 것이다. 노름판엔 으레 뒷돈을 대는 물주가 붙기 마련이다.

이래서 장득이는 이번 겨울에 진 노름빚을 갚기 위해 물건너 참봉댁에 머슴살이를 갔다. 새경을 선금으로 받느라 이래저래 손해만 봤다.

조석은 그나마 힘든 일을 거들던 장득이가 남의집살이를 가버리자 호락질농사로 더 버거워했다.

분들네는 모두 아홉 남매를 낳았지만 지금 열 살짜리 재득이 밑으로 삼 남매를 내리 잃어버리고 막내둥이 수득이가 겨우 첫돌을 지났다. 이래서 집안엔 장정이란 아무도 없었다.

지지난해 깨금이가 시집을 갔다.

석수장이 배서방은 첫눈에 깨금이한테 반해버렸다. 깨금이는 얼굴은 아배를 닮고 키는 어매를 닮아 허리가 길쑥하니 예뻤다. 시집간 지 삼년이 되는데 아직 애기가 없다.

애기야 있건 없건 둘은 금슬이 좋아 깨금이는 깨소금같이 즐거운 시집살이를 하고 있었다. 누가 뭐라 해도 깨금이 신랑만큼은 어디 내어놓아도 자랑거리가 아닐 수 없었다. 둘은 그만큼 잘 어울리는 짝이었다.

그런데 지난 가을 삼거리로 시집간 강생이의 경우는 좀 다르다. 강생이는 정말 구슬 같은 참한 딸이었다.

어쩐 일인지 분들네의 여섯 남매는 모두가 겉모양만큼은 깎은 밤톨처럼 나무랄 데 없이 생겼다.

그러나 강생이 신랑 윤서방은 말대가리같이 못생겨 분들네는 잔칫날에도 내처 방구석에 들어박혀 내다보지도 않았다. 강생이가 불쌍해서 훌쩍대며 울었다.

석달 뒤, 딴살림을 나와 살고 있는 딸네 집에 다니러 갔다가 분들네는 강생이한테 속은 듯한 기분이 되어버린 것이다.

재를 두 개나 넘어 저물녘에 찾아갔는데 윤서방 내외는 벌써 저녁을 먹고 있었다. 그런데 저녁 먹는 모습이 분들네 마음을 뒤틀리게 했다. 강생이는 그 못생긴 윤서방하고 작은 옹자배기에다 갱죽을 퍼놓고 마주 앉아 깔깔대며 먹고 있는 것이었다.

분들네는 뭐라고 인사말도 제대로 안 나와 속이 꾸룩꾸룩거렸다. 하룻밤을 어떻게 지냈느지 이튿날 돌아오면서 내처 욕을 해댔다.

'고년, 기생잡년같이 말대가리 그놈이 뭐가 좋아 죽고 못살제. 고년, 화냥년…'

이렇게 분들네는 심기가 언짢을 대로 언짢았다.

이런데다 올봄에 맏딸 깨금이가 속병을 앓는다는 소문이다. 속병이야 누구나 한 번씩은 앓는 병이니 쉬 나을 거라 여겼는데 깨금이는 시나부로 야위어 갔다.

배서방은 먹고 싶은 대로 말만 하면 무엇이든 사왔다. 석수장이는 고지농사로 살아가는 백성들보다 형편이 괜찮은 편이었다.

배서방은 장날마다 가지가지 과일도 사고 과자도 사고 고기도 사왔다. 깨금이 방 벽장 안엔 먹을 것이 수북히 쌓여 있었다.

친정집에서 아배한테 사랑을 담뿍 받으며 자란 깨금이는 신랑한테도 애지랑을 떨며 어린애처럼 굴었다. 배서방이 사다주는 것을 먹고 싶은 대로 실컷 먹었다.

"오늘은 뭐 사올꼬?"

배서방은 장날이 되면 이렇게 물었다.

그게 배서방한테는 사랑하는 아내를 즐겁게 해주는 또 다른 낙이 되었다.

"수박하고, 위이하고⋯⋯⋯"

깨금이가 알고 있는 과일이란 그것 밖엔 어떤 것이 있는지 알 수도 없었다. 배서방은 깨금이가 말한 대로 틀림없이 수박과 참외를 사왔다.

배서방이 하고 있는 석수일은 여기저기 흩어져 있었다. 어떤 때는 멀리 경주까지 가서 한 달 동안 일을 할 때도 있었다. 한문 공부도 웬만큼 했고 솜씨가 좋아 문자를 새기는 비석 같은 것을 많이 만들었다.

하지만 역시 배서방은 돌장이, 석수장이라 했고 상놈축에 들었다.

만약 깨금이가 여느 아낙네같이 몸이 튼튼해서 아들 딸을 줄줄이 낳고 살았다면, 배서방은 그 자식들에게 신식 공부를 시켜 훌륭한 사람으로 만들었을 게다.

하지만 깨금이는 배태도 못해 보고 점점 여위어 갔다. 시드락병은 집안을 망친다 했지 않는가.

얼굴이 노래지고 눈까지 노랗게 되면서 배가 부어올랐다. 황달이 틀림없는데 보통 황달과는 다른 모양이다. 약국에 가서 탕약을 수없이 지어 먹어도 되지 않았다.

오줌까지 노래지고 목에서 피가 올라왔다.

분들네는 딸을 위해 온가지 조약을 만들었다. 산앵두씨는 서리맞은 뒤라야 약이 된다고 늦가을까지 기다렸다가 빨갛게 익은 것을 따왔다. 씨를 발라내어 다린 물에 꿀을 타서 먹였다. 댑싸리씨도 다려 먹이고, 차나락짚도 달여 먹였다.

조갑지를 주워다가 삶아 국물을 마셔도 안 되었다.

결국 병든 깨금이를 자리에 눕혀 둔 채 장득이와 이순이는 동짓달 스무 날 잔치를 치르게 되었다.

이순이는 그해 봄내 여름내 방안에서 바느질로 세월을 보냈다. 서툰 대로 물레로 실도 자아보고 베틀에 올라가 베도 짜봤다.

시아배 예물옷으로는 열한 새 지줄이 삼베로 도포를 만들었다. 어매가 칫수와 요령을 곁에서 가르쳐 준 대로 손수 마름질도 하고 바느질을 하고 대림질까지 했다. 시어매 것은 아홉 새 무명으로 치마 저고리를 지었다. 여덟 폭 치마는 박음질이 어려웠다.

신랑 장득이 바지 저고리와 두루마기까지 만들고 시누 동생들은 버선을 접었다.

다 하고 나니 이순은 웬만한 바느질을 다 배우게 되었다.

하지만 이순이는 여름이 다 갈 때까지 밤이면 아무도 몰래 째금째금 눈물을 짜내었다. 가슴이 아리고 쓰리고 따갑기까지 했다.

'인지라도 도로 물리마 안 되까?'

이순이는 혼자서 별난 궁리까지 해봤다.

'내가 고마 병이 나가지고 들어누웠비까? 그라마 저짝에서 혼인 고만 물리자꼬 하겠제.'

그러나 아침이 되면 이순이는 밤에 궁리했던 것을 다 잊어버리고 바쁘게 일을 하고 또 일을 했다.

그렇게 안타까운 이순이 마음과는 다르게 뒷산 비탈쪽으로 보라빛 도라지꽃이 필 때, 서억이 오라배가 안구미 처자하고 혼약을 했다.

이순이는 멍해져버렸다. 서억이 오라배한테 속은 것만 같았기 때문이다.

참지 못한 이순은 밤에 잠자리에서 이금이한테 하소연했다.

"이금아, 어쩌만 좋노? 서억이 오라배 딴 데 장개갔빈단다."

이금이는 처음으로 언니가 가여워 보였다.

"내가 서억이 오라배한테 가서 딴 데 장개가지 마라 말까?"

"어매가 알고 머락하마 어야제?"

"어매 몰래 오라배한테 고끼 말하제. 딴 데 장개가지 마고 싱이하고 달라빼라꼬."

"뭐라꼬!"

이순이는 간이 떨어질 듯이 놀랐다.

"서억이 오라배하고 싱이하고 내하고 같이 달라빼가지고 이석이 오라배한테 가서 살만 되제."

"……"

그러나 이순은 거기까지는 생각하지도 못했고, 그런 엄청난 짓을 할 만큼 담차지도 못했다.

"서억이 오라배도 이석이 오라배한테 가자 카마 얼싸좋다 할 낀 데……"

"이금아! 안 돼! 싱이는 절대로 안 달라뺀다."

둘은 괜히 이렇게 저렇게 가슴만 두근거리다가 본래대로 돌아와 버렸다.

이순은 그리다가 결국 장득이한테 시집을 갔다.

혼례식이 끝나자 이내 신행길에 올랐다. 신랑은 그냥 걸어갔지만 이순은 가마를 탔다. 보통 백성이지만 성씨만 괜찮으면 가마는 탈 수 있었기 때문이다.

이순은 외할매와 어매한테 귀가 따갑도록 시집살이 잘해야 한다고 들어왔기 때문에 첫날부터 조바심스럽게 하나하나 잘 치러나갔다.

사흘 만에 이바지로 가지고 온 마른 반찬을 가지고 정지에 나갔다. 부뚜막에 오합 자개그릇을 놓자 언제 왔는지 시누이 말숙이가 오합 뚜껑을 열고 노랗게 부쳐온 달걀지단을 냘름 집어 먹어버린다.

"어짜꼬나!"

이순은 질겁을 했다.

"괜찮다, 형님아."

이순이보다 한 살 아래인 말숙이는 시아배 조석을 꼭 닮은 똥그

115

란 눈을 장난스럽게 굴리며 이순을 쳐다봤다.

"아뱀 밥상에 차려드릴 낀데……"

이순은 흡사 자신이 버릇없이 저지른 짓 같아서 사흘 동안 애써 지켜온 예의범절이 송두리째 흠투성이가 된 기분이었다.

"아직 거기 많이 남았잖애?"

말숙이는 얌체까지게 조금도 숙으러들지 않는다.

아침밥상을 차려다 시아배와 시어매한테 가지고 갔지만 이순은 도무지 개운치가 않았다.

이렇게 처음부터 찜찜한 시집살이가 시작되었다. 괜히 불안스럽고 모든 게 짝짝이 같고 바로 놓인 게 없어보였다.

그러고 있는데 다음날 아침 일찍, 친정집 이금이가 십리길을 할딱거리며 달려왔다.

이금이는 사립짝 너머로 가지껏 발돋음을 하고 언니를 부르고 있었다.

"싱이야아! 싱이야아!"

귀익은 목소리에 이순이 내다보자 이금이 쪼르르 달려온다.

"싱이야, 얼른 자개그릇 줘."

"그것 가질러 이꺼정 왔나?"

"그래, 다리골댁이 얼른 갖다 돌라카드라."

이바지반찬 그릇은 다리골댁 것을 빌려 온 것이다. 다리골댁은 그걸 아주 귀하게 여기고 있었다. 이순은 까만 자개그릇을 깨끗이 닦아 보자기에 쌌다. 이금이한테 그걸 건네주려다 갑자기 얄궂은 생각이 났다.

"이금아, 이것 내가 가지고 갈게. 니가 이 집에서 살어."

"애앵!"

이금이는 홀짝 뛰어오르듯이 놀란다.

"니캉 내캉 바꾸자, 잉?"

"싫어, 안돼!"

이금이는 새파랗게 질려 언니 손에 들린 이바지그릇을 빼앗아 들고 줄똥싸게 달아났다.

언덕배기 아래로 달려가는 이금이 뒷모습을 부럽게 바라보다가, 이순은 그만 사립짝 기둥에 기대어 훌쩍거리며 울고 말았다.

6

칠배골의 겨울은 딴 데 평지보다 빠르게 찾아왔다.

이석이네가 가꿔 놓은 조밭, 콩밭에도 서리가 빨리 내려 반은 쭉정이가 되어버렸다.

철바뀜은 인정사정이 없었다. 철을 따라 살아가는 사람들은 이런 철을 앞질러 갈 수도 없고 뒤쳐져 가서도 안 된다.

이석은 오두막 노인 내외한테 뒷바라지를 극진히 받으며 농사일을 했는데도 바라는 대로 되지 않았다. 내년 봄까지 양식할 것이나마 거둬 들였으면 하는 것이 이석의 큰 소원이다.

"젊은이가 그래도 기특하네. 이런 산중에 살러 오다니, 부지런히 일하마 굶지 않고 살 수 있네."

'내 성은 조가'라고 가르쳐 준 조씨 노인은 감자씨부터 콩씨, 조씨, 수수씨, 양대콩씨까지 골고루 나눠 줬다. 조씨 노인쪽에서도 부대기밭을 일굴 때 같이 불을 질러 놓고 걸거질을 하니 훨씬 쉬웠다. 무슨 일이나 그렇겠지만 농사일은 이렇게 서로 손을 모아서 하면 혼자서 하는 것보다 갑절은 더 할 수 있다.

조씨 노인 내외는 이석이네가 무엇 때문에 이런 산중에 들어와 사는지 일체 묻는 일이 없었다. 무슨 피치 못할 사정이 있다는 걸 짐작만 했지 구태여 물을 까닭이 없다고 생각했기 때문이다. 그만큼 살아온 나이 때문일 게다. 좋은 일은 들어내 놓고 자랑할 수 있지만 남세스런 일은 되도록 덮어두는 게 서로를 아껴줄 수 있기 때문이다.

달옥이는 열여덟 해를 살아오면서 가장 힘든 한 해를 살았다. 읍내 최대감댁에서 종살이를 할 땐 그래도 이렇게 거친 일은 하지 않았다. 부엌 설거지와 집안을 쓸고 닦고 빨래하는 일은 뙤약볕에서 밭매는 일보다는 쉬웠다. 거기다 달옥이는 아껴주고 품어준 어매가 있었다. 오월이라 부른 달옥이 어매는 최대감댁 마님이 시집올 때 족두리 하님으로 따라온 몸종이었다.

어매는 평생 시집을 가지 못했는데도 달옥이를 낳았다.

달옥이가 철이 들면서 아배 이야기를 물으면 어매는 그냥 먼데 말로

"아배 말이제. 너어 아밴 앤병 앓다가 죽었제."

그렇게만 말할 뿐이었다.

달옥이 열여섯 살 때 물건너 은행나무집 튼실한 하인총각한테 혼인말이 있었는데 무슨 까닭인지 갑자기 틀어져 버렸다.

어매 오월이는 달옥이 어깨를 쓰다듬으며 달래었다.

"달옥아, 니는 좋은 신랑 만내서 따따분케 살아야제. 종놈이 아니고 농사꾼 아낙이라도 번듯하게 사람대접 받고 사는 줌밖으로 나가야 된다."

어매는 그때부터 달아나야 한다고 입버릇처럼 말했다.

읍내 양반집 가운데서도 더러는 종문서를 불태우고 씨종들까지 풀어주는 이가 있었다. 하지만 종들은 맨몸으로 풀려나 지향 없이 떠돌아다니다 도로 상전한테 돌아오는 이가 많았다. 목구멍이 포도청이라 하지 않았던가? 맨몸으로 나간들 거지가 아니면 도둑이 될 수밖에 없어 그냥 옛날 상전한테 되눌러 있을 수밖에 없었다.

하지만 오월이는 생각이 달랐다. 어떤 일이 있어도 달옥이를 이렇게 이녁처럼 한평생 시집도 못 간 채 종살이를 시킬 수는 없었다.

그렇게 해서 지난 정월달 진눈깨비가 내리던 운명의 날을 맞이한 것이다.

아침 나절엔 그냥 구름만 끼고 날씨가 푸근한 편이었다.

오월이는 빨래감을 방티에 산더미만치 이고 달옥이를 데리고 낙동강으로 나왔다. 빨래 나가는 건 예사 있는 일이니 달옥이도 다른 생각 없이 허드레 빨래감을 자배기에 담아 이고 어매를 따라 나섰다.

강물은 얼어 있고, 아직 설을 쇠느라 강가엔 다른 빨래꾼은 보이지 않았다.

어매는 몇 가지 빨래를 그냥 주물주물 빠는 시늉만 했다.

진눈깨비는 그때부터 내리기 시작했다.

"어매, 쌔기 빨아가주 들가자."

달옥이가 몸을 웅크리며 어매한테 채근대었다.

어매는 주물거리던 손을 멈추고 달옥이를 봤다. 진눈깨비가 어매 낯을 적셔서 그런지 어매 눈에 눈물이 고인 듯했다.

"달옥아 ……"

어매는 저고리 품에서 미투리 한 켤레를 꺼내었다.

"어맨, 웬 신이제?"

달옥이는 갑자기 뜬금없는 어매가 우스웠다.

"이 신 얼른 갈아 신어라."

"내 짚새기 안주 멀쩡한데 왜 그라제?"

"어서 갈아 신고 달아나그라."

"뭐라카노?!"

달옥이는 어매가 우스개짓으로 그러는 게 아닌 것을 금방 알아차렸다.

"달옥아, 에미 말 들어라. 니는 달라빼야 된다. 간밤에 꿈에 신령님이 널 살펴준다 카셨다."

"……"

"자, 어서 이 신 갈아 신어라."

어매는 억지로 달옥이 헌 짚신을 벗기고 삼으로 꼭꼭 삼은 새 미투리로 갈아 신겼다.

"내 혼자서 어디로 가노?"

"어매가 곧장 따라갈 끼까네 니 먼첨 가그라."

"그럼 어매도 내캉 같이 가."

"같이 가다가 잡히마 안 된다. 아무도 눈치 못 차리게 따로따로 가야 된다. 자, 어서 니 먼첨 가그라."

진눈깨비는 자꾸 쏟아지고 달옥이는 가슴이 콩콩 뛰고 무서웠다. 어매는 달옥이 등을 밀어 얼음이 두거운 쪽 강으로 자꾸 재촉했다.

달옥이는 엉겁결에 그냥 떼밀려 얼음 위로 조심조심 강을 건넜다. 등뒤에서 어매가 울먹이며 거듭 재촉인다.

"달옥아, 신령님이 살펴 주센다. 걱정 말고 가그라. 가서 사람구실 하면서 잘살아야 한다. 달옥아, 붙잡히마 안 된다. 쌔기쌔기 가그라……"

달옥이는 강가 모래밭을 종종걸음으로 걸었다. 눈이 쌓이고 그 눈은 미투리 바닥새로 녹아들어 버선발이 젖는다.

달옥이는 뒤를 돌아봤다. 쏟아지는 진눈깨비 때문에 어매 모습이 분명치가 않았다.

어매는 무언가를 두 손에 들고 얼음이 옅은 여울쪽으로 가고 있다.

'저리로 어매가 건네 올라는갑제?'

그렇게만 생각하고 있는데, 어매는 들고 있던 덩어리로 얼음을 깨고 있었다.

'뭔 일로 저러노?'

달옥이는 궁금해서 달달 떨리는 가슴을 옥죄면서 눈을 가지껏 뜨고 바라봤다.

어매는 돌을 쿵쿵 얼음 위에 더 놓고 있었다. 여러 번 그러자 얼음이 깨지며 구멍이 생겼다.

오월이는 그 동안 오월이 나름대로 곰곰이 짜낸 방법을 쓰고 있는 것이다. 먼저 달옥이를 강 건너로 보내놓고 저만치 간 다음 얼음 구멍을 내어 그리로 들어가 죽는 것이다.

달옥이 짚신과 오월이 짚신을 나란히 얼음 위에 벗어놓고 오월이만 빠져 죽으면 된다. 누가 봐도 모녀가 함께 물에 빠져 자살한 것으로 알 것이다.

오월이 목적은 딸이 무사히 달아나는 것이기 때문에 이 방법은 아주 그만이지 않은가.

달옥이는 마냥 서서 어매가 하는 짓을 보고 있었다. 진눈깨비 속에 어렴풋이 보이는 대로 반은 눈으로 반은 짐작으로 헤아려 볼 뿐이다. 어매는 얼음을 깨고 있고 그 얼음이 깨지자 곁에 짚신을 벗어 놓는다. 어매 짚신하고 달옥이 신을 졸로래기 놓고는 어매는 몸을 꾸부리고 얼음구멍 속으로 들어간다.

'어매야!'

달옥이는 와락 겁이 나서 소리질렀다. 소리를 질렀는데도 도무지 입밖으로 말이 안 나온다. 눈물이 한없이 한없이 흘러내린다.

달옥이는 어쩐 일인지 발까지 붙어버린 건지 움직여지지도 않는다. 어매가 강물에 빠져 죽는데도 멍청히 서서 보고만 있다.

'어매야! 어매야! ……'

그러다가 달옥이는 어매 목소리를 들었다.

'달옥아, 어서 달아나그라! 신령님이 널 살펴 주센다. 어서어서 달아나그라. 달옥아! 달옥아! ……!'

달옥이는 소스라쳐 몸을 휘둘러 뛰기 시작했다.

'어매야! 어매야! ……!'

어매는 줄곧 뒤에서 달옥이 등을 떼밀고 있다. 보이지 않는 어매 손에 떼밀려 달옥이는 뛰고 또 뛰었다.

수수글텅이가 뽀죽뽀죽 남아 있는 수수밭 샛길로, 조밭 샛길로,

한티재 오르막을 헐떡헐떡 뛰었다.

미끄러져 엎어지면 다시 일어나 뛰었다. 넘어졌다 쓰러졌다 진판산판 달아나기만 했다.

한티재를 넘었다.

길은 남쪽으로 길게 길게 이어져 있었다. 산자락 아래로, 논밭 가운데로, 냇기슭으로, 달옥이는 길을 따라 자꾸자꾸 달렸다.

그렇게 칠십 리를 달려 수동댁 주막 앞에서 쓰러져 정신을 잃은 것이다. 아마도 어매가 꿈을 꿨던 신령님이 지켜주신 모양이다. 달옥이는 그렇게 믿고 싶었다.

쓰러진 달옥이를 안아다 보살펴 준 수동댁 식구들, 그 수동댁의 외손자 이석이와 만나게 된 것도 모두 신령님이 깊이 살펴주신 은덕 때문이다.

얼음을 깨고 강물에 몸을 던져 넣은 어매는 어찌 됐을까? 최대감댁에서는 얼음 위에 벗어놓은 짚신 두 켤레를 보고 딸과 어매가 같이 한 구덩이에 빠져 죽은 것으로 알고 그냥 그렇게 잊어버렸을 게다. 그래서 달옥이는 이석과 함께 칠배골에서 무사히 살아갈 수 있었던 것이다.

하지만 달옥이는 평생을 두고 어매한테 빚진 것을 가슴에 묻고 살아야 했다. 아무리 한스런 목숨이라지만 죽기까지 하면서 딸을 떠나보낸 까닭을 다 헤아리지는 못했다. 달옥이가 이렇게 도망쳐서 사는 게 그리도 어매한테 소중했던 것일까?

달옥이는 친어매 오월이한테도 그랬지만, 시어매 되는 정원이한테도 똑같이 죄스러웠다. 남의 귀한 아들을 느닷없이 나꿔채어 달아난 것이 어찌 죄스럽지 않겠는가?

칠배골에 와서 일 년이 다 되도록 그 시어매 정원이를 한번 찾아 뵙지도 못했고, 시어매도 한번 찾아오지 안했다. 이리로 함께 와서 자리를 봐주고 떠난 서억이한테도 아무 소식이 없다.

지금 달옥이는 뱃속에 아기를 가졌다. 내년 봄이면 식구 하나가 는다.

묵정밭을 다시 일구고 부대기를 일구며 감자를 심고 조를 심고 콩밭을 가꿨다. 양식이 떨어져 칡뿌리를 캐먹고 산나물과 송기를 벗겨 먹었다. 보리둑 열매와 망개 열매를 따먹고 머루 다래를 따먹으며 여태 살았다. 그렇게 힘들게 살았는데도 어찌 뱃속엔 아기가 생기고 아무것도 짐작도 못하고 무슨 갈피도 못 잡은 채 닥치는 대로 살아가고 있을 뿐이다.

다만 이석이 그 힘든 가운데서도 곁에서 변함없이 지켜주었다. 마음 좋은 이석은 한 번도 얼굴을 찌푸리거나 화를 내지도 않았다. 잠시도 쉬지 않고 괭이 한 자루로 묵정밭을 일구고 씨를 뿌렸다. 사이사이로 틈을 내어 통박나무로 이남박도 만들고 소쪽박도 만들었다.

살매를 베어 그걸 엮어 바소쿠리도 만들고 다래끼도 만들었다. 그걸 한 짐씩 지고 조씨 노인과 장에 내다 팔아 가끔 절인 고등어도 사왔다.

그렇게 살다보니 봄이 가고, 여름이 가고, 가을이 오고, 겨울이 온 것이다.

달옥이는 시댁식구 생각이 나면 어쩔 수 없이 한마디씩 했다.

"큰액씨 혼인날이 다 돼 갈 텐데, 어짜네?"

이석은 고개를 숙이고 있다가 안 들릴 만큼 한숨 쉬었다.

"이런 꼬라지로 어째 가볼 수 있겠나. 자식 노릇도 오래비 노릇도 아무것도 할 수 없다네."

이석은 이런 때면 잠깐씩 후회스럽기도 했다. 멍하니 앉아서 고향 삼밭골 집 생각이 간절했다. 하지만 이제는 가장 소중한 건 달옥이였고 그 달옥이와 평생을 살아가는 것이 큰 임무였다.

그렇게 칠배골 산속에서 이석과 달옥이가 힘들게 살고 있는 만큼 삼밭골 어매 정원이도 외롭고 고닲은 나날을 보내고 있었다.

이금이와 단둘이 다 떠나보낸 덩그런 집에서 정원은 여전히 일을 했다.

이금이는 나날이 다르게 얌전해지고 있었다. 이제는 앙탈을 부릴 언니도 없고 모든 어리광을 받아주던 할매도 없다.

분옥이는 동생 용식이 대식이가 많이 커버려 집안 일이 더 바빠졌다. 그리고 내년이면 시집을 간단다.

그 내년이 또 금방 닥치고, 설날 이순이가 첫 친정나들이를 왔다. 피고물 시루떡을 눈물정성으로 들고 온 장득이는 쭈빗쭈빗 장모님한테 절을 했다.

겨우 한 달 반 만에 만난 언니를 본 이금이 첫마디는

"싱야, 왜 일케나 빼짱 말랐어!"

하는 것이었다.

이순이는 달 반밖에 안 되는 시집살이였는데도 십 년이나 되는 듯이 길고도 서러운 시집살이를 했다. 태어나서 처음으로 말로만 듣던 시집살이가 이토록 맵고 짠 것인 줄 몰랐다.

여름밤에 둘개삼 삼으며 부르던 마실 어마이들의 노랫말 그대로

였다.

　　　형님 형님 사촌형님
　　　시집살이 어떻든고
　　　애고 야야 그말 마라
　　　꼬치 당초 맵다캐도
　　　시집살이 더 맵드라
　　　둥긍둥긍 수박식기
　　　밥 담기도 어렵드라
　　　도리도리 도리소반
　　　수절 놓기 어렵드라
　　　면 모르는 낯선 정지
　　　동제하기 어렵드라
　　　호랑 같은 시아밧님
　　　밥상들기 어렵드라
　　　중우 벗은 시아재비
　　　말하기도 어렵드라
　　　할림새야 시누부야
　　　말 듣기도 어렵드라
　　　석 자 세 치 상승수건
　　　횃대 끝에 걸어놓고
　　　들맨날맨 날맨들맨
　　　눈물 닦아 다 섞었네
　　　분홍치마 다홍치마
　　　눈물 흘러 행주됐네

눈이 한 길이나 되게 내리던 그해 동지 섣달, 이순이 시집살이가 그런 한겨울 추위만큼이나 맵고 쓰라렸다.

분들네는 미리부터 그렇게 하려고 작정이라도 한 듯이 며느리를 못살 만큼 행짜부렸다. 이순이는 시린 손을 호호 불며 밥을 지어놓으면 밥주걱은 분들네가 잡았다. 아랫목 정지쪽 벽에 뚫린 뙤창으로 시누이 말숙이가 빼꼼이 내다보고,

"형님, 밥 다 됐네?"

물으면 이순은 고깝고 서러우면서도 꾹꾹 참고 고개를 끄떡였다.

"어매, 밥 다 됐단다."

말숙이가 그러면 분들네는 그 큰 키를 일으켜 성지로 나간다.

분들네는 이순이를 뒤에 세워둔 채 딴전부리듯이 그릇그릇 밥을 퍼담아 안으로 다 가져갔다. 그리고는 한쪽 귀때기가 다 닳은 물쪽박 언저리에 제비집 붙이듯이 찌꺼기밥을 째겨붙여 퍼놓고는 들어가버린다.

이순이는 그 밥을 정지 바닥에 새끼또뱅이를 깔고 날된장 한 가지만으로 쪼그리고 앉아 혼자서 먹었다. 눈물이 밥바가지에 뚝뚝 떨어졌다.

거적문은 둘둘 말아 시커멓게 그으른 바깥 서까래에 달린 나무골갱이에 걸어 놓아 정지 안은 벌판처럼 추웠다. 쇠눈이 얼어붙은 한 뎃바람이 불어 들어와 조막손이 빨갛게 얼어버린다.

이순은 목이 메어 밥이 목구멍에 맥히는 걸 억지로 삼킨다. 그래도 먹지 않으면 더 춥고 배고프기 때문이다.

이순은 하루하루 야위어 갔다. 치마허리가 점점 조여들어 아랫집 안골댁 말대로 허리가 한줌밖에 안 되었다. 그렇게 부지깽이처럼

마른 몸으로 첫 친정을 온 것이다.

이금이가

"싱야, 왜 일케나 빼짱 말랐어!"

말했을 때, 이순은 그만 그동안 쌓인 설움을 주체 못하고 얼굴을 싸안고 소리내어 울어버렸다. 그렇게 우는 언니 모습을 본 이금이는 전에 그러던 소가지가 발끈 치솟아 형부되는 장득이 앞으로 다가가 다짜고짜 상투머리를 두 손으로 움켜쥐고 마구 흔들어댔다.

"이 머슴아야, 우리 싱야 이전맨치로 도로 만들어라 ! 아앙……"

졸지에 상투를 잡힌 장득이는 얼굴이 새빨개져 어쩔 줄 몰라 하고, 정원은 그보다 더 낭패스러워졌다. 정원이는 벌떡 일어나 이금이 좁비다란 모가지 뒷덜미를 잡아끌고 건넌방으로 데리고 갔다. 아무 말 없이 두 손을 끄나풀로 꽁꽁 묶어놓고 방문을 밖에서 잠궈버렸다.

갑자기 당한 일이고, 그리고 어매가 전 같지 않은 행동에 겁이 난 이금이는 오들오들 떨며 손목을 묶인 채 조용히 앉아 있었다.

정원이는 도로 안방으로 와서 사위 되는 장득이 앞에 마주 앉았다.

"철없는 거이 못된 짓을 해서 대신 사과하겠네. 그러니 앞으로는 이런 일 없도록 처신을 똑똑이 하게나."

"……"

장득이는 얼굴이 더 붉어지고 비뚜러진 상투머리를 다잡아 묶느라 쩔쩔맨다.

정원이는 나이 들수록 수동댁과 꼭같이 닮아가고 있었다. 장득이한테 사과도 하고 꾸중도 해놓고 일어나 나갔다. 사위는 백년 손님이니 손님 대접은 해야 한다.

살찐 암탉 한 마리를 붙잡아 목을 비틀고 오나락 쌀로 밥을 지었다.

저녁상 앞에 오랜 만에 네 식구가 둘러앉아 밥을 먹었다. 정원이는 설이 와도 찾아오지 못하는 이석이 생각에 목이 메고 시집살이에 야위어진 이순이 허겁지겁 밥숟깔을 떠넣고 있는 모습이 모두 눈물겹게 보였다. 그러나 절대 내색하지 않고 속으로만 울고 또 울었다. 어디론가 가서 어떻게 살고 있는지 알 수 없는 수동댁 걱정도 가슴을 짓눌렀다.

장득이는 하룻밤을 묵고 나음날 일찍 집으로 갔다. 이순이는 한 댓새 더 쉬었다 가기로 했다.

이금이는 그새 활짝 웃으며 형부 되는 장득이한테 사근사근 정다워졌다.

"새아제요, 인지부텀 싱야 밥 많이 주래이. 일도 글케나 많이 씨겠지 마고, 밤에 군불도 뜨시게 때 주래이."

장득이도 주눅이 들어 굳었던 얼굴이 펴지고 꺼끄럽던 목이 트였다.

"처제도 울집에 놀러 오소."

장득이가 돌아가고 친정 식구들만 남게 되자 이순이는 다시 지난날 어린애로 돌아갔다. 이금이와 속닥거리며 얘기하고, 어매하고 정지 안에서 깔깔 웃으며 밥을 지었다.

그리고 이순이가 활짝 신바람이 생긴 건 오랜 만에 보고싶던 귀돌이가 친청에 온 것이다. 능마루골 장씨한테 훗살이 갔던 귀돌이는 사 년 만에야 기다리던 애기를 가졌다. 이제 석 달째니 한창 입덧이 심했다.

하지만 귀돌이는 조금도 기쁜 빛이 보이지 않았다. 키가 많이 커져 어른 티가 났지만 두 볼에 보조개는 여전히 귀엽고 옛날 귀돌이와 조금도 다르지 않았다.

귀돌이는 이순이를 보자 울음부터 터뜨렸다.

"이순아, 왜 일케나 빼짱 말랐노?"

귀돌이는 이금이가 언니를 보고 했던 말을 흉내도 내듯이 그렇게 물었다.

"귀돌아, 귀돌아 ……"

"니도 시아바이가 설움 주드나? 안 그라마 시어마이가 밥 굶기드나?"

"귀돌아 ……"

"이순아 ……"

둘은 울고 또 울었다, 상대방 동무가 불쌍해서 우는 게 아니고 자기네 처지가 서러워서 울고 또 우는 것이었다.

이순이야 귀돌이한테 견주면 아무리 덤을 놓고 드레질해도 귀돌이 설움만큼 크지 않을 게다.

귀돌이는 어매가 죽고 새어매가 들어와 구박받으며, 민며느리로 시집가서 거기서 소박당해 늙은 홀아비한테 훗살이간 것까지 얼마나 숱한 설움을 겪었던가?

능마루골은 높은 대배기 골짜기였지만 장씨네는 집도 머슴방까지 갖춘 큰 집이었다. 비록 나이 많은 홀아비였지만 신랑 장씨는 점잖았다. 이전부터 부엌 허드렛일을 하는 정지어매는 장씨 먼 친척되는 예순이 넘은 할머니였다.

귀돌이가 홋살이 가서도 부엌일은 그 정지어매가 했다. 장씨는 귀돌이를 딸처럼 각시처럼 귀여워했고, 머슴되는 소근섭이는 말을 더듬었지만 일은 착실하게 했다. 귀돌이는 아무것도 아쉬운 게 없었다.

하지만 귀돌이는 외딴 섬에 사는 기분이었다. 집도 크고, 이부자리도 편하고 먹을 것 입을 것이 많은데도, 그것들이 낯설기만 했다. 사 년 동안 살았지만 아직까지도 남의 집 같고, 식구들이 모두 남남인 것만 같았다.

귀돌이가 능마루 장씨네 집에 이렇게 정 붙이지 못하는 건 방아실 달수 때문일 게다. 달수는 똑똑히 말해주지 않았던가. 헤어질 때 틀림없이 데릴러 온다고 했던 것이다.

귀돌이는 여지껏 그 말을 잊지 않았다. 남의 집으로 홋시집을 갔는데도 달수는 꼭 데릴러 올 것만 같았던 것이다. 귀돌이가 아주 어려서 세상 물정을 몰라 꿈에서나 있는 일을 바라는 것이 딱하기도 했다.

이순이와 같이 실컷 울고 나서 귀돌이는 눈물을 닦았다. 그리고 모두 웃으며 놀았다.

이순이와 이금이, 그리고 귀돌이와 분옥이가 이렇게 함께 모인 것이 이번 설이 마지막이 될 수도 있다. 가을이면 분옥이도 시집을 간다. 그러니 분옥이는 언니 귀돌이와 즐겁게 노는 것이 더 소중했을지도 모른다.

귀돌이는 이틀 밤을 묵고 능마루골로 돌아갔다. 이릿재 고개를 오르는 귀돌이는 가고 싶지 않은 집으로 가는 듯이 쓸쓸해 보였다. 누구든지 돌아서 가는 뒷모습은 쓸쓸하기 마련인데, 귀돌이의 그

뒷모습은 한없이 애처러워 보였다.

그리고 사흘 뒤엔 이순이가 돌음바우골로 갔다.

엿새 동안 친정집에서 마음껏 먹으며 지낸 탓인지 이순이 두 볼이 발그랗게 살이 올라 있었다. 이순이 발걸음은 귀돌이보다는 무겁지 않았다. 돌음바우골 가는 길은 냇기슭을 따라 줄곧 내리막길이다.

이순은 마을 끝에 있는 서낭댕이에다 돌을 던졌다. 서낭님이 시어매 분들네 마음을, 시누이 말숙이 마음을 좀더 따숩게 해달라고 빌었다.

그런데, 이순이 바라는 것하고는 다르게 엉뚱한 걱정이 일어나고 있었다. 장득이가 그새 또 노름방을 다니며 밤샘을 하고 있었던 것이다.

장가만 가면 괜찮겠지 하고 조석과 분들네는 기대했는데 장득이는 각시보다 아무래도 그놈의 화투놀이가 훨씬 재미졌던 것이다. 이순이가 친정에서 돌아온 그날 밤도 장득이는 밤샘을 하고 첫닭이 울고 나서 돌아왔다.

이순이는 들기름불 접시에 기름이 닳으면 다시 귀때기 질병을 기울여 기름을 따르었다.

며느리를 데려온다고 건넌방 옆으로 붙여 만든 작은 골방에서 이순은 이불을 깔아 놓고 눕지도 못하고 앉아서 밤을 새웠다. 마실 나간 서방님이 돌아오지 않는데 새댁이 먼저 자리에 누워서는 안된다. 아무리 농사꾼이지만 법도는 지켜야 한다.

하룻밤은 그래도 자지 않고 밤을 지새웠지만, 다음날부터는 그 법도도 지키지 못했다. 간밤을 꼬박 지새고 난 이순은 초저녁부터 졸기 시작했고, 옷을 입은 채 엎드려 쓰러진 대로 자고 말았다.

분들네는 더 사나와졌고, 시누이 말숙이는 뒤에서 한층 꼬득이고 종주발거렸다.

"서방 하나 건사 못하는 년, 어떻게 컸는지 그 집구석 내력 훤하 구망."

분들네는 장득이 삐뚜러져 가는 것보다 며느리한테 유세거리가 생긴 것이 오히려 힘이 나는 듯했다. 이순이 들릴 듯 말 듯 떨어진 곳에서 뒤돌아선 채 들떼놓고 궁시렁대는 것이었다.

분들네는 남편 조석이 여태 한 번도 딴전 안 부리고 곱게 살아주는 게 모두 분들네 제 잘난 탓인 줄 알고 그걸 자랑하고 있었다. 시집간 깨금이나 강생이도 얼마나 호톳하게 살고 있는가? 깨금이 몸에 병이 있는 건 누구 잘못도 아닌 팔자이다.

이순이가 이런 대로 시잡살이에 견딜성이 생긴 건 시아배 조석 때문이다.

장득이 밤을 지새우며 집에 돌아오지 않는 날은 조석도 애간장이 탔다. 무엇보다도 새애기 이순이가 안쓰러웠다. 밤새 불이 켜져 있어도 걱정하고 불이 꺼져 있어도 걱정이었다.

귀때기병에 들기름이 다 떨어져 이순은 사흘밤을 까막방에서 지냈다. 시어매한테 빈병을 내밀며 기름을 달라는 말을 하고 싶지가 않은 것이다. 어느 새 이순은 분들이네한테 맞서고 있었다. 숙이고 싶지가 않은 것이다. 타고 난 고집이기도 했지만 집안 모양새가 그리 만들기도 했다.

이순이 사흘밤 까막방에 지내는 걸 보고 조석은 장에 가서 양철통으로 된 초롱에다 왜기름(석유)을 사고 하얀 사기등잔(호롱)도 사왔다. 분들네한테는 감추듯이 하면서 이순이 방에다가 조심스레 들이밀어 주었다. 일은 그렇게 꼬여들었다.

세상에 감춘다고 감춰지는 것은 없다. 시누이 말숙이와 시동생 재득이, 중우벗은 세 살짜리 수득이까지 호롱불 구경을 하느라 새댁방에 몰려왔다.

아가리가 좁은 종지 같은데 심지를 꿸 수 있는 꼭지가 있어 거기서 불이 빤하게 붙은 것이 신기했다.

분들네는 속이 끓어 올라 투덜대었다.

"어뜬 상전이래서 시애비가 가만가만 마느리 신식 등잔꺼정 사다 바치제."

분들네는 갑자기 어느 것이 미운 파리고 어느 게 고운 파리인지 엄벙덤벙 잡히지 않는다. 분들네한테는 아직 한 마리쯤 미운 파리가 있어 실컷 두들겨 패고 싶은 것이다.

어쨌든 이순이는 시아배 조석이 고마우면서 한쪽으로는 짐도 되었다. 안방 건넌방 모두 꼬끌불을 켜고 사는데 혼자 왜기름불을 쓴다는 게 편치 않았다. 장득이는 정월이 다 가도록 밤을 새고 들어왔다. 이 집 상전은 바로 맏아들 장득이였는지 아무도 한마디 꾸짖지도 않고 눈치만 보고 있었다.

그런 장득이를 자식이라 믿고 조석은 새로 배냇송아지 한 마리를 얻고 앞들 논 서 마지기, 둔둘배기 밭 두 마지기를 얻었다. 입이 하나 늘었으니 일거리가 있어야 한다 싶었기 때문이다.

이런 장득이가 불쑥 또다시 머슴살이를 간다는 것이다.

"아배요, 올개만 빚 갚고 내년부텀 맘 잡고 일을 함시더."

"……"

조석은 체면이고 뭐고 며느리 앞에서도 통곡을 하고 싶었다. 이런 기맥힌 일이 벌어져도 마음 여린 조석은 자식한테 한마디 큰소리로 꾸짖지 못했다.

얻어 놓은 논밭과 배냇소는 도로 물리지도 못해 조석은 그해 내내 등줄기가 빠지게 일을 해야만 했다.

이렇게 힘든 시집살이를 하는 이순이한테 가슴 찐하게 하는 소식이 또 들려왔다. 서억이 올봄에 장가를 간단다. 미리 알고는 있었지만, 이렇게 눈앞에 닥치고 보니 괜히 또 눈물이 나왔다.

서억은 초례만 쳐놓고 달묵이로 가을에 묵신행을 하기로 했다. 서억이 그렇게 하고 싶다니까 양쪽 집에서도 좋다고 했다.

복남이는 이제서야 죽은 시아배와 남편에게 제대로 할 일을 다 한 것 같아 마음이 놓였다.

서억이 장가가던 날, 건넛집 정원이한테도 깍듯이 큰절을 했다.

"이석이 어매요, 그동안 잘 보살펴줘서 이렇게 어른이 됐니더."

"그래, 서억인 정말 효자구나. 너어 어맨 월매나 좋겠나."

정원은 이런 땐 이석이 한없이 원망스러워졌다. 그러나 미운 정 고운 정이 어떤 것인지 정원은 이석을 원망하면서도 한쪽으로는 또 애처롭고 가여웠다.

능마루골 귀돌이는 팔월에 딸을 낳았다. 아들 낳기를 기다렸던 장씨는 못내 섭섭했지만 겉으로는 내색하지 않았다.

하지만 한 가지 이제는 귀돌이 이 집 안주인이 되었다는 것이 홀애비 장씨 마음을 든든하게 했다.

귀돌이는 기쁜지 슬픈지 아무것도 알 수 없었다. 힘든 일 서러운 일이 있을 때면 생각나는 건 달수밖에 없었다.

삼 년 동안 소꿉동무처럼, 오누이처럼 지냈던 달수는 정말 태어나서 동생 분옥이 밖엔 둘도 없는 사이였다.

그런 달수가, 뜻밖에 꿈에나 있을 수 있는 일처럼 불쑥 능마루골을 찾아왔다.

첫이레를 겨우 넘긴 귀돌이한테 달수는 스무 살 늠름한 청년이되어 나타난 것이다.

귀돌이와 헤어져 사 년 동안 귀돌이가 그랬던 것처럼 달수도 하루 한시도 잊지 못했다. 아배 강씨가 여러 번 딴 데 혼인말을 꺼냈지만 달수는 이 핑계 저 핑계 들어주지 않았다.

내외간에 인연이라든가 배필이란 것이 있다면 바로 달수 내외를 두고 하는 말인지도 모른다. 어쨌든 달수는 고집스럽게 버티며 사 년을 보냈다.

그리고 이것이 또 하늘의 뜻인지 아배 강씨가 갑자기 죽은 것이다.

장에 갔다가 막걸리 한잔 마시며 먹은 돼지고기 안주 때문인지, 토사곽란을 만나 닷새를 내내 토하며 싸더니 보름 만에 숨을 거둔 것이다. 강냉이 뿌리를 캐서 즙을 짜 마시고, 오이 마늘 즙을 먹어도 안 되었다. 약국에서 탕약을 지어다 드려도 설사는 멎지 않았다.

숨을 거두면서 강씨는 이를 갈고 있었다. 달수를 불러 앉혀 놓고 단단히 이르는 것이었다.

"이눔 자석, 너는 애비가 죽기만 바랬제? 쫓겨난 여편네 내 죽고 없으마 데리고 올라꼬 벨렀제? 만약 그리 한다마 나는 죽어도 눈을 안 감을 끼다. 그랬다간 애비 빈소에나 무덤 앞에서도 절대로 절하지 마라. 지사도 지내지 마라!"

아배 강씨는 분노에 떨고 달수는 슬퍼서 떨었다. 아배는 귀돌이가 무엇 때문에 이토록 미운 것인지 알 수가 없었다. 전생에 아배와 귀돌이 사이에 무슨 풀지 못할 원한이라도 있었는지도 모른다.

아배 마지막 유언은 그렇게 무서웠고 절대 움직일 수 없는 것이었는데도, 달수는 장례를 치르고 삼우제만 마친 채 아직 졸곡은 그냥 두고 귀돌을 찾아 나선 것이다.

아배가 귀돌이를 미워한 만큼 달수는 귀돌이를 사랑했기 때문이다.

죽은 사람 한편, 산 사람 한편이듯이 달수한텐 죽은 아베보다 살아 있는 귀돌이가 더 소중했던 것이다.

달수는 백립을 쓰고 삼베 도포를 입었다. 키가 크고 허위대가 늘씬했다.

달수는 그 동안 소문으로 귀돌이 사정을 꼼꼼하게 다 알고 있었다. 능마루골 장씨댁에 훗살이가서 아기까지 가졌다는 걸 훤히 듣고 있었다.

하지만 달수한텐 그런 것이 아무 걸림돌이 되지 않았다.

오십 리 길을 걸어 찾아간 장씨댁 대문엔 솔가지가 듬성듬성 꿰인 금줄이 걸려 있었다. 귀돌이가 아이를 낳았고 그 아이는 딸이라는 걸 금방 알 수 있었다.

달수는 상복 입은 몸으로 해산을 한 집에 들어가지 못하는 걸 안다. 그래서 대문 앞에서 곧장 돌아서 이웃집 작은 오두막을 찾아 들어갔다.

바깥주인은 들에 가서 아직 돌아오지 않았고 아낙네가 내다보고 무슨 볼일인가, 어디서 왔는가 물었다. 달수는 숨기지 않고 자세히 낱낱이 들려줬다.

"그래서 지가 우리 소실(아내)을 데릴러 왔니더. 그댁 정지어매가 샘에 물을 길러 나오그덩 내 말을 꼭 전해 주이소. 내가 왔다꼬 하마 안소실은 꼭 따라갈 께시더. 나캉 헤어질 때 언약을 했그덩요."

아낙은 너무도 맹랑치도 않는 말이었지만, 어떻게 되는가 신기해서 샘가에 나가 기다렸다가 장씨댁 정지어매한테 그대로 전했다.

"얼라꼬? 그 양반 미쳤나보제. 소박당한 지 넷 해나 되고 이잔 새끼꺼정 났는데 대불고 간다니 말이 되나?"

정지어매는 펄쩍 뛰었지만 오두막집 아낙은

"뭐, 나는 그 양반이 일러달라 카는 대로 전해 줄 뿐이시더."
했다.

"어려분 것 아이니까 아바이한테 전해 주는 거야 괜찮제."

그러면서 정지어매는 돌아가서 장씨한테 그대로 일러줬다. 정지어매는 길게 말하고 나서,

"언지라도 데릴러 온다꼬 둘이 헤어질 때 언약을 했다니더."
하고 힘을 주며 덧붙였다.

장씨는 뜻밖의 일에 먼저 화가 났다. 당장 쫓아 나가 달수와 담판을 하고 두 번 다시 얼씬 못하게 쫓아버리고 싶었다. 하지만 상대는 상중의 몸이고 집안에는 또 갓태어난 아기가 있다. 일을 어떻게 처리해야 할지 점잖은 장씨로선 한참 동안 머리 속이 어지럽기만 했다.

그러나 장씨는 귀돌이 생각이 제일 소중하다는 걸 깨달았다. 사 년간을 살면서도 이전 남편을 못 잊어 하고 있는 귀돌이 마음을 알

고 있었기 때문이다.

장씨는 정지어매 보고 그 소식을 안방에서 몸조리를 하고 있는 귀돌한테 전해달라고 했다.

소식을 전해 들은 귀돌이는 울음부터 터뜨렸다.

"찾아온 양반도 딱하구망. 형편이 이렇다마 고만 암말 말고 돌아갈 끼제, 이게 예사 일이라꼬 저런다노?"

정지어매는 턱도 없는 일이라 마음 단단히 먹으라고 그렇게 말했다.

그러자 울던 귀돌이가 눈물을 씻으며

"내사 그 사람 따라갈 끼구만요."

하는 것이었다.

정지어매는 또 한번 뛸 듯이 놀랐다.

"그게 무신 소리제. 어마이사 간다 캐도 얼라는 이 집 아인데 어쩔 낀고?"

"그이는 얼라도 같이 디루고 가 줄 끼시더."

"남우 얼라 데리다가 어앨라꼬? 택도 없는 소리제."

하지만 달수는 이틀 동안 그 오두막집 사랑방에 묵으면서 기어이 어미와 애기까지 데리고 가겠다고 버티었다.

장씨는 귀돌이한테, 그리고 찾아온 달수한테 부글부글 일어나는 분을 삭이지 못해 괴로워하다가 결국은 물러서기로 했다. 원래 어긋났던 일을 바로 잡으려는데 하늘인들 도와주지 않겠는가.

장씨는 귀돌이한테, 그리고 이 일을 지켜보고 있는 능마루골 마을 사람들에게 분명히 말했다.

"이젠 이녁은 그 사람 아낙이고 이 애기도 그 사람 자식이네. 그러니 같이 가서 잘 살아만 주게."

이렇게 해서 태어난 지 열흘 만에 아무것도 모르는 아기는 친아버지와 헤어져 앞으로 길러줄 아버지를 따라나섰다.

장씨는 귀돌이 손가락에 끼고 있는 은가락지와 은비녀까지 그대로 줘 보냈다. 귀돌이가 가장 좋아하는 옷으로 갈아입혀 정지어매한테 잿마루까지 바래다 주라고 일렀다.

마을 밖에서 기다리고 서 있던 달수는 부석부석 부은 얼굴로 걸어오는 귀돌이를 보자 그만 눈물이 글썽 맺히었다. 몰라보게 늠름해진 달수를 본 귀돌이도 역시 어쩔 수 없이 흐느껴 울었다.

달수는 정지어매한테 포대기에 싼 애기를 받아 도포 소매자락에 넣고 겨드랑이 사이에 껴안았다.

정지어매는 그냥 들어가게 하고 둘만이 저만치 고개길을 향해 걸었다.

멀찌감치서 구경하던 능마루골 마실 아낙네들도 모두 흘러내리는 눈물을 소매자락으로 닦고 있었다.

7

그해 겨울, 분들네 삿갓 오두막에 어인 옹기장수가 찾아왔다. 얼굴은 검고 옷은 때가 묻고 해져 너덜거렸다.

사립문을 들어서며 집안을 기웃기웃 살피는 것이 보통 도부장수와 달라보였다.

안방에서 문구멍으로 내다보던 분들네가 말숙이를 시켜 나가보라 했다.

"말숙아, 나가서 안 산다 캐라."

말숙이가 방문을 반만치만 열고 얼굴을 내밀고 말했다.

"우리 집엔 안 사이께네 딴 집에 가보이소,"

옹기장수는 그 소리에 도리어 마당으로 성큼 들아와 묻는다.

"저어, 그기 아이고, 혹시 이 댁이 실경이 누님 시누 되시지 않니

이껴?"

말숙이는 모가지를 찌불당거리다가 어매한테 물었다.

"어매, 옹기장사가 실경이 시누넨가 묻네."

"뭐라꼬?"

분들네는 서리맞이 명씨를 손으로 비집어 까다가 얼른 일어섰다. 말숙이를 잡아당겨 안으로 끌어들이고 대신 모가지를 내밀어 옹기장수를 찬찬히 살폈다.

"누굴 찾고 있제요?"

"저어기, 혹시 이 댁이 우리 실경이 누님 시누되시는가 했제요."

분들네는 미끄러지듯이 밖으로 나와 어벅다리 짚신을 신고 옹기장수 앞으로 다가갔다.

"혹시 우리 새댁이 동상되는 주냄이 도령이시이껴?"

"그라마 이 댁이 누님 시누되는 댁이 맞니껴?"

둘은 서로가 급해서 대답은 않고 다잡아 묻기만 했다.

"내가 바로 실경이 새댁 시누시더."

"그르시이껴, 지가 용케 찾아왔네요?"

옹기장수는 옹기등짐을 진 채 고개를 숙여 인사를 한다.

분들네는 갑자기 가슴이 북받쳐 정신이 없어졌다. 주냄이라면 읍내 진사님댁에서 입곱 해 전에 만세를 부르며 신돌석 장군님한테로 가버린 기태 처남이다. 실경이와 헤어진 지 아홉 해나 된다.

그동안 살았는지 죽었는지 소식이 없어 실경이가 눈물로 기다린 동생이다.

"여기 이렇기 서 있지 말고 짐을 내려놓고 안으로 들어가시더."

분들네는 말소리까지 더듬으며 손님을 재촉했다.

주남이는 그냥 선 채

"아니시더, 지는 누님댁을 가봐야제요. 우리 실경이 누님은 어데 살고 있니껴?"

하고 물었다.

"새댁네는 먹뱅이 살다가 지지난케 저리로 왔니더. 저기 물 건너 가느미시더. 거기도 옹구굴이 있제요."

"그르시이껴? 그라마 지는 이냥 그리로 찾아갑시더."

"아이시더. 들어와 있다가 우리 말숙이 아배가 오거든 같이 가세도록 하이소."

"괜찮니더. 혼자서 물어 가제요 뭐."

"그라마 쪼매만 기대리이소. 지가 저구리 갈아 입고 데리다 줌시더."

"아이시더. 남우 눈도 있으이 지 혼자서 가제요."

"남우 눈이 뭐이 어때서요. 괜찮으께네 같이 가시더."

"그기 아이라, 지는 이렇기 옹기쟁이로 혼자 가야 되니더. 누가 묻드라도 그냥 옹기쟁이가 댕겨갔다 하고 딴 건 말씀 말으시이소."

"……"

분들네는 뭔 소리인지 얼떨떨했다.

그 동안 두 사람이 주고받는 말을 듣던 말숙이와 이순이가 궁금해서 나와 서 있었다.

이순이는 옹기장수 모양과 그가 하는 말들이 어디선가 낯익은 듯했다. 어쩌면 옛날 어린 나이에 겪었던 가래실 화적패들의 모양새와 말투 같다는 생각이 들자 이순은 옹기장수 주남이가 뭔지 심상치 않아 보였다.

"그람, 지 혼자 찾아갈 끼이까 피안히 기시이소."

주남이는 뭔가 쫓기는 듯한 모습으로 서둘고 있었다. 분들네는 까닭을 몰라 괜히 야박한 생각까지 들었지만 어쩔 수 없었다.

"저어리 물 건너 가서 동짝으로 쭈욱 가다가 후분네 집만 물으이소. 새댁이 보그덩 안부 전해 주고요."

옹기장수 주남이는 비탈길을 내려와 다시 밴대기 산고개를 넘어 부지런히 걸었다.

봐랑내 들길을 걸어 십 리를 가니 거기도 어설픈 오두막집들이 여기저기 흩어져 서 있었다.

주남이는 지나가는 나무꾼 남정네한테 물었다.

"여기 후분네가 뉘집이이껴? 저짝 마실에 사는 위갓집서 이 버지기 하나 갖다 주라꼬 돈을 받았그덩요."

나무꾼 남정네는 잠깐 생각하더니

"저어기 가상자리 끝 집이시더."

한다.

"고마부이더."

주남이는 줄곧 두근거리는 가슴을 꾹꾹 내리누르며 발걸음을 재촉했다. 하늘 아래 하나뿐인 핏줄인 누나를 이제서야 만나볼 수 있게 된 것이다. 열여섯 살 때 매형인 기태를 따라 진사님댁을 나와 시집살이를 떠난 누나 실경이는 지금 어떻게 변했을까?

그 누나인 실경이가 두 해 뒤에 주남이를 찾아갔을 때 주남이는 진사님댁을 나와 소백산으로 가버리고 없었지. 주남이는 여기저기서 모여든 똑같은 처지의 소년들과 어울려 의병대 훈련을 받고 죽창 하나씩을 받아 이 나라 탐관오리와 왜나라 군대와 맞서 싸웠다.

그것만이 이 나라 불쌍한 백성을 살리는 길이라 굳게 믿었기에 소년들은 참으로 용감하게 싸웠다.

그러나 그 싸움은 처음부터 이길 수 있는 싸움이 아니었다. 상대는 총과 대포까지 갖춘 진짜배기 싸움꾼이다.

신돌석 장군이 어이없이 죽은 뒤, 의병대원들은 뿔뿔이 흩어졌다. 좀 똑똑한 사람들은 서간도 북간도로 떠나고 주남이 같은 따라지 목숨들은 죽지 못해 여기저기 숨어 다녔다. 더러는 화적패쪽으로 붙어버린 소년들도 있고, 더 많은 의병들은 각자 자기 이름을 바꾸고 이전에 했던 일도 바꿨다. 노비로 있던 사람들은 봇짐장사를 따라 도붓꾼이 되었다. 옹기장수, 새우젓장수, 숯장수, 이렇게 본색을 숨기고 이리저리 다니며 목숨을 이어갔다.

이래서 주남이도 나이 든 어른들 틈에 끼어 옹기장수가 되었던 것이다. 행여 고향에 갔다가 들키면 잡혀 죽을 것이 두려워 절대 고향엔 소식도 전하지 않고 찾아가지도 않았다.

한데 주남이는 그런 위험을 무릅쓰고 실경이 누나를 찾아온 것이다.

가느미 마을 가장자리 작은 막살이집에 찾아갔을 때, 실경이 누나는 만삭의 배를 안고 내다봤다.

주남이는 아홉 해 전에 헤어졌던 누나 얼굴을 금방 알아봤다. 꼬질꼬질한 동정 밖으로 앙상하게 깡마른 얼굴을 보자 주남이는 목이 메어 말이 안 나왔다.

"옹기 팔러 왔시마 딴 데나 가보이소. 우린 버지기도 단지도 말짱하구만요."

실경이는 옹기장수 주남이를 알아보지 못하고 있었다.

주남이는 그냥 선 채 누나를 뚫어지게 쳐다봤다.

"미안쿠망요. 딴 데 가보이……소……."

"누님! 지는 누님 찾아온 주남이시더."

울먹이는 주남이 목소리가 실경이 귓부리를 가득히 울렸다.

"뭐라꼬?! 주, 주남아……."

실경이는 무거운 몸을 털썩 떨어뜨릴 듯이 주저앉아버린다.

"누님!"

주남이는 옹기짐 지게를 내려 받쳐놓고 뛰어갔다.

"주남아……니가 참 주남이라? 니가 살아 있었구망! 주남아, 주남아……."

남매는 손에 손잡고 울었다.

어매가 웬 낯선 남자 손을 붙잡고 봉당에 그냥 앉아서 울자 놀란 아이들이 뛰쳐나와 함께 울었다. 집안이 온통 울음바다가 되었다.

일곱 살짜리 후분이와 다섯 살짜리 춘분이는 마냥 서서 울고, 두 살짜리 춘식이는 실경이 목을 틀어안고 서럽게 운다.

겨울바람이 차갑게 불어치자 아이들은 손발이 새파랗게 꽁꽁 얼어버리는 듯, 추위 때문에 더 섧게 운다.

실경이는 춘식이를 안고 아이들을 방으로 몰아넣으며 주남이를 함께 끌어들였다.

"추운데 방으로 가자. 빌써 해가 저만치나 됐네. 얼른 저녁해시 먹자."

"누님, 난 이만 돌아가야 되더."

주남이는 뒤로 물러서며 말했다.

"그게 무신 소리네? 들어가 밥해 먹고 미칠 묵어가야제. 선자리에서 돌아갈 걸 뭐하러 왔제?"

주남이는 차마 돌아나올 수 없어 마지못해 방으로 들어갔다.

실경이는 서둘러 조밥 옆에 입쌀을 한줌 얹어 지은 밥을 고들빼기 짠지와 팥잎국과 함께 차려 왔다.

"주남아, 우선 이거라도 먹고 자고 가만 후분네 아배한테 닭 한 마리라도 잡아 고아주꾸마."

주남이는 숟깔을 들고 밥을 맛나게 먹었다. 오랜만에 먹어보는 누나가 지어준 밥이다.

"매형은 어디 가셨나?"

"그래. 매형은 읍내 나무팔러 갔다. 좀 늦게 올 꺼구망."

주남이는 방안 너덜거리는 샷자리와 횃대에 걸린 기운 옷가지와 댕그랗게 얹힌 시렁 위 조그만 이불을 보고 누님댁 살아가는 형편이 어떻다는 걸 단박에 알 수 있었다.

주남이는 밥을 다 먹고 어렵게 아주 어렵게 말했다.

"누님, 나는 인지 곧장 가야 하네. 기대리는 사람이 있그덩요."

"기대리긴 누가 기대리노? 하릿밤도 묵어갈 수 없단 말이네?"

"누님……."

주남이는 목소리를 낮추었다.

"……나는 숨어댕기는 몸이시더. 내 이름도 주남이가 아이고 묵사발이시더."

주남이 이름은 의병 동지들이 지어준 것이다. 주남이 언젠가 춘양 산속에서 도토리묵을 하도 잘 먹어 그렇게 묵사발이라 부르게 된 것이다.

"숨어 댕긴다꼬?"

"우린 내일 서간도로 떠나니더. 가기 전에 누님 얼굴 한번 보고 갈라꼬 큰맘 먹고 찾아왔니더. 이 담에 좋은 세상 오망 누님 곁에 와서 같이 오손도손 사이시더."

주남이는 오지랍 속에 감춰 놓고 있던 주머니를 꺼내어 1원짜리 한 장을 건네줬다.

"이게 웬 돈이로?"

"매형하고 같이 이 담 장날 돼지새끼 한 장우(한 쌍) 사서 키워 보게. 내가 누님한테 디리는 정성이시더."

"주남아……!"

실경이는 금새 또 운다.

"내가 널 도로 줘야 하는데, 이런 돈 받아가주 될라나 모르겠네."

"누님, 내가 찾아왔다고 아무한테도 말하지 마이소. 그냥 옹기쟁이가 저녁요기하고 갔다고만 하소."

"그래, 부디 몸 간수 잘하고 시상 좋아지그덩 돌아온내이."

주남이는 옹기 지게에서 맨도리가 예쁜 자배기 하나를 내려놓았다. 그러고는 큰 소리로 말했다.

"자, 저녁 잘 얻어먹고 버지기 하나 잘 팔고 가니더!"

주남이는 성큼성큼 걸어나와 마을 앞 정자나무 밑을 지나 들길을 바삐바삐 걸어갔다. 실경이는 내다보지도 못하고 담 너머로 사라져 가는 동생의 뒷모습을 바라보며 소리없이 울었다.

그렇게 떠나간 주남이는 두 번 다시 만날 수 없었다.

이날 저녁, 분들네와 실경이네 집에서는 주남이 이야기를 하면서 시름에 잠겼다. 주남이는 일부러 옹기쟁이 짓을 하면서 빨란구이가 되었다는 게 두렵기도 했다.

분들네는 강생이가 태어나던 해, 서깥 건너쪽 버드나무에 비끄러 매인 채 총을 맞아 죽은 빤란구이들이 생각났다. 주남이가 머무르지 않고 싸게 돌아가 준 것이 참으로 고마웠다.

그즈음 조선은 물속에 빠진 소처럼 허우적대고 있었다. 골짜기 마실까지 왜놈 헌병이 말을 타고 유유히 다니고 젊은이들은 끊임없이 대항하고 있었다.

말숙이가 시집가던 그해 봄에 주재소가 생기고 면사무소가 들어섰다. 주재소엔 칼을 찬 순사가 지키고 있고 면소에서는 토지조사를 하고 세금을 걷어 갔다.

고지농사를 하면서도 부지런한 농사꾼들은 틈틈이 비탈밭을 일구었다. 하지만 까끌막진 산대배기 따비밭까지 토지조사꾼들은 빈틈없이 가려내어 피땀 흘려 일궈 놓은 농토를 빼앗아 갔다.

조석이 건너편 앞산 귀퉁이에 일궈 놓은 목화밭은, 분들네 솜씨로 엿새 명베 한 구부(두 필)를 짤 수 있는 옹근밭이었다. 도조를 주지 않고 고스란히 농사지은 걸 거둬들이는 건 큰 행복이었다.

그런데 토지조사꾼은 조석이네 그 목화밭마저 빼앗아 갔다.

"본새 그건 남의 땅이었으니까 할 수 없제."

조석은 숫제 슬픈 기색도 없이 그렇다고 노여워하지도 않았다. 조석은 원래 그랬다. 부모 없이 막내둥이로 자라면서 싫은 일도 좋은 일도 그대로 고분고분 받아들이면서 살아온 탓이다. 굼벵이도 밟으면 꿈틀댄다지만 조석은 오히려 밟히면 움추리고 있다가 밟고 있는 발이 비켜나기만 기다릴 뿐이다.

그래서 깨금이가 죽었는데도 울었는지 말았는지 아무도 조석이 눈물 흘리는 걸 보지 못했다.

깨금이가 배서방 등에 업혀 친정집으로 온 것은 찔레꽃이 겨울 눈처럼 볼볼 날리고 뽕밭에 새파란 오디가 맺힐 즈음이었다.

깨금이는 손가락 끄트머리까지 노랗게 황달기가 들고 그토록 반짝거리던 눈동자는 풀어져 흐릿해 있었다. 손등 발등이 붓고 배는 커다란 바가지를 엎어 놓은 것처럼 부었고 뱃가죽이 올챙이 껍질처럼 흐물흐물했다.

배서방은 깨금이를 안방에 눕혀 놓고 장모님 무릎에 얼굴을 묻고 꺼이꺼이 울었다.

"장모님요, 저 사람 어야든동 살리 주이소. 죽으마 나도 못 사니더. 지발 지발 살리만 주만 내가 어디끄정이라도 업고 댕김시더. 장모님요, 지발 살리주이소……."

배서방의 눈물은 그냥 눈물이 아니라 피눈물이었다. 어릴 적부터 돌장이를 따라다니며 건목질부터 배워 한 사람 몫의 석수가 되어 장가가서 웃으며 살 수 있었는데, 이건 또 무슨 팔자인고.

배서방한테 깨금이는 하늘의 선녀처럼 이쁘고 사랑스러웠다. 그 선녀가 이 땅이 싫다고 하늘로 도로 올라가려는지 깨금이는 이제 아무 것도 먹지 않았다.

온갖 먹을 것을 주서섬겨도 고개만 젖는다. 배서방은 깨금이 먹고 싶다고만 하면 팔도강산을 샅샅이 찾아서라도 구해 올 생각이다.

깨금이는 겨우겨우 미음만 반 그릇씩 억지로 마시며 목숨을 부지하고 있었다. 양쪽 어깨가 들먹들먹하기 때문에 겨우 숨을 쉬고 있다는 것을 알 뿐이지 그것마저 없으면 죽은 거나 다름없었다.

분들네가 마지막 기댈 데는 역시 해령 무당이었다. 이제 스물을 조금 넘긴 각시무당인 해령이는 눈매가 날카로운 알짜 무당이었다.

분들네는 배서방한테 복채를 듬뿍 받아들고 찬물에 목욕재계하고 일찍 길을 떠났다. 새벽같이 나섰는데도 한나절이 다 되어 다다랐다.

해령 무당은 그 날카로운 눈매를 내리깔며 한참 운세를 짚어보고 나서

"애채기 귀신 서이 목을 잡고 늘어졌구만."
한다.

분들네는 가슴이 철렁 내려앉는 듯했다. 애채기 귀신은 틀림없이 재득이 밑으로 줄줄이 죽어간 가엾은 그 셋 애기들이었다. 하나는 어미젖 한 모금도 못 빨고 죽었고, 둘은 초칠일 만에 숨졌다. 그 어린 것들이 한이 되어 맏누님 싱이를 붙잡고 살려달라고 보챈다니 참으로 애통스러웠다.

분들네는 두 손을 합장하고 엎드렸다.

"서낭님, 부디 어린 것들이 철이 없어 제 싱이를 졸라대는 갑시더. 살리줄 길이 있으마 무신 말씀도 다 들읍시더. 우리 딸만은 지발 살리 주이소."

해령 무당은 분들네 행색을 보며 별로 탐탁찮게 여겨지는지 얼른 허락지 않는다.

"집안 일이 뭣인고?"

"농사꾼이시더."

"환자는?"

"우리 사우는 석수쟁이시더."

"알았네. 큰굿은 안 되고 푸닥거리로 하세나. 밥 시 그릇, 삼색

실과하고 닭 한 마리만 되겠네."

"알았니더. 푸닥거리라도 정성이 제일이제요."

날짜는 손 없는 사월 스무아흐렛날로 정해졌다.

농사꾼들의 설움은 이런 병굿을 하는 데도 차별이 있었다.

개다리소반에 밥 세 그릇을 차리고 삼매 젓가락을 얹었다. 밤, 대추, 곶감 세 가지 과일이 얹혔고, 해령 무당은 그래도 동정을 했던지 징을 치며 배리디기 한 대목을 읊조린다. 정말 고마운 일이었다.

> 한성봉에 올라가지구
> 피살린 물이야 살생긴 물이야 숨터진 물이야
> 세 병을 니어서 옷고름에 오롱조롱 끼어차고
> 피살네 꽃이야 살살네 꽃이야 숨살네 꽃을
> 세 번을 꺾어서 분에다가 품고
> 야감지 세 마디 꺾어서 손에다가 들고
> 하늘에 무산선녀를 고맙다고 하직을 하고
> ......

분들네는 훌쩍훌쩍 울고 배서방은 소리없이 눈물만 훔치고 있었다.

밤이 깊어지고 앞뒷산에서 밤 뻐꾸기가 울었다.

뿌꿈, 뿌꿈, 뿌꿈, 뿌꿈, 뿌꿈......

징소리가 멎고 해령 무당은 삶은 닭 죽지 두 짝과 다리 두 개를 짚꾸러미에 싸서 개울 가에 내다 묻었다.

하지만 분들네나 배서방은 무엇 하나 붙잡을 만한 지푸라기도 없었다.

푸닥거리는 끝났고, 깨금이는 여전히 눈을 감은 채 어깨만 들먹거리고 있었다.

그러나 깨금이는 질기게 목숨을 끌어갔다. 사월이 가고 오월이 왔다.

단옷날, 배서방은 어디서 구해 왔는지 궁궁이 한 줌을 들고 와 누워 있는 깨금이 머리를 곱게 빗겨 향내가 진동하는 궁궁이를 꽂아줬다.

보리베기와 모내기에 일꾼들은 눈코뜰 새가 없었다. 조석과 분들네도 일에 쫓기고 이순이도 종일 정지일에 매달렸다.

깨금이는 혼자 어두컴컴한 방안에 누워서 죽는 날만 기다렸다. 배서방은 석공 일이 없는 날엔 꼬박 깨금이 머리맡에 앉아 병시중을 들었다.

오월이 지나고 유월이 또 지났다. 깨금이는 여전히 살아 있었다.

칠월 칠석날은 비가 내렸다. 견우 직녀가 만나는 날 둘이서 흘리는 눈물이 비가 되어 내린다고 했다.

그러나 그해의 칠월 칠석 비는 깨금이와 배서방의 눈물이고 분들네의 눈물이었다.

깨금이는 싯누런 물을 줄곤 아랫쪽으로 쏟아내었다. 태산만큼 부어올랐던 배가 홀쭉하게 내려앉고 손등도 발등도 부색이 줄어들어 살거죽이 쭈글쭈글해졌다.

분들네도 배서방도 종일 깨금이 곁에서 지켜보고 있었다.

주죽주죽 비는 내리고, 깨금이는 저녁녘이 되면서 손발이 차가워지기 시작했다. 노랗던 얼굴이 푸르죽죽해지고 들먹거리던 어깨까지 조용히 가라앉았다.

깨금이는 마지막 힘을 모아

"어매……어매……"

두 번을 부르고는 조용히 숨을 거두었다.

분들네는 이를 갈며 울음을 참았지만 되지 않았다. 빗소리와 함께 자식을 잃은 어미의 울음소리가 적막한 하늘로 구슬프게 울려퍼졌다.

배서방은 거지반 실성한 듯했다. 먹지도 마시지도 않고 멍하니 앉아 있었다.

장례를 치르고 나자 배서방은 말없이 어디론가 떠나버렸다.

그렇게 슬픈 일을 치르고 있는 사이 조석은 여전히 일을 했다. 나락논에 가서 물꼬를 보고, 조밭에 가서 성근 자리에다 모종을 심고, 꼴을 베고 소를 먹이고 짚신을 삼았다.

이순은 시아버지 조석이 이렇게 말없이 일을 하는 게 퍽이나 다행이었다. 뭔가 짓눌리는 집안 사정이 꼭 살얼음판을 딛고 있는 듯했다. 그냥 곤죽이 되고 지쳐서 녹초가 될 듯이 답답한데, 조석은 평상시처럼 일손을 놓지 않는 것이다.

앞으로 분들네가 겪어야 할 숱한 고통을 한쪽에서 버팅겨 준 것은 이렇게 시아버지 조석과 며느리 이순이 함께 말없이 일을 해나간 덕분인지도 모른다.

일이야말로 사람을 살리는 가장 큰 보약이다. 분들네도 그 일에 휩쓸리면서 죽은 깨금이를 조금씩 잊어갔다.

올가을은 전에 없이 난알들이 튼실하게 영글고 있었다. 가을이 있기에 여름의 고된 일도 그만큼 견딜 수가 있는 것이다.

방아실 귀돌이네도 갈아 놓은 조이삭이 땡땡하게 영글고 있었다. 달수는 갖가지 좁씨를 다랑밭 뙈기뙈기마다 나눠 심었다. 새파란 물푸레조와 황금빛 노랑 매조와 끝이 갈라진 게발차조, 개똥차조, 무집진 곳은 쉰날거리를 심고, 조밭 둘레엔 팥을 심었다.

귀돌이는 태어나서 이렇게 행복한 때가 없었다. 태어난 지 열흘 만에 달수가 입은 도포자락에 싸여온 딸 쌍가매는 첫돌을 맞이했다.

달수는 그 쌍가매를 귀돌이만큼 아끼고 사랑했다.

"쌍가매는 꼭 이녁을 닮았제?"

날수는 겉치레를 싫어하는 성미다. 달수의 말과 행동엔 절대 꾸미는 게 없다.

쌍가매가 귀돌이를 닮은 건 꼭 맞는 말이다. 그것이 이 사랑스런 내외한테 하늘이 내려준 복인지도 모른다. 쌍가매는 어매를 빼어닮은 이집 자식이라는 걸 어디서나 내세울 수 있기 때문이다.

앞으로 아들 딸을 얼마나 낳을지, 달수네 내외는 차근차근 얽이를 잡아나갔다. 적어도 달수는 사람이 부지런히 일하고 착실하게만 살면 그만큼 행복해질 수 있다고 믿었다.

그러나 행복은 한 사람의 노력으로 되는 게 아니었다.

아틈실로 시집을 간 분옥이가 시름시름 앓기 시작한 건 겨울이 들면서였다. 처음엔 팔 다리 살속에서 뭔지 소물소물 기어다니는 듯했다. 긁어도 시원치 않고 괜히 찜찜하기만 했다.

살속이 스물거렸던 것이 바깥으로 나타나기는 그리 오래가지 않았다. 이듬해 봄이 되면서 얼굴에 눈썹이 빠지고 있었다.

신랑 두칠은 잠자리를 같이 않으려 했고, 분옥이의 병은 밖으로 먼저 소문이 났다. 문둥병은 하늘이 내리는 벌이라는데, 대체 가없은 분옥이가 무슨 죄를 저질렀기에 이렇게나 슬픈 하늘의 벌이 내린 걸까?

재너머 의원한테 찾아갔지만 틀림없이 바람병(문둥병)이라고 했다.

소쩍새가 구슬피 우는 밤, 분옥이는 작은 옷보따리 하나를 들고 신랑 두칠이 뒤를 따라 시집살이 일 년 만에 소박을 당해 나왔다. 시아버지 시어매는 그래도 눈물을 머금고 분옥이 병 낫기를 빌어주었다.

"아가, 하늘이 살펴주면 병이 말짱 나을 게다. 어서 병 곤치그덩 꼭 돌아오니라."

"에그, 불쌍하기도 하제. 이렇기 된 걸 어짜노? 우리 원망은 마라래이."

분옥이는 북받치는 울음을 겨우겨우 참고 시아버지 시어머니한테 절을 올렸다.

"아배앰, 어매임, 부디 만수무강하시이소."

어두운 산길은 무섭다기보다 쓸쓸했다.

소쩍, 소쩍다, 소쩍다……

소쩍새는 풍년을 알려주고 있는데, 그 울음소리는 왜 애간장을 끊어지게 하는지, 분옥이는 앞서가는 두칠이 뒤에 멀찌감치 따라 걸으며 하염없이 울었다.

삼밭 골짜기는 재를 세 개나 넘어야 한다.

분옥이는 친정집에 닿는 것이 두려웠다. 차라리 이 길이 끝없이 이어져 있었으면 싶었다. 저만치 앞서 걸어가는 두칠이 뒷모습을 그냥 바라만 보고 걸어도 분옥이는 든든했다.

그러나 싫은 일은 더 빨리 닥치는 모양이다. 울며 울며 걷다 보니 어느새 이릿재 내리막길을 내려가고 있었다.

한밤중이어서 마실은 모두 잠들어 있었다.

두칠이는 분옥이 친정집 사립짝 앞에까지 와 주었다. 둘은 엇비슷 돌아선 채 잠시 서 있었다. 무슨 말을 해야 하는데, 무슨 말을 할지 말이 안 나왔기 때문이다.

그러다가 두칠이 큰 마음을 다잡아 먹음고 돌아서 걸어갔다. 마지막 헤어지는 것이다. 비록 일 년 남짓 살았지만 서로 사랑했던 내외간이었는데, 어찌지 못하고 이렇게 헤어져야 하는 것은 무엇으로 다 말하겠는가.

두칠이 몇 발자국 걸었을 때, 분옥이가 황급히 불렀다.

"보이소!"

"……"

두칠이는 걷던 걸음을 멈추고 그 자리에 섰다.

"가그덩 좋은 처자 만내 새장개 가서 잘 사이소."

분옥이는 참말인지, 아니면 엉뚱하게 맘에도 없는 말을 그렇게 했다.

"……"

두칠이는 여전히 말이 없었다.

"그만 잘 살펴 가시이소."

"……"

어쩌면 분옥이는 두칠이한테 마지막 따뜻한 인사말이라도 듣고 싶었는지 모른다.

그런데도 두칠이는 끝까지 아무 말이 없었다.

두칠이는 어금니를 깨물고 울고 있었다. 말없이 서 있는 두칠이 두 볼때기 위로 눈물이 소리 안 나게 흘러내리고 있었다.

두칠이는 그렇게 분옥이한테는 마음을 열어 보이지 못한 채 성큼 성큼 어두운 산비탈길을 걸어갔다.

두칠이 뒷모습이 까만 무덤 같은 속으로 사라지자 분옥이는 그 자리에 주저앉아 버렸다.

다섯 해 전에, 언니 귀돌이가 소박맞고 쫓겨와 사립문 앞에 쪼그 리고 앉아 울던 자리에 분옥이가 그 모양 그대로 앉아서 울고 있었 다.

노곤한 봄날이어서 안에서는 아무도 알은 체를 않는다. 아무것도 모르고 잠이 들어 있기 때문이다.

네 눈박이 껌둥이가 분옥이 우는 소리에 꼬리를 치며 뛰어나왔 다. 껌둥이는 아직 분옥이를 잊지 않고 있었다. 무엇 때문인지도 모 르게 이 밤중에 찾아와 울고 있는 분옥이를 껌둥이는 그냥 반갑다 고 목을 비비대며 꼬리를 쳤다.

분옥이는 하늘 밑에 저를 반겨주는 껌둥이가 고마워 목을 껴안고 울기만 했다.

어느새 첫 닭이 울고 희부옇게 동이 트고 있었다.

분옥이는 마당 안으로 들어가 한참 망설이다가 모퉁이 처마 밑에 짚단을 깔고 쪼그리고 누웠다.

아배 최서방과 숨실댁이 아침에 일어나 보고 너무도 어이없는 일 이어서 마냥 넋이 나간 듯이 앉아 있었다. 최서방은 줄창 담배대만

물고 있고, 숨실댁은 말없이 아침밥을 지었다.

아무것도 모르는 용식이와 대식이는 저희들을 업어 키워 준 누나가 갑자기 나타나 즐거운데, 어쩐지 집안이 즐거운 기분이 아닌 게 이상했다.

분옥이는 울면서 아배 어매한테 사정을 했다.

"아배요, 어매요, 지발 쫓아내지 마고 구석방에라도 살게 해 주이소. 지발 쫓아내지 말아 주이소."

분옥이는 언니가 문전박대를 받고 이순이네 집으로 쫓겨갔던 것을 기억하고 있었다.

"분옥아, 왜 니를 쫓아내겠노? 이것도 팔자인데 어찌 병든 자석을 버리겠노."

최서방은 분옥이를 뒷방에 들여놓고 용식이 대식이한테는 절대 그 방에 얼찐거리지 못하게 했다.

한껏 부드러워진 숨실댁이 아이들을 타일렀다.

"누부야는 몸이 아프단다. 그라이께네 혼자 가만 눕어 있그러 너어는 그 방에 가망 안 된다."

똑똑하게는 몰랐지만 어쩐지 그렇게 하는 것이 옳은 것으로 알고 용식과 대식이는 뒷방에 얼씬하지 않았다.

그날부터 두 달 동안 분옥이는 새어매 숨실댁이 들여넣어 주는 하루 두 때 밥을 먹으며 숨어 살았다. 통시에 가는 것 말고는 바깥에 나가지도 않았다.

그러나 가장 견딜 수 없는 것이 바깥 소문이다.

문둥이가 사는 최서방집에 마실 사람 발길이 끊어지고 잘못하면 집안 사람 모두를 쫓아낼 듯이 설치고 있었다.

소식을 듣고 귀돌이는 단숨에 달려왔다.

"분옥아!"

귀돌이는 뒷방 구석에 옹크리고 앉아 있는 동생을 부둥켜안고 소리죽여 울었다.

분옥이는 껴안은 언니 팔을 떼내려고 온 힘을 다했다.

"싱야, 내 곁에 오망 안 된다.!"

귀돌이는 턱도 없는 소리라고 도리어 나무란다.

"왜 니 곁에 가망 안되노?"

"싱이한테 병 옮기마 큰일 난다."

"괜찮다. 우리 둘이 같이 병들마 같이 죽을 것 아이가."

"그래도 안돼! 싱야 얼픈 비켜! 형부하고 쌍가매하고 같이 살아야 돼!"

"분옥아! 어야다가 니가 이리 됐노! 분옥아……!"

결국 귀돌이는 일껏 얻었던 행복한 웃음을 동생 분옥이 때문에 또 다시 눈물을 흘리며 살아야 했다.

분옥이는 친정집에서 겨우 두 달을 살고 떠나야 했다.

형부되는 달수가 장인되는 최서방과 같이 계산골 막장에 흙담집을 지었다.

숨실댁은 작은 이불과 솥 단지를 장만해서 보내주었다.

사람은 어리석은 사람이든 똑똑한 사람이든 앞날이 어찌 된다는 건 아무도 모른다. 그것이 답답하기도 하지만 오히려 그래서 사람은 죽지 않고 사는지도 모른다.

분옥이도 계산골 오두막에 쫓겨났는데도 죽지 않고 살았다.

귀돌이와 숨실댁이 번갈아 양식을 갖다 주고 옷가지도 갖다 줬다.

너삼을 캐다가 짓찧어 방바닥에 깔아주고 백분을 갈아다 바르게
했다. 무엇이든 약이 된다고만 하면 이것저것 가리지 않고 가지고
갔다.

분옥이가 병이 들어 쫓겨와서 혼자 살고 있다는 걸 이순이는 소
문으로 들었다. 마음 같아서는 한달음에 달려가 보고 싶었지만 어
쩔 수 없었다.

분옥이의 불행은 마실 사람들한테도 가슴아픈 일이었다. 다만 무
서운 병이 행여 다른 불행으로 번질까 두려워 멀리했을 뿐이었다.

이금이는 문둥병이 어떤 것인지 잘 안다. 코가 문드러지고 손가
락이 떨어져 나가고 절름발이 된다. 이금이는 분옥이가 그런 무서
운 병에 걸렸다는 것이 참말인지 어떤지 보고 싶었다.

하지만 어매 정원이는 어떤 말을 해도 들어주지 않을 것이다.

"어매, 계산골 분옥이 보러 가마 안 되나?"

"분옥이는 만나러 가마 도로 싫애할 끼다."

"뭔 일로 싫애하노?"

"아픈 사람은 성한 사람이 싫단다. 부끄럽고 슬퍼서 그룽제."

이렇게 무슨 말을 해도 어매 정원이는 허락지 않을 게다. 정말
불쌍한 분옥이는 한평생 저렇게 숨어 살아가는 걸까?

그러고 있는데 건넛집 서억이 오라배가 냇가에서 지나가는 말로
이금이한테 물었다.

"이금아, 오늘 저녁답에 내캉 어디 가지 않을래?"

빨래를 하던 이금이는 궁금해서 되물었다.

"어데 가는데?"

163

서억이는 앞으로 다가와 나직히 소근거렸다.

"분옥이한테."

"참말이라?"

"우리 둘이 가마이 가보고 오자."

"그래, 그래, 오라배랑 둘이만 알고 가보자."

이금이는 서억이 오라배가 훌륭해 보였다.

모두가 분옥이를 싫어하는데 서억이 오라배는 딴 사람하고 다르기 때문이다.

이금이는 저녁때 재밑 못뚝까지 가서 기다렸다. 서억이는 지게 위에 꼴멍을 얹어 지고 나왔다.

"오라배, 언지 꼴을 일케나 많이 빗노?"

"이리로 오면서 빗제."

서억은 아무것도 아닌 척 그렇게 대답했다.

계산골까지는 골짜기를 내려가 옆으로 구부러진 막장에 있다. 가슴을 두근대며 허리띠같이 좁은 산길을 걸어 들어가니 막장 깊은 곳에 분옥이가 살고 있는 외딴집이 보였다.

이금이는 숨을 할딱거리며 달려갔다.

"분옥이 싱야! 분옥이 싱야!"

그런데 분옥이는 방안에서 문을 닫아 걸고는 내다보지도 않았다.

반갑게 맞아줄 줄 알았던 이금이는 뜻도 모르게 힘이 빠져나갔다.

"분옥이 싱야! 서억이 오라배랑 가마이 왔단다. 그라니께네 문열어라!"

그러나 분옥이는 끝내 문을 열어주지 않았다.

"이금아, 우리 고마 돌아가자."

서억은 꿀멍 안에 숨겨온 감자 망태를 문 앞에다 내려 놓고 돌아섰다.

이금이는 어쩐지 눈물이 핑 돌아나오며 울먹이고 말았다. 어매가 한 말대로 분옥이는 부끄럽고 슬퍼서 아무도 만나고 싶지 않는 것 같았다.

"오라배, 분옥이 싱이는 우리가 싫애졌는갑제?"

"……"

서억은 아무 말 없이 이금이 손을 꼭 쥐었다.

8

　무오년(1918년) 유월에 이순이는 첫아들을 낳았다. 그리고 두 달 뒤, 팔월에는 삼거리 윤서방 각시 강생이가 늦게서야 똑같이 첫아들을 낳았다.

　분들네는 한꺼번에 손자 둘을 봤는데도 기뻐해야 할지 어떨지 얄궂었다. 강생이가 낳은 외손자가 이쁘지만 말대가리 윤서방 자식이라 생각하니 미워지고, 이순이가 낳은 친손자도 마찬가지였다.

　그러나 팔이 안으로 굽는 것은 분들네도 다르지 않았다. 안고 업고 살을 비비대다 보니 수복이는 아예 할매 등에서 떠나지 않으려 했다.

　조석은 며느리가 행기봉 산높이만치나 대견스러웠다. 하나에서 열까지 이순은 곰살맞게 일을 잘했기 때문이다. 여지껏 조석은 여자라는 건 애기낳고 밤에 함께 자고 밥해 주는 것, 그만치밖에 몰랐는데, 이순이한테서 진짜 여자를 알게 된 것이다.

이순은 참말 바빴다. 하루 내도록 쉬지 않고 일을 했다. 그래도 하나도 고되지 않았다. 시아배 조석이 이순을 알아줬기 때문이다.

시집와서 다섯 해가 지났으니 이순은 이 집 안살림 바깥살림 구석구석 빠지잖게 잘 안다. 이순이가 오고부터 많이 달라졌다. 안사람의 작은 손이 집안 살림을 이렇게 바꿔 놓을 줄 조석은 미처 몰랐다.

우선 일 년이 지나자 장득이 놀음방 출입이 없어졌다. 별로 말수가 없는 이순이가 어떻게 신랑 버릇을 고치게 되었는지 도무지 알 수 없는 일이었다.

분들네는

"지가 마음 다잡어 먹고 손을 띄서 그렇제 누구 입질로 곤쳐지겠나."

그러는 거였다.

하지만 장득이는 이순이 새벽같이 일어나면 곧장 따라 일어나고 말없이 똥장군을 짊어지고 들로 가는 건 이전엔 한 번도 없었던 일이었다.

여름엔 밤늦도록 삼을 삼고 겨울엔 명실을 자았다. 이순이가 그러자 시어매 분들네도 곁달려 가만 앉아 있을 수 없었다.

그동안 길쌈을 해서 장에 내다 판 무명베, 삼베만 해도 수십 필이 넘었다.

겨울이면 온 식구가 뜨뜻한 핫옷을 입었고 여름엔 앙크랗게 삼베옷을 입었다.

빈 바가지를 들고 남의 집에 양식 꾸러 가는 일도 없어졌다.

이러고 나니, 분들네도 며느리 손끝이 예사롭지 않다는 걸 알고 속으로 은근히 놀라고 있었다. 이순은 안팎 일을 두루 살피며 손댈 데가 있으면 지체하지 않았다.

잿간에 비가 새어드는 걸 보고 손수 이엉을 엮어 서까래를 걸치고는 야무지게 둘렀다. 잿간에 비가 새어들면 일껏 모아놓은 재가 비에 젖어 거름끼가 다 빠져 나가버리기 때문이다.

친정집에서 과부들만 살아오다 보니 이런 것 저런 것 남정네 일까지 모두 배웠던 게 이순이 시집살이에 얼마나 보탬이 되었는지 모른다.

조석은 어느새 며느리가 하는 일 하나하나 눈여겨보게 되었고, 거기 맞춰 일거리도 불어났다.

지지난해 깨금이가 죽고 얼마 뒤에 조석은 이순이한테 작은 목소리로 이렇게 물었다.

"아가, 건넛들 참봉댁 논 닷 마지기를 부쳐보라 카는데 어얄동 니한테 물어보는데……아마 반지기 농사이께네 쌀 두 섬은 돌아올 것 같은데……니 생각은 어뚱노?"

더듬거리며 묻는 조석은 이순이 대답을 기다리느라 긴장하고 있었다.

"그것 잘됐네요. 아배얌하고 그이캉 데럼도 거들만 만판 해내겠제요."

재득이 도런님은 그때 나이 열세 살인데도 형님 장득이 키만큼이나 컸다. 삼부자가 나서면 논 닷 마지기 농사는 거뜬히 해낼 것이다.

말숙이 액씨가 시집갈 때만 해도 이순은 몹시 가슴이 아팠다. 그 토록 시집살이를 어렵게 만들었던 못된 시누이였는데도, 이순이는 이불 한 채 제대로 못해 가는 걸 보자 그냥 있을 수 없었다.

이순은 시집올 때 가지고 온 명주 누비이불을 한 번도 덮어보지 못한 채 말숙이 시집 혼수로 싸보낸 것이다. 열네 살의 나이에 친 정에서 한 땀 한 땀 누벼 만든 쪽빛 누비이불이었다.

말숙이는 입술을 비쭉거리며 울고 말았다.

"형님, 이것 내 주마 어얘노?"

"액시 시집가서 시매부하고 같이 자마 덮을 이불이 있어야제. 한 분도 안 덮은 새 거이까네 가주 가서 덮어."

"형님아, 고맙대이……."

말숙이는 처음으로 이순이한테 따뜻한 인사말을 했다.

이 명주 누비이불로 해서 앞으로 평생 동안 말숙이와 이순이는, 그 고달픈 인생을 살면서 흘리는 눈물을 서로 닦아주는 사이가 되 었다.

수복이는 토실토실 잘 자랐고 젖먹을 때만 어매한테 안길 뿐 하 루종일 할매하고 붙어 있었다.

그해 가을, 조석이네는 도랑 건너 언덕 비탈에 여섯 칸짜리 큰 집으로 이사를 했다. 가을에 거둬들인 쌀을 몽땅 내다 팔고 황소도 팔아서 산 것이다. 감나무가 있고, 사립문 양쪽에 커다란 대추나무 가 두 그루 서 있는 넓직한 집이었다.

손자를 보고 큰 집까지 사게 된 무오년은 조석이 태어나서 으뜸 가는 해였다. 생전 처음 문서가 있는 집주인이 된 것이다.

온 삼밭골에 소문이 퍼졌다. 분들네는 며느리가 잘 들어와 재물이 불 일듯이 일어난다고 열 곱절쯤 부풀려가지고 시샘 반 부러움 반 떠들었다. 강정댁 어르신네는 조석한테 진정으로 칭찬을 했다.

"자네 미느리는 우리 집 셋 미느리 사흘 할 일을 혼자서 하리 다 한다이까."

조석은 이순이 칭찬받는 것이 당신한테 칭찬하는 것보다 더 듣기 좋았다.

"그릏지사 않제만 우리 미느린 살림 잘하고 부지런체요."

살아가는 보람이란 이런 것인지도 모른다. 적어도 조석한테는 그 이상 무엇을 바랄 게 없었다.

분들네는 수복이를 업고 나가면 괜히 자랑도 하고 유세도 부렸다.

하지만 밤이 오면 죽은 깨금이 생각에 밤늦도록 잠을 못 이루었다.

'깨금아, 니만 살았이만……니만 살았이만……'

손자인 수복이를 등에 업고 둥개둥개 얼르다가도 깨금이 생각이 나면 어쩔 수 없이 가슴이 아파지는 것이었다.

흔적 없이 사라진 배서방은 대체 어디서 죽었는지 살았는지 막막하기만 했다.

그런 분들네한테 또 한번 통곡하는 일이 생긴 건 이듬해 기미년 이월이었다.

윤달이 들어 있어 기미년(1919년) 정월달은 섣달 못지않게 추웠다. 그 정월 그믐날, 온 나라에 만세소리가 진동하자 가까운 주재소 순사들이 장터길 목목이 지키며 장꾼들을 닦달했다.

동학난리 때나 신돌석 장군 때만 해도 모두 산중 깊숙이 들어가 싸웠는데, 기미년 만세는 장바닥이나 큰길에서 난리를 쳤다. 좋은 일이든 궂은 일이든 세상이 시끄러워지면 백성들은 모두 난리가 난 줄 알았고 겁부터 나서 떨었다.

안구미서 시집온 영분이는 시어매 복남이하고 너무도 흡사했다. 생김새도 그랬지만 걸음걸이나 하는 일도 흉내를 내듯이 닮아 있었다. 반듯한 이마 아래 서글서글한 눈은 좀처럼 속마음을 들어내지 않는 산 부처님 같았다.

영분이는 뱃속 애기가 언제 나올지 모르게 잔뜩 힘들어 있었다.

"아가, 힘드는 일 하지 말고 고끼 눕었그라."

시어매 복남이가 그러자 영분이는 되려 미안해서 어쩔 줄을 몰랐다.

"어매임, 지가 자부름이 와서 잠깐 졸았는갑시더."

"아이다, 그맘때면 다 그른 기다. 억지로 참지 마고 들가서 눕어라."

마당에는 한 구부(두 필)나 되는 무명 날실을 뻗쳐 놓고 베를 매는 중이었다.

베틀에서 베를 짜는 건 혼자 할 수 있지만, 베매기는 손맞이가 있어야 한다. 영분이는 그걸 알기 때문에 잔뜩 거북스런 몸으로 이글이글 청솔가지로 피워놓은 벳불 앞에 앉아서 힘들게 견디고 있었던 것이다.

메밀가루로 쑨 풀을 나된장과 버무린 베매기풀을 손에 듬뿍 쥐고 날실에 주물주물 발라가며 솔질하고 톱대로 내리고 바디로 조심스레 빗어내린다. 잘 빗겨진 날실은 금방 마르고, 마르는 대로 들말 걸채에 걸어 놓은 도투마리로 감는 일은 세 사람쯤 있어야 손맞이가 맞는다.

"금이 어매요! 이보래요. 금이 어매 있니껴?"

복남이가 건넌집 정원이를 부르자 안에서 이내 알아듣고 쫓아나왔다.

"진작 부를 것이제, 고집시럽게 혼자서 베를 맬라 카니껴."

정원이는 앞치마를 두르고 소매자락을 걷어부치며 서둘렀다.

"새댁은 들가게나. 그 몸으로 무신 일을 한다꼬 이리 고집 피우제."

영분이는 할 수 없이 떼밀리다시피 방으로 들어갔다. 들어가서 쓰러지듯 누우며 참았던 울음이 터져 나왔다. 이불을 쓰고 소리 죽여 한참을 울었다.

영분이를 그토록 힘들게 한 것은 뱃속 아기 때문만은 아니었다. 어젯밤 잠자리에 들기 전에 서억이가 들려준 엄청난 일 때문이다.

"임재, 내가 집 떠나그덩 어매 잘 모셔 주겠지러?"

서억은 고개를 떨어뜨린 채 남의 말 하듯이 했다.

"그기 무신 말이껴?"

영분이는 무슨 말인지 얼른 알아듣지 못했다.

"시상이 어려분데 이렇게 드러백혀 있는 게 괴로봐서 그룷소."

"시상 어려분 걸 나가서 어야실라니껴?"

"……"

서억은 갑자기 말이 맥혔다. 영분이한테 할아버지와, 아버지 길수 이야기를 한다고 자기 마음을 알아줄까 믿어워지지 않았다. 차라리 그냥 아무 말 없이 훌쩍 떠날 것을 괜히 말을 꺼내었다고 후회를 했다.

173

서억은 비스듬히 누우며 몸을 바람벽으로 돌려버린다.

영분이는 서러워졌다.

시집와서 삼 년이 지나도록 내처 서억은 함께 한 이불 속에 자면서도 언제나 남처럼 가깝게 있어 주지 않았다. 영분이는 여태 그런 서억을 먼 빛 바라보듯 낯설었다.

'그이는 내가 싫애가주 어디 갈라꼬 작정했제. 무엇 때문에 시상 어지럽다고 집 나갈라 하노.'

삼천리강산의 남자들은 그들대로 괴로운 시대를 사느라 괴로웠고, 그런 남자들 때문에 여인들은 또 숨어서 이렇게 고통을 견뎌야 했다.

점심 나절이 되어 영분이는 겨우 일어났다. 베매기 땐 점심 먹을 짬도 나지 않아 앉은 자리에서 쉽게 먹을 수 있는 것으로 해야 한다.

"어매임요, 점슴은 뭘로 하까요?"

"뜻뜻하그러 국시나 좀 해 볼래?"

복남이는 정원이를 흘깃 쳐다보며 말했다. 아무리 만만한 사이지만 그래도 남의 식구가 있는데 찬밥으로 지날 수는 없기 때문이다.

"그럼, 국시 얼른 밀어 삶읍시더."

뜨끈뜨끈한 국수그릇을 헝겊 수건에 싸 안고 두 어머니들이 일자리에 앉은 채 먹는 사이, 영분이는 뱅뱅도리에 한 그릇 따로 퍼서 바가지에 받쳐 들고 이금이한테 갔다.

이금이는 지금, 오 년 전에 이순이 언니가 그랬던 깃처럼 시집갈 준비에 바빴다. 언니보다 더 다부지고 꼼꼼한 이금이는 온종일 바느질에 매달려 있었다.

"이금이 액씨요, 국시 한 그릇 갖고 왔니더."

"어야꼬나! 지가 바쁜데 거들지도 못하고 어예 뜨신 점심 얻어먹니껴?"

이금이는 말은 그렇게 했지만 앉아서 얻어 먹는 따뜻한 국수 한 그릇이 얼마나 반가웠는지 모른다. 바쁘게 일에 골몰하다 보면 줄창 점심을 굶기가 일쑤인데, 이렇게 불쑥 먹을 걸 갖다주면 고맙지 않을 수 없다.

"이금이 액씨는 솜씨가 하도 좋애 시집가면 시집 식구한테 사랑 많이 받고 살겠제요."

"무신 소리 하니껴? 형님만치 일솜씨 좋은 미느리 어디 있다고요."

이금이는 누비다가 밀쳐 놓은 명주바지 누빔새를 찬찬히 살피며 혹시나 한두 올 건너뛴 것이 없나 가슴이 졸였다.

"이금이 액씨요……"

영분이는 절로 한숨이 나왔다.

이금이는 뭔가 영분이한테 좋지 못한 일이 있다는 걸 눈치챘다.

"형님, 무신 걱정거리가 있나?"

"액씨요, 어짜마 좋제요?"

"뭔 일인지 알아야제요."

"우리 그이가 집 나간다 카니더."

영분이는 두 줄기 눈물이 흘러내리는 걸 옷고름으로 닦는다.

이금이는 전에도 한 번 서억이 오라배가 집 나가고 싶다는 말을 들은 적이 있기 때문에 영분이 말이 예사롭지가 않았다. 만약 서억이 오라배가 집을 떠나가면 어찌 되는 걸까? 이금이는 죽은 할배와 아배 얘기를 들어서 다 알고 있다. 서억이네 남자들은 모두 그렇게 제 명대로 살 수 없는 팔자인가? 윗대 조상들은 어쨌는지는 모르지만, 핏줄이 모두 그렇게 타고 난 내림일까?

"형님이 안된다꼬 말리제요."

"어디 그이가 내가 말린다고 듣는 성미라제요. 입때꺼정 살아도 내사 그이 속마음은 어떤지 모리니더."

"하제만, 서억이 오라밴 나쁜 사람이 아이시더."

"그건 나도 아니더. 사람 마음 좋은 것하고 내외간에 정하고는 다른 걸 어짜니껴."

"안 그르이더. 서억이 오라밴 형님을 언간이도 사랑하고 있니더."

"그건 그 사람 인품이 그래서 겉으로 그리 보이는 거제, 속은 다르이더."

영분이는 어쩌자고 손아래 이웃집 처자한테 이런 말까지 하는지 너무도 절망스러워 보였다.

이금이는 더 이상 무어라 말할 수 없었다.

'서억이 오라배는 무엇 때문에 저리도 외롭게 살라 하는고……'

영분이는 마지막으로 모든 걸 운명에 맡기듯이 말했다.

"나도 어매임처럼 살으라는 팔자면 할 수 없제요."

열흘 동안 서억은 아무 일도 없었던 것처럼 집안 일에 착실했다.

이월이 다 지나가고 있었다.

"어매요, 내 어디 좀 나갔다가 돌아옵시더."

영분이는 건넌방에 따로 있었기 때문에 이날 밤, 시어머니와 남편이 주고 받은 말이 어떤 것인지 몰랐다.

복남이는 꼭 스물넷 해 전에 시아버지와 남편 길수가 이렇게 마주 앉아 이야기했을 것을 떠올리고 있었다. 남편 길수는 야속하게도 복남이하고는 한 마디 미리 의논도 없었다.

"어딜 갈라는지 니 소실(아내)은 알고 있나?"

"메칠 전에 이야기했니더."

"무엇 때문에 집을 나간다는 말도 했나?"

"세상이 어려부니 이냥 앉아 있을 수 없다 그랬니더."

"그래, 니 생각은 그릏다만 만약 내가 못 가그러 하마 어얄래?"

"어매는 늘상 아배 말을 했잖니껴? 아배는 훌륭한 사람이랬다꼬 ……. 그라이께네 나도 아배겉이 사람구실 잘 하라고 했잖니껴?"

"……"

복남이도 이 집안 남정네들은 하나 같다는 걸 알고 있었다. 서억이를 어떻게 이래라 저래라 할 수 없었다.

사흘 뒤에 서억은 그 동안 문종이에 또박또박 언문글자로 베낀 《용담유사》를 어매 복남이한테 남겨놓고 홀연히 떠났다.

그리고 영분이는 보름 뒤에 아들을 낳았다.

시아버지는 서억이가 태어난 것을 보고 떠났는데, 아들 서억은 제 자식 얼굴도 못 본 채 가버린 것이다. 참으로 매정한 아배였고 아들이었고 남편이었다.

분들네 딸 강생이 남편 윤서방이 기미 만세꾼들에게 휩쓸려 간 것은 사정이 좀 달랐다.

그날 마침 장날에, 장꾼이 얼마 되지 않았다. 윤서방은 쟁기 날 하나를 사서 새끼로 든든히 묶어 들고 건너 마실 오서방과 함께 주막에서 막걸리 한잔씩 나누며 지꺼린 것이 일본 순사 앞잽이가 들은 것이다.

"왜, 그거 말이제, 지 땅 지킬라꼬 독립만세 부르는 것도 죄된다 공?"

"글케나 말이다. 조막 끝은 놈들이 칼을 들고 잡아간다니 하늘 무선 줄 모리는 놈들이제."

결국 윤서방은 오서방과 함께 주재소에 끌려가 실컷 두둘겨 맞고 손이야 발이야 빌고 나서 하룻밤 뜬눈으로 새운 뒤 풀려났다.

말대가리 윤서방은 머리끝까지 화가 치솟아 가만히 참고 있지 못했다. 아직 젊고 피가 끓어오르는 건 윤서방이 어느만큼 똑똑한 젊은이였기 때문인지도 모른다.

윤서방은 함께 주재소에서 하룻밤 고생했던 오서방하고 상투머리를 빡빡 깎아버리고 만세꾼들한테로 떠났다. 기미 독립만세는 지방마다 이렇게 울컥 치솟는 오기 때문에 뛰쳐나가기도 했고, 속깊은 마음에서 굳세게 나선 독립군도 있었다.

그런데, 일은 남정네들이 저질렀는데 남아 있던 아낙네들이 뒷일을 모두 떠맡아야 했다.

서억이는 아예 뒷일을 생각해서 조용히 집을 나갔기 때문에 무사히 지나갔는데, 온 장판이 떠들썩하게 큰소리치고 떠난 윤서방네 집은 기둥뿌리째 거덜나버린 것이다.

강생이는 태어난 지 여섯 달이 조금 넘은 아들 상구를 업고 개켜놓은 이불에 기대고 줄곧 울고 있었다. 생각이 얕은 사람도 아닌데 상구 아배 윤서방은 기분대로 행동하는 게 탈이었다. 이녁이 나서면 조선독립은 금방 되는 것으로 알았는지 집안 식구들이 겪어야 했던 불행은 헤아리지 못한 것이다.

헌병 졸개들과 순사들이 강생이가 살고 있는 삼거리 외딴 골짜기에 들이닥친 건 윤서방이 떠나고 나흘째 되는 날이었다. 일본은 아예 이 땅의 기운을 매좇아버릴 생각인지 조그만 틈만 보여도 이렇게 사정없이 잡도리를 했다.

순사들은 강생이가 바들바들 떨며 지켜보는 가운데 왜기름(석유)을 끼얹고 다황불(성냥불)을 그어 부쳤다.

조그만 초가 오두막은 삽시간에 불타버리고 강생이는 상구를 업고 오갈 데가 없어졌다.

울고 있는 강생이한테 찾아온 건 건너 마실 오서방댁 점이였다.

점이는 아들 훈재 손을 잡고 아지를 업고 그래도 강생이보다는 견딜성이 있어 보였다.

"상구네야, 이래 있으마 어야노?"

"훈재네, 어짜제요? 상구 위갓집에 가서는 안 되겠제요?"

"안되고 말고제. 그르다가 친정집꺼정 낭패보마 어얄라꼬."

"그라만 어짜제요? 우린 어째 살아가니껴?"

"내가 찾아갈 데가 있어 상구 어매한테 왔니더. 이런 판에 어얄리껴? 목심이라도 부지하면서 상구아배 올 때꺼정 기둘러야제요."

물에 빠진 사람은 지푸라기라도 붙잡는다고, 강생이가 점이를 따라 찾아간 곳은 고리백정들이 모여 사는 한두실 근처 산중이었다.

거긴 진짜배기 백정도 있었지만 빤란구이(의병)를 하던 가짜배기도 있었다. 이들은 어디서 곤란을 당한 백성들이 있으면 얼른 사람을 시켜 이리로 피신해 오도록 했다. 오서방댁 점이를 찾아가 알려준 것도 그 가운데 한 가짜배기 백정이었던 것이다.

사람이 너무 많이 모이면 위태로워 알마침하게만 거기 남고, 다른 많은 사람들은 낯모르는 데로 옮겨다니고 있었다. 옮겨다니며 역시 가짜배기 백정노릇을 하는 것이었다.

강생이가 집을 잃고 떠난 뒤, 닷새 뒤에 분들네는 소식을 들었다.

그 숱한 난리를 겪으면서도 여지껏 무사히 지나 보냈는데 이제는 그 난리가 바로 분들네 발등까지 떨어져 덮친 것이다.

"보소, 득이 아배요. 쌔기 가보이시더."

"그래, 가봐야제."

조석은 서두르는 분들네한테 겨우 끌려가다시피 삼거리로 갔다. 길퍼덕에 말똥굴레가 배싯배싯 피었고, 발에 땀이 나서 어벅다리 짚신이 자꾸 벗겨졌다.

키만 멀쑥하게 컸지, 분들네는 당찬 데가 없었다. 처음엔 엄치미 앞서가던 분들네가 어느새 뒤쳐져 헐떡거리고 있었다. 태조바우재를 넘을 땐 조석이 그 큰 분들네를 업어야 했다.

삼거리 강생이네 오두막은 소문대로 잿더미만 남고 그렇게나 얼굴이 참한 강생이는 없었다. 두 다리를 뻗쳐 놓고 앉아 우는 분들네를 그냥 두고 조석은 산복숭아꽃이 핀 언덕 밑 이웃집에 강생이네 간 곳을 물었다.

"우리도 모리니더. 건네 마실 오서방 댁이 와서 디루구 갔니더."

"오서방댁도 어디로 간단 말 전혀 않디껴?"

"전혀 말없이 갔니더. 우린 아무것도 모르이께네 더는 묻지 마이소."

난리통엔 말을 함부로 해서도 안 된다. 복숭아나무집 아낙네는 긴 말을 않으려 했다.

조석은 분들네를 데리고 건너 마실 오서방댁으로 가봤지만 역시 허탕이었다. 결국 강생이 간 곳은 아무도 알고 있지 않았다.

깨금이를 잃고 겨우 그 슬픔이 가시어지려 하는데, 느닷없이 닥친 기막힌 일을 분들네는 또 가슴에 묻어 안고 살아야 했다.

강원도 울진 바닷가는 그해 이월 내내 바람이 불었다. 아무리 바람이 불어도 웬만하면 뱃꾼들은 배를 띄운다.

종대는 파도치는 바다가 좋았다. 할매 뜻대로 바램대로 종대는 거칠고 억센 바닷가 머슴애로 튼튼하게 자랐다.

수동댁은 그 종대를 볼 때마다 대견스럽고 고마웠다. 삼밭골을 떠나온 지 벌써 일곱 해나 지났다. 무던히도 참고 견딘 일곱 해였다.

사람이 할 도리란 대체 무엇인가? 지체 높은 양반님들은 법을 들먹거리고, 삼강오륜을 내세우고, 공자님 맹자님 이야기를 하지만, 정말 그것들이 사람의 도리를 온다지로 다 했던가? 그것들이 가르치는 대로 고분고분 따르는 게 사람의 도리일까? 정말 그것들이 사람을 살렸던가?

종대는 그런 모든 허례허식에서 벗어난 아이다. 열한 살의 종대는 앞으로도 바다와 햇빛과 하늘만 있으면 얼마든지 자유롭게 살 것이다.

"종대야!"

수동댁은 파도소리가 철썩대는 늦은 밤에 종대를 불렀다.

"할매, 잠이 안 와?"

"아닛다. 안방으로 좀 건네 오이라."

"예!"

종대는 상어기름 등잔불이 삐직삐직 타오르는 안방으로 건너왔다. 할매하고 어매는 마른 어물 뭉치를 요것 조것 골라 보자기에 싸고 있었다. 등짐 지듯이 느직히 짐바를 걸어 웃목에 밀어놓고 할매는 마른 미역 줄기 한 동가리를 자근자근 씹는다.

"종대야, 내일 할매 먼 데 갔다가 한 댓새 묵고 올 테니 어매하고 있거라."

"먼 데 어디 가는데?"

"할매가 옛날 살던 곳이제."

"나도 따라가마 안돼?"

"길이 멀고, 어매 혼자 두고는 안 되잖나?"

"하지만, 나두 가구 시푸다."

"낸줴 한번 가자. 이번엔 할매 혼자 갔다 올 끼까네 어매 잘 모시고 집보고 있거라."

"예."

"됐다. 고마 건네 가 자그라."

"예."

종대는 반듯한 이마 밑에 유달리 반짝이는 까만 눈으로 할매를 바라보다가 뒤로 돌아서 건넌방으로 갔다. 총총 땋은 머리꼬리가 저고리 뒷등자락 아래까지 내려왔다. 판판한 어깨가 꽤나 넓어져 있다.

수동댁은 대견스레 바라보다가 어쩐지 코허리가 시큰해졌다.

'불쌍한 자석!'

속으로 뇌이며 저절로 한숨을 쉬었다.

수동댁은 이불을 펴고 며느리 채숙이와 나란히 누웠다.

파도소리가 여전히 철썩대며 들려온다.

불을 끄자 방안은 새카만 보자기를 드리운 것처럼 아무것도 보이지 않는다. 눈을 감자 입곱 해 전 떠나 온 삼밭골 딸 얼굴이 금방 떠오른다. 칠배골에 간 이석이네는 인지쯤 어찌 됐을꼬? 시집간 이순이는 어떻게 사는고? 이금이는 어쨌고?

수동댁은 이녁 핏줄은 왜 다 버려두고 이런 곳에 와서 살았던고? 눈물이 흐른다. 사는 게 이렇게 고달프다면 누가 두 번 다시 이 세상에 태어나겠는가?

곁에 누워 있는 벙어리 채숙은 이내 잠이 들었는지 부드럽게 나는 숨소리가 무척 편안해 보인다.

'그래도 내가 밤 살 먹었제. 이것들을 어째 냇비리겠노. 그건 사람의 도리가 아니제. 절대 사람의 도리가 아니제……'

죽은 영감 생각, 아들 생각, 밤 깊도록 그러다가 겨우 잠이 들었다.

수동댁이 칠배골 이석이네한테 찾아간 것은 이틀 뒤 해질녘이었다. 웬일인지 그쪽으로 발길이 먼저 갔다. 외손자 이석이가 종대만큼이나 소중했기 때문일 게다.

자드락밭부터 층층이 여기저기 일궈 놓은 부대기밭에서 늦게까지 감자씨를 놓던 이석이 내외는 놀라 단걸음에 뛰어 내려왔다.

"할매요, 여기꺼정 어짠 일이이껴? 할매요……"

이석은 그새 주름살이 구겨 놓은 삼베 자투리 같은 할매 손을 잡고 통곡을 한다.

"……아이구 할매요! 할매요!……"

"이눔아! 이 못된 눔아, 이눔아……!"

수동댁은 그 동안 모른 척 버려 뒀던 외손자 이석이를 잡고 흐르

는 눈물을 주체하지 못했다. 서럽고, 안타깝고, 가엾고 대견스럽고
…….

집은 그 동안 이석이 손수 돌담을 쌓아 솜씨껏 모듬집을 지어놓
아 그렇게 옹색하지는 않았다.

달옥이는 첫 딸을 낳아 벌써 여섯 살이나 되었고 지난 가을에 아
들을 낳아 삿자리 방바닥을 엉금엉금 기어다니고 있었다.

"너어 시어매글이 터불이 좋은갑제?"

"순덕이가 터를 늦도록 안 팔아 이리 늦었니더."

달옥이는 본래 가는 몸피가 더 앙상하게 가늘어져 있었다.

"에미 고생 덜 시킬라고 많이 생각해 줬구만."

수동댁은 외손자 이석이를 많이 닮아 수더분한 순덕이를 안았다.
순덕이는 수동댁의 주름진 손을 만작거리며 말했다.

"아랫집 할매 손 같다."

아랫집 할매는 조씨 노인댁이다. 조씨 노인은 두 해 전에 죽고
할매 혼자 아직 그 막살이 집에 살고 있다.

"바깥 노인이 돌아가셨으마 안노인 혼자 적적하겠구나."

"그래서 그만 우리 집에 한테 모실라 캐도 할매가 듣지 않으시니
더."

"그를 테제. 꾸무댈 수만 있으마 젊은네들한테 어째 짐 될까봐
그러겠는가."

감자 속을 넣고 지은 조밥은 구수한 게 맛이 있었다. 수동댁이
가지고 온 파래를 무치고 며루치를 넣고 된장을 끓였다. 모처럼 진
수성찬을 받은 듯했다.

이석은 소쪽박 그릇에 둥둥산처럼 담은 밥을 너끈히 비우고 물을

또 한 쪽박 마신다.

이제는 어엿한 한 집안의 가장노릇을 하고 있는 듯이 보여 수동댁은 안스러우면서도 한녘으로는 든든했다.

저녁상을 물리고 나서 수동댁은 이석이한테 물었다.

"에미 소식은 자주 듣고 있나? 한번 가봤나?"

"할매가 더 잘 아시잖니껴. 한 번도 못 가본 것도, 소식도 못 듣는 것도……"

이석은 수동댁이 삼밭골을 떠나간 걸 모르고 있었다. 그러고 보니 서로가 소식도 없이 일곱 해를 살아온 것이다.

"석아, 나도 에미 소식 모린다. 니가 이리 오던 해 나도 삼밭골을 떠났제. 지금은 울진 바닷가에서 위숙모랑 산다. 종대가 열한 살이다."

"할매요……"

이석은 또 울먹거린다.

"그라마, 어매하고 이순이 이금이는 어예 살고 있는지 모르시니껴?"

"할매도 모린다. 그래서 이렇게 불원천리길을 찾아오지 않았나. 내일 그리로 가 봐야제."

"지가 못쓸 놈이시더, 불쌍한 우리 어매 혼자서 얼마나 고생하매 살겠니껴."

"그것도 모두 팔자인 걸 어짜겠나. 이금이 시집보내고 나마 이리로 와서 같이 살았이만 좋겠는데……"

"부디 그리 하도록 전해 주이소. 지는 순덕이 어매 혼자 이 산중에 두고 아무데도 갈 수 없잖니껴."

"그래, 넌 이젠 무신 일이 있어도 니 각시하고 야아들 데리고 살아야 된다. 에미한테 가서 그리 하라고 해 볼 테니 걱정 마라."

수동댁은 다음날 이석이가 만든 나무바가지 두 개를 따로 싸온 해물 보따리 귀퉁이에 소중히 싸 놓고 칠배골을 떠났다. 조씨댁 할매한테 파래, 김을 나눠 주고 그동안 이석이네를 보살펴 준 것을 백배 고맙다고 했다.

순덕이가 아배 손을 잡고 골짜기 들머리까지 바래다 주고 증손주 순태는 달옥이 품에 안겨 빤히 보고 있었다.

수동댁은 눈물을 글썽이며 바라보는 이석을 뒤에 두고 잰 걸음으로 산길을 걸었다. 자식이란 모두 애물덩어리다. 뿌리칠 수도 떨쳐 버릴 수도 없는 얽히고 설킨 칡덩굴 같은 것이다.

삼밭골엔 해질녘에 닿았다. 이금이는 버선발로 쫓아 나와 할매 품에 안겨 엉엉 소리내어 운다.

"할매, 너무 했제! 할매는 너무 했제……!"

정원이는 정지 부뚜막에 쭈그리고 앉아 눈이 퉁퉁 붓도록 울고, 소식을 듣고 건넌집 복남이가 쫓아와 또 한없이 한없이 운다.

이석이 잘 있다는 말을 듣자 복남이는 더욱 섧게 운다.

"이석이는 되려 잘 했구만요. 소실 데리고 고생이사 하제만, 그리 살만 더 없이 좋제요."

복남이는 제발 서억이도 그렇게 영분이 데리고 먼 산중에라도 들어가 숨어 살아주었으면 싶었다. 어지러운 세상에 그 길이 훨씬 마음 놓일 것 같았기 때문이다.

"할매, 이젠 우리 집에 같이 사는 거제?"

이금이는 그게 궁금해서 물었다.

"그라마 종대는 어야노?"

"가서 위숙모하고 종대 도로 데불고 오망 안 되나?"

"종대는 바다가 좋다는 걸 어째 데리고 오노?"

"그라마 할매는 또 갈 끼가 보제?"

"가야제. 할매도 가는 기 젤 맘이 편탄다."

"가을엔 잔치 때 또 올라네?"

"할매가 걸을 수 있으마 올꾸마. 이금이 신랑 인물이 좋은가?"

"몰래, 똑바로 보지도 못했는걸."

이금이 신랑, 효부골 정씨댁 막내아들 재용이는 풍기 바리전에서 심부름을 하는 놋갓장이다. 벌써 솜씨가 좋아 앞으로 큰 바리전 주인이 되려고 한단다.

인물이 좋아 어릴 때부터 주변 사람들한테 사랑을 받았다. 그만큼 속마음도 기특하고 착실했다.

가을에 이금이는 외할매 오기를 기다렸지만 수동댁은 그렇게 다녀간 다음 두 번 다시 오지 않았다. 그토록 귀여워하고 세상없는 손녀라고 응석을 받아주던 할매를 이금이는 그 뒤 영영 보지 못했다.

어매 혼자 댕그만이 남겨놓고 이금이마저 남의 집으로 가버린 뒤, 정원은 한 달 동안을 집안에 들어박혀 울며 지냈다.

장판에서 각설이타령을 부르며 떠돌아다니던 동준이가 계산골 분옥이를 찾아온 것이 그 즈음이었다.

동준이는 멀쩡한 몸이라고도 했고 남모르게 병을 가졌다고도 하는 소리 잘하는 장거지였다. 나이도 서른이 넘었다고도 하는가 하면 아직 스물을 조금 넘은 새파란 총각이라고도 했다.

기러기가 울며 날아오는 가을 어느날 밤, 계산골 분옥이 혼자 사는 삿갓집 저만치 팽나무 밑에서, 누가 피리를 불고 있었다. 아무도 듣는 이가 없는 산속에 무엇 때문에 부는지, 그리고 피리 부는 사람은 누구인지 분옥이는 처음엔 그 피리소리가 무서워서 싫었다.

피리소리는 잠깐씩 불다가 그만둘 때도 있고 한참이나 길게 부는 날도 있었다. 하루, 이틀, 사흘, 피리소리는 열흘을 넘게 들려왔다.

처음 며칠 동안은 무섭던 피리소리가 차츰 분옥이 가슴으로 파고들면서 어쩐지 헤어진 두칠이 음성처럼 다정해졌다.

피리소리는 한 달이 되도록 이어졌다.

그러던 어느 날, 싸락눈이 닭모이 뿌리듯이 내린 아침, 분옥이가 방문을 열어보니 문앞에 좁쌀이 많이 섞인 쌀자루가 하나 놓여 있었다. 분옥이는 이상하게 생각하면서 쌀자루를 방으로 가지고 갔다.

'귀돌이 싱이가 두고 간 걸까?'

하지만 귀돌이는 그렇게 아무 말 없이 쌀자루만 두고 가지 않는다. 그리고 찾아올 땐 언제나 밝은 낮에 와서 한참 동안 얘기를 들려주고 간다.

분옥이는 도무지 알 수가 없었다. 피리소리와 쌀자루는 같은 사람의 짓이었던가?

장거지 동준이는 감쪽같이 그렇게 조금씩 조금씩 분옥한테 가까이 다가오고 있었다.

9

분옥이는 밤이 되면 사는 것이 더 괴로웠다. 마냥 죽어버리고 싶어 혼자서 울다가 잠이 들면 밤이 지나가고 아침이 온다.

아침이 오면 이상하게도 어젯밤 생각했던 죽음은 말짱 사라지고 밝은 햇빛과 새소리와 맑은 바람이 더 없이 고맙고 다정스러웠다.

분옥이는 개울물에 낯을 씻고 머리를 곱게 빗었다. 그리곤 비댕이솥에 밥 짓고 나물을 무치고 뚝배기에 된장을 끓인다. 아궁이 속에 소복하게 소깝불이 이글거리면 뚝베기에 된장을 얹는다.

분옥이는 이때만은 제가 문둥이라는 걸 깜빡 잊는다.

가작정지에 쪼그리고 앉아 그렇게 밥 짓고 된장 끓이고 있으면 뒷곁 자귀나무에 새들이 날아와 지저귄다. 때때로 다람쥐들이 정지문까지 와서 기웃거리다가 쪼르르 달아나기도 한다.

분옥이는 지난 가을 손수 켜 놓은 노랑 햇바가지에 밥을 퍼담고 된장과 나물을 놓고 밥을 먹는다.

가끔 가다가 두칠이와 마주 앉아, 꽁치 한 도막을 가지고 서로 미적미적 밀어주며 밥 먹던 것이 떠오르면 분옥이는 목이 메어 더 먹을 수 없게 된다. 바가지 밥이 쌍그랗게 식어버리고, 분옥이는 옆으로 쓰러져 어느 때까지나 울어야 했다.

언니 귀돌이는 가끔 왔다. 한 달에 한 번씩, 두 달에 한 번씩, 조막조막 담은 곡식 자루와 손수 주취 뿌리, 치자 열매, 감잎, 봉숭아 꽃물로 물을 들인 명주실 타래를 가져왔다. 꽃바퀴는 달수가 버드나무로 예쁘게 만들어 보내왔다.

함박눈이 내리던 날, 찾아온 귀돌이한테 분옥이는 동준이 이야기를 했다.

"싱야, 어인 사람인동 나는 모린다. 그 사람이 왜 이라제?"

"그 사람도 외로분 사람인갑제. 어짤 수 없잖애? 그냥 더 기대려 보는 거제 뭐."

"아무리 외로봐도 왜 빙든 내한테 이라는 건, 사람 놀리는 기제."

"그런 맘은 아일 끼다. 외로분 사람은 이녁보다 더 외로분 사람이 아수분 거다."

"싱야, 나는 그르마 어짜만 좋제?"

"사람 인연이란 건 하늘밖에 모린다. 우리 쌍가매 아배하고 이릏게 다시 만나 살 줄 누가 알았으까."

"……"

분옥이는 언니 귀돌이가 참으로 부러웠다. 그리고 장돌뱅이 거지 동준이 속마음이 궁금하고 답답했다.

동준이는 그런 분옥이 마음 같은 건 아랑곳없이 여전히 말없이 찾아와서 조용히 가버린다. 분옥이가 자고 나서 보면 강똥하게 다듬어 놓은 듯이 정성스레 나뭇짐이 부려져 있었다. 한번은 곱게 삼은 짚신이 문앞 디딤돌에 놓여 있고, 한번은 갈대 홰기로 잘 묶은 빗자루도 놓여 있었다.

그것은 보통 정성이 아니었다. 절대 분옥이를 놀리거나 언뜻 한번 해보는 장난도 아니었다.

분옥이는 이젠 동준이 그러는 걸 기다리게 되었다. 그러다가도 두칠이 생각이 나면 깜짝 놀라 가슴이 뛰고 죄를 짓는 듯했다.

두칠이는 인지쯤 어찌 됐을까? 새장가를 가서 분옥이 같은 건 벌써 싹둑 잊어버린 걸까? 귀돌이 언니는 알고 있을 텐데, 물어보지도 못하고 가르쳐 주지도 않는다.

분옥이는 꿈을 꿨다.

팽나무 밑에서 피리소리가 그치더니 발자국소리가 났다. 분옥이는 가슴이 콩콩 뛴다. 발자국소리는 어딘지 귀에 익었다. 두칠이 발자국소리다. 마실에 나갔다가 밤늦게 돌아오는 두칠이 발소리인 것이다.

이내 문앞에까지 오더니 방문을 연다. 분옥이는 일부러 자는 척 그냥 눈을 감고 누워 있다. 두칠이는 방에 들어와 등잔불을 켠다.

두칠이는 자고 있는 분옥이를 사랑스레 내려다보더니 발치 이불 속에 살며시 손을 넣고는 분옥이 발을 간질은다.

분옥이는 더는 참지 못하고 까르르 웃으며 일어나 버린다. 일어나는 분옥이를 기다렸다는 듯이 두칠이가 덥석 껴안는다.

갑자기 분옥이는 놀라 두칠이를 힘껏 뿌리친다.

"안 되니더! 안 되니더! 이르만 안 되니더!"

"왜 안 된다는 거노?"

두칠이 영문을 모른다는 듯이 묻는다.

"몰래서 묻니껴? 이녁은……이녁은 ……이녁은 너무 하니더……너무 하니더……"

분옥이는 돌아서 운다.

"뭔 소린지 답답잖나? 왜 안 된다 그러네?"

"나는 병든 여자잖니껴? 문디병 든 여자잖니껴?"

분옥이는 섧게 섧게 운다.

"난 또 무신 소린가 했네. 임재는 말짱한데 왜 문디라 하는고?"

"놀기지 마이소, 그르지 마이소."

"내 말 못 믿겠으마 이 면경으로 낯 한번 들다보만 될 끼 아닌가. 자, 얼른 면경 한번 보라이까."

분옥이는 두칠이 내미는 거울을 받아 등잔불빛에 들여다본다. 그러고는 깜짝 놀란다. 붓으로 그린 듯한 눈썹 밑에 까만 눈이 너무도 곱다.

분옥이는 거울을 놓고 두칠이 가슴에 안겨 그만 엉엉 소리내어 운다. 하도 기뻐서 너무 기뻐서 울고 또 울었다.

오목눈이 딱새 떼들이 뒷곁 자귀나무 마른 가지에 찌찌 찌찌 울고 동산에 해가 떠오를 때서야 분옥이는 깜빡 잠에서 깨어났다..

두칠이도 없고 거울도 없다. 꿀밤풀로 뉘새를 한 흙벽 윗목에 그 전대로 시렁이 걸쳐 있고, 횃대만이 느직히 매달려 있다. 그 횃대엔 분옥이 옷가지가 어제 걸어둔 대로 그냥 걸려 있었다.

아랫목은 벌써 썰렁하게 식어 있고 형부되는 달수가 곱게 쳐다

준 왕골자리와 언니가 갖다 준 꽃바퀴와 쬐그만 버들고리짝 반짓그릇과…….

분옥이는 터져 나오려는 울음을 참느라 입술을 아욱아욱 깨문다. 아무 일도 없었던 것처럼 잊어야 한다. 까짓 거 꿈은 역시 꿈 같은 일일 뿐이다.

이불을 개키고 옷매무새를 만지고는 방문을 열었다. 그리고는 가슴이 철렁 했다. 어제 벗어놓은 짚신 한 짝에 들기름에 절인 종이 꾸러미가 놓여 있었다. 분옥이는 머뭇거리다가 집어들고 꾸러미를 펼쳤다.

매화꽃 무늬가 새겨진 참빗과 황토흙으로 물을 들인 얼레빗 한 쌍이 상큼하게 들어 있었다. 분옥이는 갑자기 참았던 울음이 왈칵 터져나왔다. 빗 꾸러미를 가슴에 안았다. 틀림없는 장 거지 동준이 짓이다.

"두칠이 서방님, 두칠이 서방님……"

분옥이는 엉뚱하게도 울면서 그렇게 입속으로 두칠이를 부르는 것이었다.

겨울이 가고 골짜기에 버들강아지가 피고 봄이 왔다. 동준이는 여전히 얼굴 한번 보이지 않고 이렇게 외로운 분옥이 마음 저만치서 따숩게 보살피고 있었다.

장터와 여기저기 마을쪽으로 소문이 퍼져 나갔다. 걸버생이 동준이가 문둥이 각시한테 홈빡 빠져, 각설이로 얻은 쌀과 돈을 몽땅 날리고 있다고 괴상망측한 덧거리로 뜬소문을 퍼뜨려댔다.

"어이, 이 속빈 놈아! 그래 문디년한테 빠지이께네 눈이 뒤집힌 거제. 창새꺼정 다 빼 줄 낀가?"

장터 아낙들은 아예 동준이를 보지 않으려 했다. 그 동안 아낙네들은 동준이가 부르는 각설이타령을 들으려고 오늘이나 내일이나 기다렸다. 동준이의 장타령은 아낙들의 애간장을 태우다 못해 아예 창자가 끊어지듯이 처량했다. 동준이의 부리부리하게 큰 눈에 눈물이 글썽거리며 사무치는 목소리에 아낙네들은 온몸이 그리로 빠져드는 것이었다.

그런데 아낙네들이 동준이를 문전박대를 하기 시작한 것이다. 아낙네들의 시샘은 참으로 어처구니가 없었다.

동준이는 개울가 버들가지를 꺾어 호두기를 만들어 불었다. 봄하늘 높이 종다리가 지저귀며 올라가고, 동준이는 그 하늘을 바라보았다.

바로 머리 위 하늘은 푸른데, 먼 산 위에 드리워진 하늘은 뿌옇게 흐려져 있다. 호두기를 불며 바라보는 동준이 눈도 그 먼 하늘처럼 뿌옇게 흐려왔다.

동준이는 장터를 떠났다. 갈 데가 없었다.

들락날락 내성장
숨가빠서 못 갈네
코풀었다 홍해장
미끄러버 못 갈네
바람분다 풍기장
어지러버 못 갈네
한짐 잔뜩 짐천장
무거버도 못 갈네

소 잡았다 푸줏장
원통해도 못 갈네
아가리 크다 대구장
겁이 나도 못 갈네
술 걸렀다 책거리장
꺼이꺼이 못 갈네
초상났다 상주장
부조돈 없어 못 갈네……

그로부터 장터에선 동준이 모습을 볼 수 없었다. 간간이 들리는 소문으로는 사당패거리에 들어가 날나리를 불고 있는 걸 봤다고도 하고, 더러는 읍내 장터에서 각설이를 부르더라는 소문도 있었다.

계산골 분옥이는 소리소문 없이 찾아오지 않는 동준이가 기다려졌다. 참꽃이 무더기로 피는 봄날, 밤이면 소쩍새가 울고 분옥이네 오두막은 더욱 적막했다.

팽나무 밑에서 피리소리도 들리지 않고, 자고 나서 나가 봐도 동준이의 흔적은 아무것도 없었다.

한 달이 지나고 산자락으로 아그배꽃이 자북자북 필 때, 문득 분옥이는 자다가 눈을 떴다. 무슨 소리가 난 것이다. 틀림없는 동준이 피리소리였다.

분옥이는 일어나 동쪽 불밝이창으로 다가가 귀를 기울였다.

그동안 왜 안 왔이까? 어데 먼데 갔비렀는 줄 알았는데……

그날 밤 피리소리는 더 구슬프게 더 길게 그치지 않았다.

'두칠이 서방님! 두칠이 서방님!'

분옥이는 입으로 그렇게 또 두칠이를 부르고 있었다.

강생이는 어레미, 가는체, 굵은체, 말총체, 겹체, 술걸이체, 주렁주렁 꿰어 어깨판에 걸고, 손에 들고, 머리에 이고, 상구를 등에 업었다가 걸렸다가 하면서 이 마실 저 마실 도부쳐 다녔다.

점이하고는 해넘어갈 때 어느 마실서 만나자고 하고 따로따로 헤어져 다니는 것이다. 일년을 이렇게 다니다보니 강생이는 이력이 생겨 남세스러울 것도 없어지고 팔자에도 없는 백정 체쟁이가 되어버렸다.

기미년 만세는 소리소리 드높게 퍼져나갔지만 이렇게 곁달린 식구들의 수난은 뒤로 밀려났다.

'상구 아배는 이녁 소실 이러구 사는 걸 알까? 처자슥 냇비리고 독립운동하는 것도 대단은 건가?'

강생이는 힘들고 외로워지면 그렇게 속으로 종주발거리다가 이내

'아니제, 우리 상구 아배는 심덕 좋고 행실 바른 큰어른이제'

하고 마음을 돌려 먹는 것이었다.

그렇게 생각하는 쪽이 훨씬 마음 든든하고 없는 힘도 생기는 것이었다.

이 마실 저 마실 어벅다리 짚신을 끌고 체 팔러 댕기는 꼴이야 여북할까? 한낮이 가까워지면 뱃가죽은 짜부라지고 걸어가던 상구란 놈은 업어달라고 찡찡거린다.

"상구야, 쪼매만 참어래이. 주막에 가서 국밥 한 그릇 사서 먹재이. 우리 상구 큰 아아다."

주막에 들러 국밥 한 그릇을 사면 거지반 상구가 다 먹어버리고

뚝배기 구석에 시래기나물만 남은 걸 강생이는 긁어먹고 핥아먹는다.

"술걸이체 하나 얼맹고?"

주막집 술어마이가 묻는다.

"그건 말총겹체시더. 이십 전 받아야 되니더."

"이십 전이마 쌀이 한 말인데, 오방지게도 비싸네."

"안 그르이더. 말총값 빼고 나마 기우 쳇바꾸 값도 안 나오니더."

술어마이는 강생이를 힐끗 흘겨보고는

"십오 전 줄꾸마, 팔아라."

한다.

강생이는 언제부터인지 아무라도 반말짓을 해도 아무렇지 않다. 마음좋게 체 하나만 사주면 그걸로 된다.

"십오 전은 안 되니더. 정 비싸그덩 이짝에 홑말총체로 하이소."

술걸르는 데는 겹말총이래야 쳇바닥이 쳐지지 않는다. 누구보다 술어마이가 그걸 더 잘 안다.

결국 술걸이체 하나를 십구 전에 팔았다. 술어마시보다 강생이쪽이 장사를 더 잘한 것이다.

어쨌든 강생이는 하루 백 리 길을 걸으며 체장사를 했다.

해거름이 되어 점이와 만나자고 했던 곳에 오면 언제나 점이는 먼저 와서 기다리고 있었다.

둘은 쇠뜨기가 보들보들 뒤덮인 길가에 주저앉아 한참이나 쉰다. 하루 일이 끝나면 이렇게 기진맥진 힘이 빠져버리는 것이었다.

"훈재 어매요, 언제꺼정 이짓 하매 고생해야 하니껴?"

"그걸 낸들 어예 알리껴. 훈재 아배 돌아오망 어디든동 가서 살겠제요."

둘은 일어나 걷기 시작했다. 서산으로 해가 기울고 새들이 함께 집으로 돌아가는지 떼지어 날아간다.

푸른 하늘 빛이 점점 엷어지고 먼데 골짝부터 어두워온다.

강생이 눈에 물기가 축축이 젖는다. 왜 그리도 서글픈지 강생이는 해가 질 때쯤이면 한없이 상구 아배 윤서방이 그리워지는 것이었다.

그런 강생이한테 버들고리짝 백정 홀애비 석서방이 조금씩 조금씩 다가온 건 찔레꽃이 하얗게 피는 초여름이었다.

상구는 벌써 세 살이다.

시집간 여자들은 애기 터울이 생길 때면 외로워진다.

강생이가 석서방한테 쉽게 몸을 맡긴 것도 어쩔 수 없는 여자들한테만 있는 사정 때문이다. 거기다가 얼굴이 새첩게 생긴 강생이를 다정스레 보살펴준 석서방은 결국 강생이한테는 불행을 가져다준 덫이 되어버린 것이다.

말대가리 윤서방이 처가집으로 돌아온 건 그로부터 열 달 뒤였고, 분들네가 사위 윤서방을 따라 한두실에 찾아갔을 땐 강생이는 예쁜 딸을 낳은 뒤였다.

강생이는 윤서방을 보자 방문을 달아 걸고는 돌아앉아 울기 시작했다.

"이보게, 내가 이렇게 살아 돌아온 것만도 반가불 낀데, 어서 문이나 열게."

윤서방은 문밖에서 달래느라 애를 쓰고, 분들네는 봉당 끝에 앉아 강생이보다 더 큰소리로 운다.

"어이고 이년아, 니 팔자가 왜 이룽노……이년아, 아이고 이 일을 어짜만 좋노……?"

"장모님요, 지만하시이소, 이기 모두 지 불찰이시더."

결국 윤서방은 문살 하나를 부러뜨리고 손을 집어넣어 걸어놓은 문고리를 벗겼다.

윤서방은 갓난아기 금주를 포대기에 싸안고 상구를 데리고 앞장섰다.

"장모님요, 저 사람 데불고 뒤따라 오시이소."

분들네는 사위 윤서방 하는 짓을 보자 갑자기 못생기고 미웠던 마음이 어디론가 날아가버리고 말대가리에 껑충한 키가 태산만큼 거룩해 보였다.

분들네는 방안에서 쪼그리고 울고 있는 강생이 손을 잡고 밖으로 나왔다.

그때까지 어떻게 되는가 지켜보던 점이가 윤서방 곁으로 다가갔다.

"상구 아배요, 우리 훈재 아배는 왜 안 왔니껴?"

"걱정 마이소. 한 달 뒤에 돌아올 게시더. 나보다 감옥살이 한 달 더 해야 한다이까요."

"그라마 죽지 않고 살아 있단 말이제요?"

"그라문요. 죽기는 왜 죽는다니껴? 우리가 무슨 살인죄라도 저질렀다디껴? 걱정 말고 날 따라 같이 가시더."

강생이는 분들네가 이끄는 대로 따라 움직였다.

맨 앞에 윤서방이 걷고, 그 뒤에 점이가 훈재 손을 잡고 아지를 업고 따라가고 맨 뒤에 처져서 강생이가 고개를 떨구고 따라 걸었다.

강생이 모습이 먼산 모퉁이로 돌아갈 때까지 백정 석서방은 아무 말 한마디 못한 채, 역시 눈물만 훔치며 바라보고 있었다. 정이란 것이 이런 것이다.

강생이가 난데아기 금주를 데리고 온 걸 보고, 이순은 가슴이 철렁했지만 이내 주저앉았다. 외숙모 채숙이가 낳은 종대 생각이 났기 때문이다. 그리고 두 달 뒤엔 이순이도 아기를 낳는다. 이순은 잔뜩 불러진 배를 손으로 쓰다듬어 봤다. 어쩐지 강생이 형님한테 미안한 생각이 들었다.

윤서방은 삼거리 불타버린 빈터에다 다시 집을 지었다. 한 달 뒤에 감옥에서 풀려난 오서방도 돌아와 점이는 하늘 밑에서 제일 팔자좋은 아내이자 어머니가 되었다.

하지만 역시, 강생이는 금주를 볼 때마다 문득문득 가슴이 아파오고 평생 그늘로 드리워졌다.

삼밭골에 앰병(염병)이 퍼진 것이 이순이 해산할 날을 한 달 앞두고서였다.

돌음바우골 앞뒷집이 하나씩 자리에 눕기 시작했다. 어떤 집은 온 식구들이 열에 들떠 앓기도 했다. 분들네도 장득이와 수득이만 빼놓고 앓아 누웠다.

조석은 작은 몸집으로 열이 나는데도 속으로만 끙끙 앓으면서도 끝까지 자리에 눕지 않았다. 분들네는 누워서 춥다고 오들오들 떨다가 이내 이불을 모두 걷어버리고 덥다고 몸을 데굴데굴 궁글렀다.

이순은 만삭이 된 몸으로 끝까지 버티었다. 좁쌀을 볶아 놓고 조당수를 한 솥 끓여 온 식구가 그걸 마셨다. 장득이와 수득이는 따로 밥을 지어주고, 그래도 며느리로서 식구들 수발을 드느라 애를 썼다.

하지만 앰병이 그리 쉬운 게 아니다. 이순은 꾸부리고 다니다가 엉금엉금 기다시피 일을 하다가 결국은 자리에 누워버렸다.

안방 샛문을 열어놓고 장득이한테 밥짓는 일을 하나하나 가르쳤다.

"저게 국단지에 볶은 좁쌀이 있니더. 두 쫑구레기만 퍼놓고 물은 한 솥 붓고 끓이소."

장득이는 힐끗힐끗 쳐다보며 이순이 가르치는 대로 어설프게 죽을 끓였다.

이순이가 자리에 눕고 나흘째 되던 날, 갑자기 아랫배가 아파왔다. 온몸에 땀을 흘리며 참아내다 보니 아픈 증은 가시어졌다. 그런데 다음날 아랫쪽이 이상해 지팡이를 짚고 통시로 가다가 어쩐지 오줌이나 똥이 마려운 게 아닌 것 같아 헛간에 들어가 짚을 깔았다. 그렇게 힘들지 않았는데 미끄러지듯이 커다란 덩어리가 아랫쪽으로 밀려나왔다. 죽은 애기였다.

"아배임요! 아배임요!"

이순은 정신이 가물가물하면서도 신랑 장득이는 안 부르고 시아버지 조석을 불렀다.

두런두런 사람 소리가 나고 이순은 공중에 둥둥 떠오르듯이 안겨 안방으로 옮겨졌다.

다행히 분들네가 웬만치 기운을 차렸기 때문에 뒷설거지를 겨우 할 수 있었다.

앰병은 한 달이 지나면서 겨우 끝났고 더붓골 서서방네 홀어마씨와 생골 정자나무집 외동아들이 끝내 일어나지 못했다.

이순은 그해 가을까지 몸에 부기가 빠지지 않았다. 비록 죽은 아기지만 아홉 달이나 뱃속에 들어 있던 자식을 잃은 것이 가슴 한구석에 짠하게 남아 있었다.

효부골 이금이는 시집가서 열흘도 못돼 줄곧 혼자 살았다. 놋갓장이 재용이는 바리전에서 만든 놋그릇을 짊어지고 다니며 팔았다. 집에는 두 달 만에 한 번, 석 달 만에 한 번씩 찾아왔다. 찾아와도 하룻밤만 자면 훌쩍 가버린다.

그런데, 이금이가 시집오기 전에 박실에서 시집온 분순이도 신랑 봉길이가 강원도 벌목꾼으로 가버려 혼자였다. 이금이와 분순이는 옛날 계집애들 시절로 돌아가 마냥 오고 가며 붙어 지냈다. 분순이는 이금이보다 두 살이나 위였는데도 이금이가 하자는 대로 따라했다.

"분순아, 오늘은 내가 밥 할께, 니는 국 끓이고 반찬 해 온내이."

그러면 분순이는 두말 않고 국하고 반찬을 깔끔하게 해서 방티에 담아 이고 온다.

둘은 조밥 한 쪽박을 퍼다가 가운데 놓고 분순이 가지고 온 국반찬을 그렇게 또 곁에 놓고 소꿉놀이하듯이 밥을 먹었다.

둘은 네나돌이 말을 주고 받으며 신랑이 없는 외로운 나날을 이렇게 웃으며 살았다.

분순이는 이금이보다 바느질 솜씨, 길쌈 솜씨가 훨씬 웃질이었다. 밥해 먹는 것은 서로 바꿔가며 해먹을 수 있지만 길쌈이나 바느질은 그럴 수 없다.

효부골에서 하회마을은 바로 코앞에 있다.

집실을 꼭같이 뽑아 꼭같이 자새질을 해서 베를 달고 매고 꼭같이 짜는데도 하회마을 마님들은 분순이가 짠 명주를 더 칭찬했고 한 값을 더 주고 사갔다.

여자는 얼굴이 너무 잘나도 안되고 솜씨가 너무 좋아도 팔자가 사납다는데, 그래서 그런지 분순이는 벌써 시집와서 다섯 해나 지났는데도 애기가 없다. 삼 년까지는 괜찮았는데 오 년이 되니까 분순이도 차츰 걱정이 되었다.

"이금아, 혹시나 내가 자석내이 못하는 기 아잇가?"

"벨소리 한다. 이번에 너어 신랑 오그덩 며칠 동안 보내치 마고 붙잡아라. 어예든동 얼라가 뱃속에 들어설 때꺼정 같이 있는 거다."

그러나 봉길이는 집에 와도 하루 이틀, 길어야 사흘을 머물지 않고 가버린다.

봉길이가 다녀간 다음, 한 달 뒤면 이금이는 분순이한테 넌지시 묻는다.

"이분 달에도 서답이 있드나?"

"……"

분순이는 말없이 고개만 끄덕였다. 그리고는 속으로 한숨을 짓는 것이었다.

어려운 시절, 가난한 백성들의 아낙들은 이렇게 과부 아닌 과부 살이를 해야 했고, 그래서 아까운 청춘을 허비하고 있었다.

섶밭밑 영분이도 아들 수식이가 세 살인데도 아배 얼굴 한 번 보이지 못한 채 한없이 눈물로 살았다. 수식이는 아배 서억이보다 얼굴이 훤한 붙임성 있는 머슴애였다.

할매 복남이는 손자를 무릎에 앉혀 놓고 머리를 긁어보라 했다.

"수식아, 애비가 언지쯤 집에 올라는동 머리 한분 긁어 봐라."

수식이는 알고 그러는지 모르면서 그러는지 아예 머리를 절레절레 흔들어버린다. 복남이는 애가 탈 만큼 거듭거듭 머리긁기를 시키지만 수식이는 한번도 들어주지 않는다.

'그 애비에 그 자식이라드니……'

복남이는 섭섭하기도 하고 섬뜩하게 두렵기도 했다. 아들 서억이를 키우면서도 어쩐지 어매말을 착실히 듣는 듯해도 속마음은 항시 딴짓을 하는 것처럼 보였기 때문이다.

건넛집 정원이는 혼자 몸이어도 복남이보다는 느긋한 편이었다. 이순이 돌림병으로 죽은 아기를 낳고 아직도 몸이 부실하다는 소문 때문에 걱정되었지만 가을이 지나면 낫겠지 여겨지는 것이었다. 가지 많은 나무가 바람 잘 날이 없어 한 걱정거리로 알지만 정원이 걱정은 그래도 호강걱정이었다.

그런데, 가느미 실경이는 자식새끼 사 남매를 남겨두고 남편 기태가 죽은 것이다.

기태는 키가 큰 장골이어서 짐지는 건 아무도 따라가지 못했다. 남의집살이에서 나무장사와 날품팔이로 하루도 마음놓고 쉬는 날이 없었다. 기태한테는 처자식 먹여 살리는 일이 그토록 버거웠다.

실경이는 굼뜨고 맵짠 데가 없어 혼자 나름으로 무슨 일이나 해내지 못했다. 길쌈을 아무리 배워도 솜씨가 늘지 않아 막나이로 겨우 넉새 꺼그렁베를 보름이나 걸려 한 필을 짰다. 그것도 남이 하는 일보다 곱절이나 힘들게 하는 것이었다.

결국 기태는 하나 둘 자식들이 늘어나면서 등이 굽고 허리가 한 층 휘어지도록 짐을 져야 했다.

"지가 일찍부텀 일을 못 배워 솜씨가 좀체 안 느네요."

실경이가 그러면 기태는 덤덤하게 듣기만 했다. 실경이 손솜씨가 없는 만치 기태는 말솜씨가 없었다.

지난번 처남되는 주남이가 주고 간 몫돈 일 원도 돼지 새끼 한 마리 못 사고 그럭그럭 써버렸다.

나뭇짐을 지고 오십 리 읍내까지 갔다가 돌아오면 웬만한 일꾼도 늘어져버릴 텐데 기태는 그래도 끄떡없이 다음날 산으로 가서 굵은 등걸나무를 태산같이 해 지고 오는 것이었다.

더러는 기태를 보고 미련하다고 흉도 보지만 어쩔 수 없지 않은가.

짐 욕심 부리는 놈 평생 가난하게 살고 돈 욕심 부리는 놈이라야 부자가 된다던가. 하지만 기태는 하루하루 살기 위해 한 짐이라도 더 짐을 져야만 했다.

그런 기태한테는 남들이 세상 돌아가는 일을 이러니 저러니 떠드는 데 귀기울일 새도 없었다. 만세를 부르고 감옥으로 끌려가도 기태는 무심할 수밖에 없었다. 목구멍이 포도청이듯이 기태는 자식새끼 굶기지 않는 것만이 제일 중요했다.

"아배요, 오늘 장 가그덩 떡 사오세이."

후분이는 아배가 집 나설 때면 언제나 떡타령이다.

"그래, 나무 돈 많이 받고 팔면 사오지."

그러나, 기태는 번번이 후분이 청을 들어주지 못했다.

한번은 읍내 참판댁에 등걸나무 두 짐 값을 선돈으로 받았다. 이날, 기태는 떡전에 가서 제일 값싼 골무떡 십 전어치를 샀다.

해질녘에 집에 오니 마실 밖까지 후분이하고 춘분이 둘이 아배 마중을 나와 있었다. 아마도 그날이 처음이자 마지막으로 아이들에게 떡 꾸러미를 한 아름 안겨 줬을 게다.

그러고 나서 후분이는 장 가는 아배한테 잊어버리지 않고 떡청을 하고 해질녘이면 아배 마중을 나왔던 것이다.

춘분이 동생 춘식이 태어났을 땐 흉년이어서 긴 긴 봄을 내도록 송기죽으로 살았다. 실경이는 먹을 게 없어 젖이 나오지 않았다. 기태는 쌀 한 됫박 얻기 위해 나무 열 짐을 해다 줬다. 아이들은 제비주둥이처럼 밥때만 되면 어매 아배를 쳐다보고 먹을 것을 기다렸다.

기태는 나이 들면서 짐을 점점 더 무겁게 져야 했다.

그날도 멀건 송기죽 한 사발 마시고 산으로 갔다. 읍내 양반들은 등걸나무(장작)를 많이 찾는다. 그래서 먼 산까지 가서 굵은 둥치나무를 베다가 햇볕에 말렸다가 쪼갠다.

그날은 운이 좋아서인지 벼락맞아 쓰러진 아름들이 소나무를 봤다. 두 짐으로 나눠 졌으면 될 것을 한 번에 나르려고 통나무를 산더미만큼 쌓아 졌던 것이다.

산길은 가파르고 허리는 굽어들고 기운은 없었다. 다리가 휘청거리며 부들부들 떨렸다. 그래도 끝까지 버티고 가파른 산길을 조심조심 내려왔다.

산을 거지반 내려와 이제 바닥이 얼마 안 남았는데 힘든 고비를 넘기자 마음이 풀어진 것이다. 바닥이 바로 거긴데 기태는 다리를 주척하고 앞으로 엎어지면서 나무등걸에 깔리고 만 것이다.

등때기 나무짐보다 먼저 엎어지면서 커다란 돌부리에 가슴팍이 부딪힌 것이다.

가까스로 나뭇짐에서 빠져 나왔지만 제대로 몸을 가누지 못했다. 휘청휘청 걸어서 집에 와보니 온통 어깨판과 가슴팍이 시퍼렇게 멍투성이였다.

하룻밤 지나고 나서 기태는 목구멍에서 피를 한 사발이나 토해냈다. 그대로 누워서 꼼짝을 못했다.

소식을 듣고 분들네는 허겁지겁 달려갔다.

"형님, 후분이 아배 어짜마 좋을리껴?"

실경이는 앉아서 울기만 했다.

"어짜기는 어째, 일나도록 힘써야제."

분들네는 칠칠치 못한 월케가 답답했다.

우선 집에 가서 장득이를 시켜 약을 지어 왔다.

"장득아, 고맙데이. 너어 외삼촌 일나마 애씬 공 어예든지 갚을끼다."

그러나 기태는 선뜻 일어나지 못하고 한 달이 지났다. 분들네도 걸음이 뜸해지고 기태는 누운 채 죽 한 그릇 제대로 먹지 못했다.

후분이를 음지마 참봉댁에 쌀을 한 말 받고 판 것은 기태가 아직 살았을 때였다. 후분이는 나이 일곱 살이었다.

"후분아, 참봉댁에 가마 떡도 먹고 쌀밥도 만날 먹는단다."

그러나 후분이는 어매 말을 귀담아 듣지 않고 울어대었다.

"싫애! 싫애! 난 안 간다. 춘분이하고 춘식이캉 같이 산다."

할 수 없이 저녁이 올 때까지 기다렸다가 잠든 후분이를 참봉댁 머슴이 업고 갔다.

기태는 그렇게 업혀 가는 후분이를 쳐다보며 이빨을 우득우득 갈았다.

후분이를 판 한 말 쌀을 반을 미쳐 먹기 전에 기태는 숨을 거두었다. 한평생 남의 집살이에다 힘든 일만 하다 결국 이녁이 진 나뭇짐에 치여 죽은 것이다. 아직 한창 살아야 할 마흔두 살의 나이였다.

실경이는 이렇게 해서 과부가 되었다.

쌀 한 말을 가지고 오면 언제든지 후분이를 돌려주겠다고 참봉댁은 말했지만, 실경이는 쌀 한 말을 지니지 못했다. 후분이를 찾기는커녕 실경이는 그 뒤 춘분이 말분이를 차례차례 팔아야 했다. 춘식이만은 아들이어서 사갈 사람도 없고 팔 수도 없어 데리고 있었다. 그렇게 실경이는 딸들이 자라면서 한 주먹 두 주먹 쥐어다 주는 곡식으로 살아가고 있었다.

이금이가 그해 가을 친정집에 해산을 하러 왔다. 오랜만에 정원이는 살 만한 세상을 만난 듯했다.

놋갓장이 정서방이 장모님께 합식기 한 벌을 가져왔다.

"장모님요, 큰일을 맺겨서 볼낯이 없니더."

정서방은 미역 값까지 넉넉히 내주었다.

"이 사람아, 내가 뭐 그리 할 일이 있는가? 염려 말고 애기 낳고 세이레를 지내그덩 데불러 오게나."

정원이로선 처음으로 손자를 이녁 손으로 받아보게 된 것이다.

이석이네는 제 새끼가 났는지 어쨌는지 소식도 모르고 지냈고 이순은 분들네가 친정에 보내주지 않아 그냥 애만 태웠다.

이금이는 어매 곁에서 도로 어린애가 되어 어매한테 어리광부리며 마음껏 놀고 먹었다. 사립짝 옆에 핀 국화꽃이 한창 복시랍던 날, 이금이는 딸을 낳았다.

하루하루 지나면서 아기는 점점 스무 해 전 가래실 골짜기 미둑 새집에서 태어났던 이금이를 닮아갔다. 정원이는 아기를 볼 때마다 죽은 건재 생각이 났다.

'복도 없는 사람, 인정도 없는 사람……'

정원은 이렇게 기쁜 일이 있을 때 함께 있지 못하는 남편이 안스럽게 생각나는 걸 어쩔 수 없었다.

"정서방이 아들이 아니래서 섭섭해 하마 어짜제?"

정원이 조금은 염려스러워 물었다.

"괜찮애, 정서방은 딸이 더 참하다고 좋아할걸."

이금이는 금슬이 좋았다. 재용이는 이금이 발에 흙이 묻는 것조차 아까와 했다. 내외간에 금슬이 좋으면 첫딸을 낳는다는 말이 꼭 맞는지도 모른다. 이금이가 딸을 낳고 보니 그 말이 맞아 떨어졌기 때문이다.

이금이가 딸을 낳았다는 기별은 마름질하는 장서방이 그쪽으로 볼일이 있어 용케 전해 줬다. 재용이는 세이레를 훨씬 넘기고 다섯 이레 만에 데릴러 왔다.

세이레 때 건너집 복남이 고부를 불러다 미역국을 같이 먹었다. 복남이는 서억이 제대로 집에 있었으면 수식이도 저런 이쁜 동생을 봤을 거라 생각했다.

세상은 참으로 조화롭지 못했다. 하나한테 기쁜 일이 생기면 하나한테는 슬픈 일이 되고, 하나같이 모두 기쁜 일을 바라지도 말아야 하는가 싶었다.

이금이가 재용이와 함께 아기를 데리고 집으로 가니, 분순이는 속으로 또 얼마나 가슴아파 했겠는가? 분순이는 벌써 일곱 해째 아직도 아무런 기별이 없는 것이다.

분순이는 아무도 몰래 제비원 미륵님께 애기를 점지해 주십사고 빌러 다녔다.

이금이는 이전처럼 어쩐지 분순이하고 깔깔 웃을 수가 없었다. 한 이웃에 삼 년이나 같이 살면서 숨길 것도 감출 것도 없이 친하게 살았는데 갑자기 저만치나 멀어져버린 것만 같았다.

그런데, 뜻밖에도 분순이네 내외가 갯골로 이사를 간다는 것이다. 봉길이가 벌목일을 그만두고 농사를 짓기로 한 것이다. 이금이는 겨우 살았다 싶도록 반가웠다.

"분순아, 이제 너어 신랑하고 한집에 있으마 틀림없이 얼라도 나을 끼다."

"그랬이마 얼매나 좋을꼬. 그이도 아매 그리 생각해서 농사짓기로 했는갑제."

분순이도 은근히 기쁜 듯이 보였다.

갯골은 그리 멀지 않았다. 강을 건너 올라가면 얼추 삼십 리쯤 될까?

"분순아, 얼라 배그덩 쌔기 알가줘야 된대이."

"그래, 젤 먼첨 이금이한테 기별할꾸마."

분순이는 정말 들떠 있었다.

봉길이하고 둘이서 살림살이를 나눠 이고 지고 떠나는 것이 하나도 섭섭하지 않았다.

그러나 갯골로 이사간 분순이는 일 년이 지나도 이 년이 지나도 아무런 소식이 없었다. 대신 돌음바우골 이순이 언니가 아들을 낳았다는 반가운 소식이 들렸다. 신유년(1922년) 섣달 그믐날 힘들게 낳은 아기가 아들이었다.

"에미야, 어옜든지 잘 먹어라. 얼라 낳고 잘 먹으마 속에 든 병도 말짱 낫는단다."

분들네는 이순이 고생해서 또 아들을 낳은 게 여간 기특하지가 않았다. 잉어를 구해다 고아주고 정월 한 달을 찬물에 손을 넣지 않게 했다.

그래서 그런지 이순은 지난 해 죽은 애기를 낳고 내내 힘들던 몸에 기운이 금방 솟아나는 듯했다.

재복이는 태어나서 하룻밤 자고 나자 두 살이 되었다. 할배를 닮았는지 손도 자그맣고 발도 작았다.

재복이 때문에 이순이는 올해 설날은 친정에도 못 갔다.

그런데 그 정월달에 복남이와 영분이가 그토록 기다리던 서억이가 갑자기 집으로 온 것이다.

깡마른 얼굴에 서억은 여전히 영분이한텐 낯설었다.

서억은 어쩐지 집에 아주 돌아온 것 같지가 않았다.

"수식아, 아배한테 큰절을 해야제."

복남이는 이런 때를 얼마나 기다렸던가? 수식이 나이 벌써 다섯 살이다. 넓은 이마에 똑바로 가르마를 타고 잘 벗긴 머리가 참으로 똑똑해 보였다.

수식이는 할매 말을 못 들었는지 아배 서억을 힐끗 한번 쳐다보고는 딴전을 부리고 있었다.

"수식아, 얼른 아배한테 절하라이까."

저만치서 보고 있는 영분이 가슴이 조마조마했다.

"싫애! 저거 우리 아배 아잇다!"

수식이는 뽀로로 달아나 밖으로 나가버린다. 복남이도 서억이도 영분이도 모두 깜짝 놀라 한참 동안 말을 잇지 못했다.

10

서억은 한 달간 집에 있었다. 낮에는 들에 나가 밭일도 하고 산에 가서 나무도 해왔다.

"애비가 인제 맘 잡고 집에 있을란갑제?"

복남이가 그렇게 물었다. 영분이하고 디딜방아에다 고추장거리 메주를 빻고 있던 참이다.

"......"

그런데 영분이는 대답이 없다.

"에미야, 애비가 뭔 딴소리를 하드나?"

영분이 눈치가 아무래도 다른 듯이 보여 재차 물으니까 영분이는 금방 눈물을 글썽대며 입을 열었다.

"애비는 또 떠날 끼구망요. 차라리 가는 편이 낫제요. 덩거리만 집에 있지, 애비는 있으나 마나 한 걸요."

영분이는 또르르 굴러 떨어지려는 볼 위의 눈물을 옷고름으로 닦는다.

영분이는 억울하고 서러웠다. 서억은 돌아온 날부터 내내 한방에 자면서도 웃목으로 멀지감치 떨어져 돌아누워서 그냥 밤을 샌다.

"그짝은 방바닥이 차분데 이짝으로 내려와 지무시소."

영분이가 그러면

"난 괜찮으이 이녁이나 따신 데서 자소."

그런다. 그말이 하나도 정나미가 들어 있지 않고 되려 쌀쌀맞은 것이 영분이는 더욱 서러웠다.

'일부러⋯⋯일부러 내 곁에 안 오고 멀리 떨어져 자고 싶은 거제⋯⋯.'

영분이는 서억이 어딘지 가버리는 쪽이 마음 편할 것 같았다. 인정머리 없는 남자, 처음부터 영분이한테는 그렇게만 보인 것이 서억이었다.

'⋯⋯이럴러마 뭣 때문에 장개를 가제. 혼자서 마음대로 하고 섶은 대로 하는 거제, 왜 애먼 사람 델다가 이릏기 설움 주고 맘 아프게 하노?'

영분이한테 수식이가 있는 것만도 다행이었다. 수식이만 곁에 있으면 영분이는 어떤 설움도 다 견디며 살 수 있을 것 같았다. 영분이도 어쩔 수 없이 조선의 딸인 것이다.

이날 밤, 복남이는 서억을 불러다 앉혀 놓고 어미로서 해야 할 말을 하기로 했다.

"애비야, 내 부탁 하나 들어 줄래?"

"뭔 부탁을 들으라는공?"

서억은 어매가 무슨 말을 하려는지 미리부터 뒤가 당기는 듯했다.

"우리 수식이 동상 하나만 더 낳그라."

"……"

"너어 아배는 할배임 말씀 잘 따랐다. 그래서 니가 태어났단다. 수식이 혼자서는 외로부니까 동상 하나 더 낳아야 한다. 이기 내 부탁이다."

"……"

서억은 이렇다 저렇다 대답이 없었다. 복남이도 그 이상 말을 안했다.

"어매 말 들었으마 그만 나가거라."

서억은 또 말없이 밖으로 나왔다.

밖은 어둡고 그 어두운 하늘에 별이 흩어져 반짝거린다.

북두칠성은 똥바가지처럼 그 모양 그대로 제 자리를 지킨다. 씨앗 한줌을 엎질러놓은 듯한 조물씨, 올 여름 날씨를 점쳐줄 무저울, 짚신쟁이 영감별, 그 외 온통 가물가물 흩어져 반짝이는 별들은 왜 저렇게도 평화로울까?

서억은 어두운 길을 더듬어 시냇가로 갔다. 골뱅이 비린내가 나는 듯한 개울가 풀밭에 쪼그리고 앉아 괜히 서러워져 소리 없이 훌쩍거리며 울었다.

이날 밤, 서억은 첫날밤 신부를 맞이하듯 영분이를 품에 안았다. 보름 동안 서억은 영분이한테 더없이 정다운 남편 노릇을 했다.

그러고 나서 서억은 어매 복남이한테 힘들게 말했다.

"어매, 칠배골 이석이한테 한번 댕겨올까?"

"별 다른 일도 없이 무단히 거긴 뭣하러 갈란공?"

"그냥 보고 싶우구만."

"니가 맘이 그렇다마 한번 댕겨와도 좋제."

서억은 왜 집안에 마음 붙일 수 없는지 제 마음을 제 마음대로 못하는 것도 괴로웠다.

"어매……"

"왜 또 무슨 말을 할래?"

"이순이가 참 이뻤는데……"

"이순이가 뭐이 이쁘단고, 이금이가 훨씬 참했지."

"요샌 시집살이가 좋아졌는가?"

"이순인 벌써 아들 둘이나 낳고 재미지게 사는갑더라."

"이순인 고생 않고 잘살아야 될 낀데."

"야가, 지금 남 걱정할 땐가? 너어 처자식이나 잘 건사해라."

"……"

서억은 마당가에서 삽사리하고 씨름을 하느라 낑낑대는 수식을 봤다. 수식은 한 번도 아배를 부르지도 않고 곁에 오지도 않았다.

서억은 건넌집 이석이네 어매 정원에게 찾아갔다. 골목길에 나생이꽃이 피고 보리밭이 푸르러지고 노고지리가 운다.

정원은 담 밑에 호박구덩이를 파고 있었다. 얼굴에 주름살이 늘고 흰머리칼이 귀밑으로 늘어났다.

"이석이 어매요, 힘들제요?"

"괜찮다. 니가 집에 와 있으이 나도 든든타."

"지가 뭘 하나 거들지도 않는데 무신 말씀 그리 하시니껴?"

"아닛다. 여자들은 든든한 남정네가 그냥 곁에서 얼찐얼찐 하기만 해도 수월하단다."

서억은 정원이 들고 있는 괭이를 받아 호박구덩이를 파고 거름을 꾹꾹 다져 넣었다.

그렇게 호박 세 구덩이를 심어 놓고 서억은 지난해 끌강냉이 글텅이가 남아 있는 텃밭을 일구었다.

"봐라. 남정네는 이릏기 숩게 일을 하잖나?"

정원은 손재개 달랭이를 썰어 넣고 밀가루 벙구레죽을 끓여 서억이한테 차려 줬다.

"이석이 어매요, 석이한테 한번 안 가볼라니껴?"

"······"

"이석인 혼자 어째 사는지 한번 안 오나 하고 기데릴 낀데······"

"에미가 어찌 자식 찾아간다노? 지 좋다고 그리 갔는데, 외로불 것도 힘들 것도 없제."

정원은 이석이한테 섭섭한 마음이 그냥 남아 있다. 벌써 구 년인가? 십 년인가? 달옥이를 데리고 에미도 동기간도 다 버리고 떠난 자식인데, 뭣 때문에 에미가 찾아갈 건가.

정원이는 이석이가 마냥 원망스럽고 알찌근하고 매정했다.

"이석이 어매요, 사람 팔자 아무도 이무대로 안 되는 것 아시잖니껴? 이석이 저리 된 것도 어쩔 수 없는 팔자라서 그런 것인데, 인제 섭섭은 맘 거두시소."

"······"

정원은 돌아앉아 눈물을 훔치고 있었다.

"모레쯤 지하고 같이 한번 댕기러 가보시더."

그날 밤, 정원이는 밤이 새도록 잠을 못 이루웠다. 순흥 가래실에서 죽은 남편 생각, 이순이 생각, 이금이 생각, 생각은 자꾸 옛날로 돌아가고 그토록 착하고 어질던 이석이 웃는 얼굴이 커다랗게 떠오르자 어느새 마음을 바꾸게 되었다.

정원이는 달옥이가 낳은 손자들 재롱을 보고 싶고, 걷잡을 수 없이 살붙이들이 그리워지는 것이었다.

어느새 정원이는 인정 많고 푸근한 손자들의 할매가 되어 있었다.

서억이와 같이 칠배골로 떠나는 날, 복남이는 남의 일 같지 않게 마음이 들떴다.

"사랑이란 내리사랑이 맞는 거제. 어매가 찾아가마 이석인 얼매나 반갑겠나."

"서억이가 억지로 가자고 하이 구체없네요. 못 이긴 척 가보는 거제요."

말은 그렇게 했지만 정원은 진작 못 간 것이 후회스러웠다. 자투리 명주랑, 무명, 삼베 보따리를 머리에 이고 정원은 날 듯이 가볍게 발걸음을 떼어 놓았다.

칠배골 달옥이는 찾아온 시어매 정원이를 보자 맨발로 달려나와 쓰러지듯 치마자락을 붙잡고 흐느껴 운다.

"어매임요, 어매임요, 지가 잘못했니더. 어매임요……"

달옥이는 연신 잘못했다는 말만 했고, 정원은 그러는 달옥이를 말없이 다독거리기만 했다.

달옥이 울고 있는 뒷쪽에 이석이를 닮은 계집아이 순덕이가 서서 겁먹은 얼굴로 바라보고 있다. 순태는 어매한테 달려가 같이 어우

러져 울고, 저만치서 이석과 서억이도 서로 부둥켜 사내끼리 울고
있었다.

저녁상을 받을 땐 꽤나 늦은 시간이 되었다. 묵은 산나물 고사리
나물, 밥은 이팥을 넣은 기장밥이었다.

순덕이는 제법 정지일도 거들고 어매 곁에서 다소곳이 행동했다.

"에미야, 순덕이 나이 몇이제?"

정원이 물으니까 순덕이 제 입으로

"할매요, 열한 살이시더."

한다.

"뭐라꼬?!"

정원은 놀랬다.

세월 가는 걸 알자면 아이들 크는 걸 보면 된다 했듯이, 순덕이
는 그 동안 흘러간 세월을 이렇게 똑똑히 알려줬다.

"그럼, 순태는 ?"

"순태는 여섯 살이제요."

그리고 지금 달옥이 몸속에 애기가 또 하나 들어 있다. 가을쯤이
면 식구가 하나 늘어난다.

밤에 잠자리에서 정원이와 달옥이는 많은 이야기를 했다.

"에미야, 그 단에 얼마나 고생시러웠겠노?"

"고생시러븐 거사 괜찮으이더, 어매임한테 죄시럽고 죽은 우리
어매한테 미안시럽고……"

이날 밤, 달옥이는 처음으로 친정 어머니 오월이 이야기를 시어
머니한테 들려줬다.

"……어매는 그르키 내 하나 살릴라꼬, 어매는 그 치운 얼음구덩

이에 빠자 죽었제요. 어매 시체는 어째 됐는지, 누가 건져서 어느 산대배기에라도 묻어줬는지, 지가 어째 죄시럽지 않을리껴? 지는 어매임한테도 친정 어매한테도 불효막심한 년이시더. 그러니까 지가 뭘 더 바라겠니껴? 순덕이 아배가 이렇게 따숩게 같이 살아주는 것만도 복에 넘치제요."

정원은 달옥이 어깨를 부둥켜안고 다독거렸다.

"에미야, 그래 애비가 심덕이 좋아 다행이제. 이게 모두 신령님이 보살펴 주세가주고 이리 된 거제. 에미 잘못도 애비 잘못도 아니다."

"어매임요, 그날 눈갈비가 내리는데 지는 진동한동 달라빼느라 할매임 주막이 어딘지 알지도 못하고 그냥 엎어져 정신을 잃었제요. 지금 생각해도 죽은 어매가 그렇게 고자리에 엎어지게 했는동 모르고요."

"그래, 그랬을지도 모르제. 내라도 이녁 딸 하나 살굴라마 죽어가지고도 그리 했을 끼다."

정원은 어둠 속에서 수동댁을 떠올렸다. 월케 형님 채숙이를 데리고 먼 곳 바닷가에 가서 이제는 저 세상으로 갔을지도 모르는 그 어매도 며느리를 위해 그리 했지 않는가.

"어매임요. 지는 이 칠배골 말고는 아무데도 무서버서 못 가니더. 지금도 어디 나설라 카마 누가 쫓아와서 잡아갈 것 같아서요. 그라이께네 어매임이라도 앞으로는 자주 와 주이소."

달옥이는 시어매 정원이 손등을 쓰다듬으며 그렇게 말했다.

"그래, 에미 뱃속에 든 얼라는 언제 낳제?"

"안죽 가을에 낳을 게시더. 구시월쯤 가야제요."

"내가 그때는 와 봐야제. 그 동안 순덕이 순태 낳느라 애썼제?"

"가아들은 아랫골 조씨네 할매가 산바라지 해 주셨지요. 그른데 그 할매도 지난해 먼 데로 갔비릿니더."

"쯧쯧, 내가 너무 무정했대이. 살았을 때 한분 와서 인사라도 할 낀데 사람은 이리도 모르는 게 많고 미련스럽제."

정원이는 사흘 동안 칠배골에 머물렀다. 가지고 온 자투리 옷감으로 순덕이 치마 저고리와 순태 바지 저고리를 만들어 입혔다.

서억은 이석과 어울려 옛날 어릴 때 머슴애들처럼 산을 오르내렸다.

아직 깊은 산속은 서리가 내렸다. 양지쪽으로 파릇파릇 돋아나는 도라지 싹을 찾아 캐고 주취 뿌리를 캤다.

이석은 뒤란 그늘에다 말려둔 소나무 지게감을 꺼내 놓고 서억이와 같이 지게를 다듬었다. 타래새끼를 꺼내다가 밧줄을 꼬고 벼락을 맞아 쓰러진 고목나무를 둘이서 베다가 옮겨 놓았다.

이석이가 일부러 그랬는 것도 아닌데, 혼자서 할 수 없는 일감을 찾아내어 옮기고 다듬고 했다.

나흘 만에 정원이 삼밭골로 돌아가는데, 서억은 선뜻 나서지 않는다.

"왜, 억이는 집에 안 갈래?"

정원이 그냥 물었는데, 서억은 잔뜩 낯색이 어두워지는 것이 그 동안 펄펄 쏘다니던 것하고는 너무 달랐다.

"이석이 어매 먼저 가시소. 지는 며칠 더 있다가 감시더."

"그래, 우리 석이하고 헤어지기 싫으마 미칠 더 있다가 뒤에 오니라."

정원은 뭐 별다른 생각 없이 그렇게 말하고는 혼자 나섰다.

"할매, 올 가슬게 꼭 오제요?"

사흘 동안 할매한테 정이 들어버린 순덕이가 구슬 같은 눈을 말똥거리며 묻는다.

"그래, 할매 가슬게 꼭 올꾸마."

정원은 삼밭골에 돌아와 달옥이 싸준 칠배골 묵은 산나물을 나누어 복남이네 집에 갔을 때,

"우리 수식이 애비는 왜 안 왔제요?"

하면서 황급히 묻는 복남이를 쳐다보고는 아뿔사 싶었다.

"우리 이석이랑 미칠 더 같이 있겠다고 남았는데……"

그러나 정원이도 말끝이 오그라들면서 서억이 같이 돌아오지 않는 것이 딴 마음이 있었다는 깐한 생각이 들었다.

"서억이는 왜 수식이 에미하테 정을 못 붙이는지 걱정이시더."

복남이는 길게 한숨쉬었다. 속으로는 결코 서억이는 집으로 돌아오지 않을 것이라 짐작하고 있었다.

정말 그대로 서억은 돌아오지 않았다. 칠배골에서 반대쪽으로 발길을 돌려 지향도 없이 떠난 것이다.

떠나기 전에 이석이 물었다.

"억아, 집에 쎄기 가야지, 왜 배깥으로 돌아댕길라 하노?"

서억은 그러는 이석이가 부러운 듯이 쳐다봤다.

"니는 참한 색시 나꿔채어 왔으이까 재미나게 잘 산다만 나는 훨훨 나다니는 게 편탄다."

이렇게 해서 서억은 삼밭골에 돌아오지 않았고, 그 대신 영분이 뱃속에서는 복남이 소원대로 수식이 동생이 꼼틀꼼틀 자라고 있

었다.

계산골 분옥이가 동준이를 따라 난질을 가버린 것은 온통 장터를 떠들썩하게 했다.

"문디년도 사나아 홀릴 줄은 아는갑제."

"동준이놈 귀신이 씐 거제. 뭐 그놈이고 그년이고 둘 다 빙신이 까네 붙어 살아도 되겠제."

이렇게 저렇게 사람들은 입에서 나오는 대로 들까불어대었다. 정작 당자들의 아픈 마음은 아무도 모른 채 구경거리로만 삼는 것이었다.

분옥이는 참으로 힘들었다. 동준이가 계산골을 찾아오면서 꼭 두 해 동안 서로 얼굴도 모른 채 지내왔다. 참다 못한 분옥이는 뜬눈으로 밤을 새며 기다리기로 했다.

방문 안쪽 벽에 기대어 쪼그리고 앉아서 밤을 새기로 한 것이다. 누구든 발작소리가 나면 붙잡고 단판을 지으려 한 것이다.

그렇게 쪼그리고 앉아 밤샘을 한 지 이렛 만에 누군가 터덜터덜 걸어오는 소리가 났다. 분옥이는 흡사 소쿠리로 덫을 놓고 참새 날라오기를 기다리는 아이처럼 가슴이 두근거렸다.

발소리는 문앞에까지 오더니 잠시 그냥 서 있다가 조용히 문앞에다 무엇을 놓고 돌아서는 것이었다.

분옥이는 숨이 막힐 것처럼 온 몸이 떨리었다. 하마터면 그냥 놓질 뻔하다가 가까스로 문을 벌컥 열었다. 돌아서 가던 발소리가 놀라 멈춰 서서 뒤돌아봤다. 희끄무레한 그믐달빛이 머리칼이 푸수수한 동준이 모습을 비췄다.

"보이소……!"

분옥이는 문밖으로 겨우 한 발 내디디면서 그 자리에 쓰러지듯 주저앉아버렸다.

동준이는 돌아선 채 멀건이 보고만 있다.

"……이라만 나는 어야란 말이껴? 지발 이러지 마이소. 빙든 사람 이것 아이라도 섦은데 왜 이릏기 업신여기니껴? 나는 이제 어짜란 말이껴? 언지까지 이렇게 사람 괴롭히니껴……?"

분옥이는 누구한테 하는 소린지도 모르게 구멍난 독에서 간장 쏟아지듯이 마구 쏟아내는 것이었다. 그리고는 흐느꼈다.

멀거니 보고만 있던 동준이는 성큼성큼 다가가 주저앉은 분옥이 어깨를 감쌌다. 분옥이는 처음엔 움찔 놀랐지만 이내 마음이 가라앉았다. 동준이 감싸주는 손이 두칠이 손 같아 보이고 가까이서 들리는 숨소리도 두칠이 숨소리만 같았다.

"저어기, 나도 같은 맘이시더. 어짜만 좋을지 괴로부이더. 내가 며칠 뒤에 올 테니 그 동안 잘 생각해보고 나하고 어디 멀리 낯설은 데로 가시더. 그라마 오늘은 이만 들어가 자소."

동준이가 분옥이 어깨를 감싼 채 일으켜 세운다. 분옥이는 동준이 하는 대로 일어나 떼밀리듯이 방안으로 들어갔다.

동준이는 조용히 문을 닫고는

"내가 며칠 뒤에 올 테니까 마음 단단히, 아주 단단히 가지고 따라가두룩 하소."

한다.

방안에서 분옥이는

"나는 눈썹도 없는 문디고, 헌 여자시더. 그런데 뭣 땜에 날 데리고 갈라이껴?"

하고 다그쳐 묻는다.

"성한 사람 긑으마 나는 찾아오지도 않고, 또 나하고는 상관도 없니더."

동준이는 그렇게 말을 하고는 성큼성큼 걸어서 가버린다.

사흘 뒤에 언니 귀돌이가 찾아왔을 때, 분옥이는 이날 있었던 이야기를 들려줬다.

"싱야, 그 사람 따라갈 끼구망. 따라가서 죽든지 살든지 그짝이 낫지, 내 혼자 한평생 여기서 어예 사노? 싱야, 그 사람 따라가도 괜찮겠제?"

귀돌이는 입안이 바싹바싹 마르는 듯했다.

"분옥아."

"응, 싱야."

"그 사람, 장걸버생이라도 사람 나쁘지는 않은갑드라. 니가 따라간다만 나도 안 말린다. 가서 서로 정 나누매 살아 봐라."

귀돌이는 동생 손을 잡고 눈을 감았다. 갓난아기 때 어매가 죽고 할매가 암죽으로 키워준 동생이다. 두 살 터울이지만 분옥이는 언니를 어매처럼 따르고 비비대며 자랐다.

설사 병든 몸이지만 분옥이는 여태 언니한테 의지했는데, 이제 또 이렇게 헤어져야 하다니 말문이 막히고 억장이 무너지는 듯했다.

"싱이도 이자 내 때문에 걱정 안해도 되제?"

"그래, 한 짐 벗은 것 같다."

"형부하고 조카들 잘 거둫고 싱야도 잘살어."

"그래, 고맙다."

"안 죽으마 언지라도 또 만나겠제?"

"그럼, 만나야제. 이대로 헤어지만 끝인 줄 아나?"

귀돌이는 딴 날보다 오래 머물렀다가 갔다.

"분옥아, 떠나기 전에 다시 올꾸마."

귀돌이는 그렇게 말하고 갔는데, 귀돌이가 다시 오기 전에 동준이가 먼저 와버렸다.

동준이는 분옥이 입고 갈 새 치마 저고리와 미투리를 가지고 왔다.

"자, 얼른 갈아입고 떠나야지."

동준이는 약간은 들떠 있는 듯이 보였다.

분옥이는 옷을 갈아입고 머리도 곱게 빗었다.

둘은 작은 마당 가운데서 누구한테인지는 몰라도 나란히 서서 큰 절을 올렸다.

그리고는 동준이가 부싯돌을 꺼내었다.

"이냥 가는 것보다 다시는 안 돌아오도록 이 집은 없애야제요."

분옥이는 가슴이 철렁 했지만 이내 그편이 좋을 것 같았다.

"그리 하시더. 말끔이 불태웠비시더. 그래야 문디년이 살던 흔적이 없어질 끼니까요."

동준이는 부싯깃에 불을 붙여 갈비쏘시개에 옮겨 불꽃을 일으켰다. 분옥이가 여태 때다 남은 소깝가지를 정지 부뚜막에 쌓아 올렸다. 불쏘시개불을 거기다 옮겨 붙이자 이내 불은 훨훨 타올랐다.

작은 오두막이 금새 불기에 싸였다. 불꽃이 타오르는 오두막을 바라보며 분옥이는 그 속에 손때 묻은 갖가지 물건들을 떠올렸다.

'까짓 거, 문디년이 씌든 것 말짱 태워 없애야제.'

분옥이는 입술을 깨물며 솟구쳐 나오려는 울음을 참았다.

"자, 그만 가시더."

동준이가 분옥이 손을 잡아 끌었다. 둘은 훨훨 타오르는 오두막 집을 뒤로 하고는 계산골 골짜기를 걸어나왔다.

분옥이가 동준이를 따라 한티재를 넘어 백 리 길을 걸어간 곳은 영양 지방 깊숙한 어느 산속이었다. 아무도 없는 골짜기에 계산골 에 불태우고 온 그 오두막 같은 집이 한 채 있었다.

거기서 분옥이는 동준이를 새서방님으로 맞이해 내외간이 된 것 이다.

그 골짜기에도 매자귀나무가 있고 딱새가 있고 다람쥐도 있었다.

계산골에 언니 귀돌이가 부랴사랴 찾아갔을 땐 분옥이는 떠나고 없었다. 분옥이가 살던 오두막은 불에 타서 재만 남았고, 아무것도 없었다. 귀돌이는 가슴 안에 쌓였던 돌탑이 와르르 무너져 내리는 듯했다. 힘없이 발길을 돌려 골짜기를 걸어나오며 한없이 한없이 분옥이를 불렀다.

'분옥아, 분옥아, 부디 어디서곤 잘살아야 된대이. 분옥아…… 분 옥아……"

그렇게 떠나간 분옥이가 삼 년이 지났는데도 여태 아무 소식이 없었다,

귀돌이는 지난해 세번째 딸을 낳았고, 능마루골에서 달수 도포 소매자락에 싸여온 쌍가매는 벌써 열 살이나 되었다. 달수는 딸만 셋인 딸부자인데도 그냥 예쁘기만 한 모양이다.

천생 곧은 성질 때문에 달수네는 가난했다.

"처제가 좋은 사람 만내 갔으마, 어디 가 있든지 잘살 테니 걱정 말게나."

달수는 안사람 귀돌이한테 그렇게나마 달래주는 수밖에 없었다.

가을에 칠배골 달옥이는 또 아들을 낳았고, 정원이는 그 손자가 태어나서 한참 뒤에야 칠배골을 다녀왔다.

건넛집 영분이는 이듬해 정월에 딸을 낳았고, 서억이가 없는 쓸쓸한 집안에서 식구 하나가 는 것으로 역시 마음을 달래었다.

그 정월달에 안평에서 사는 말숙이가 이제 첫돌이 지난 옥주를 데리고 친정 나들이를 떠났다. 남편 갑수는 두루마기를 벗고 옥주를 업었다. 말숙이 머리에 찰수수로 고운 갱엿이 들어 있고, 그리고 말숙이는 이번 친정 나들이가 힘나는 까닭이 이순이 월케형님 저고리감을 가지고 가기 때문이다. 말숙이는 시잡갈 때 얻어간 이순이 누비이불이 내내 짐이 되었다.

시집가서 첫날밤에 그 누비이불이 없었더라면 어찌 했을까? 이제는 그 누비이불이 올올이 닳아 솜털이 내다보일 만큼 헌 이불이 되었다. 그 이불을 덮을 때마다 말숙이는 이순이 생각을 했고 어떻게 보답할까 별러 왔다.

그런데 이번 설대목에 말숙이네 뒷집 새댁이 설빔으로 떠온 가지색 모본단 저고리감이 맘에 안 들어 도로 판다는 것이다. 말숙이는 먼저 이순이 생각을 했다. 모본단 저고리감이면 누비이불만큼은 모자라지만 얼추 체면은 세울 수 있을 것 같았다.

그런데, 그게 보통 값비싼 것이 아니었다. 오십 전이면 일곱 새 무명 한 필 값이나 된다.

말숙이는 새댁한테 찾아가 사정 얘기를 했다.

"우리 형님 비단옷 한분 입는 것 봤이마 원이 없을시더."

새댁은 처음엔 영문을 몰라 말숙이가 딴 생각으로 저런다 싶었다.

"옥주 어매가 입는 게 아니고 해필이면 친정 월케 형님 준다 하니껴?"

그래서 말숙이는 얘기를 안 할 수 없었다.

"넘새시러븐 말이제만, 형편이 못 돼서 시집올 때 이불 하나 없이 올라니까 우리 형님이 가주고 온 누비이불울 줬제요. 그기 여간 맘 가지고는 못 그르겠잖을리껴? 핑생 뭘로 그 은공을 갚을리껴? 그래서 이것 사다 주만 반 맘이라도 갚을 거라 생각한 거제요."

"엄머이! ...... 그런 일이 있었구만요."

새댁은 감동을 했고, 그래서 모본단 저고리감은 사십 전으로 값이 내렸다.

그 소문이 말숙이 시어머니 귀에까지 들어갔고, 시어머니 사촌댁은 새댁 시어머니 새터댁에게 얘기를 했다. 결국 저고리는 삼십 전이 되었고, 말숙이 신랑 갑수가 그 돈을 내어놓은 것이다.

이렇게 사연이 많은 모본단 저고리감을 가지고 가는 말숙이 발걸음이 경중경중 가볍지 않을 수 없었다.

이순이의 시누이 셋 가운데 말숙이만은 아배 조석이 착한 마음을 그대로 본뜬 듯이 닮아 있었다. 그런 말숙이가 시집가기 전에 왜 이순이를 그토록 맘 아프게 했는지 그건 어디까지나 분들네 탓이었다.

모본단 저고리감은 말숙이 마음과 꼭같이 이순이를 기쁘게 했다.

겉으로 야단스레 내보이지 않아서 그렇지, 이순이는 밤에도 잠을 제대로 못 이룰 만큼 가슴이 울렁거렸다.

비단옷이란 지체 높은 양반들이나 입는 것이지 어떻게 이순이네 같은 농사꾼 아낙네가 감히 입을 수 있다는 건가. 기껏해야 손수 길쌈한 명주에 물감을 들여 옷을 지으면 명절 때나 한번씩 입는 것도 농사꾼 아낙네로선 큰 행운이었다.

그러니까 이순이는 말숙이한테 받은 모본단 저고리감을 농속에 꼭꼭 감춰놓고 그냥 속으로만 기뻐했던 것이다.

분들네는 겉으로는 안 그랬지만 역시나 옥아지는 속마음을 어쩔 수 없었다. 말숙이가 하늘하늘한 가지색 비단 옷감을 이순이 어깨에 걸쳐 보이면서

"형님, 공산명월이 긑네."

하니깐 분들네 입술이 절로 실쭉 움직였다.

'개발에 다갈 박제'

그러나 분들네의 이 말이 밖으로 안 나온 게 천만다행이었다.

이순은 낯빛이 빨개지고 그냥 가슴이 달막거려 시어매 시샘 같은 걸 눈치채지 못했다.

이런 분들네가 진짜 시어미 노릇을 다시 시작한 건 말숙이가 친정집에 다녀가고 나서 한 달 뒤였다.

분들네는 맏딸 깨금이를 잃고, 둘째인 강생이가 씨 다른 딸을 가진 채 살아가는 걸 겪으면서,

'인자는 다 괜찮겠제.'

하면서 한시름 놓고 살아왔다.

그러나 분들네한테 불어닥치는 힘든 삶은 이때부터 시작된 건지

도 모른다.

말숙이 신랑 갑수를 주재소 소장과 면장님이 특별히 뽑아다 대구로 전기기술을 배우러 보낸 것이다. 좋게 말하면 뽑혀 간 것이고, 나쁘게 말하면 잡혀 간 것이다.

갑수는 근처에선 제법 똑똑한 청년이었고 상투를 제일 먼저 잘라 버린 신식 청년이었다. 갑수하고 함께 뽑혀 간 청년들은 여나문 명이나 되었다.

갑수는 처음엔 불안하고 찜찜했지만 이내 생기가 돌고 되려 자랑스러워 했다.

"이봐, 기술만 배우만 한 달에 월급을 십 원쓱 받는 데서 일한다는구망."

갑수는 말숙이 귀에다 대고 이렇게 속삭였다.

말숙이는 십 원이란 돈이 얼른 감이 안 잡혔다. 여지껏 돈을 만져 본 것이 겨우 몇 전 몇십 전뿐이었기 때문이다.

갑수와 말숙이는 십 원이란 돈을 차근차근 셈을 해 보았다. 쌀이 이십 전에 한 말이니까, 이십 전이 다섯 무더기가 되면 일 원이고, 그리고 일 원이 열 무더기면 십 원이고 ……

"엄머이, 시상에는 !"

말숙이는 입이 벌어진 채 다물어지지 않았다.

이날부터 갑수하고 말숙이는 밤낮없이 이것저것 한도 끝도 없이 기와집을 짓기 시작했다.

한 달 일해서 십 원 받으면 논을 사고, 또 한 달 일해서 십 원 받으면 밭을 사고, 또 받으면 집 짓고, 또 소도 사고, 옷도 사 입고 맛있는 것도 사 먹고 ……

그러나 갑수가 총을 멘 일본 순사들이 앞뒤에 붙어 끌려가다시피 떠나갈 때, 말숙이는 천만금을 준다 해도 다 싫어졌다. 말숙이는 소리질러 가지 말라고 붙잡고 싶었다.

'옥주 아배요, 가지 마소! 가지 마소! 내사 싫으이더. 가지 마소!'

그러나 입밖으로는 한 마디도 말이 안 나오고 한없이 눈물만 나왔다.

그렇게 떠나간 갑수가 한 달 뒤에 전봇대 위에서 일을 하다가 전기불에 타 죽은 것이다.

처음엔 그 소식을 듣고 아무도 믿지 않았다. 전기불에 타 죽는다는 것은 있을 수 없다고 생각했기 때문이다.

새터 노인이 작년 겨울 노름을 하다가 읍내 경찰서까지 잡혀·갔는데 그때 경찰서 안에 켜진 노란 전기불을 처음 봤다. 같이 잡혀 간 갓을 쓴 늙은이들이 그 전기불에 담배불을 붙이려고 긴 담뱃대를 뻗혀 대고 아무리 뻑꿈뻑꿈 빨아도 불이 안 붙었다. 전기불이란 그냥 밝기만 하는 것이지 타는 불이 아니라고 새터 노인이 경험을 털어 놓으며 우겨대었다.

"필시, 뭐가 잘못돼 뛰디리 맞아 죽은 기다. 그놈들 얼매나 지독한 놈들이라고. 그래 마치나 호강시킨다고 끌고 갔겠나."

어찌 되었든, 갑수는 죽어서 작은 나무곽에 잿봉지가 되어 돌아왔다.

말숙이는 아무래도 믿기지가 않았다. 전기불에 타서 죽으면 삽시간에 이렇게 재가 되어버리는가? 새터 어르신네 말처럼 두들겨맞아 죽은 뒤에 일부러 불에다 태워버리고 거짓말을 하는 걸까?

말숙이는 목소리가 작아 큰소리로 통곡도 못했다. 쪼그리고 앉아 줄곧 찔끔찔끔 울기만 했다.

그런데, 갑수의 죽은 잿봉지를 놓고 집안 친척간에 어떻게 처리해야 할지 어려워진 것이다. 수십 년 묵은 산소에 불이 붙어 그을리기만 해도 귀신이 날아가버린다는데, 이런 잿봉지를 땅에 묻고 장사를 지낼 수가 없다는 것이다.

잿봉지는 통시 옆 헛간에 버려 둔 채 며칠을 보내다가 결국 신식대로 강물에 띄워 보내기로 했다. 빈소를 차리고 기제사만 지내는 것으로 결정이 내린 것이다.

이렇게 해서 갑수는 근방에서 맨 처음 전기불에 타 죽은 인간이되었고, 그 잿봉지를 강물에 띄워 보낸 첫번째가 되었다.

불알 달린 자식 하나 없이 아무 쓸모 없는 딸 하나 옥주만 남겨놓고, 갑수는 불쌍한 말숙이 곁을 영영 떠나버린 것이다.

분들네는 그 소식을 듣자 그냥 까무라치고 말았다. 언제나 인정많은 안골댁이 시침바늘을 가지고 와서 손가락마다 찔러 피를 내고, 어레미를 낯에다 씌워 놓고 물을 뿌려 겨우 깨어났다.

분들네는 사흘 동안 물만 마시며 어린애처럼 울어대었다. 어쩐일인지 이순이 얼굴을 보면 식초를 눈에 바른 듯이 눈이 시어지는게 분들네도 어쩌지 못하는 모양이었다.

'어야이께네 내 뱃속에서 난 딸자석들은 지지리도 안 되는데, 남의 집에서 들어온 미느리는 아들만 쑥쑥 낳고 밥만 잘 먹고 일하제
……'

이렇게 분들네는 아무 죄없이 이순이가 점점 미워지기 시작하는것이었다.

그런 이순이가 이듬해 또 아들을 낳자, 분들네는 이순이가 이 집

안에 복을 다 빼앗아버려 이녘 딸들이 맥을 못추게 되는 것이라 여겨지는 것이었다.

'미운 파리 치는데, 왜 고운 파리가 죽제.'

며느리는 왜 미운 파리인지 이순이는 곱지 않는 눈으로 바라보는 시어머니가 무서웠다. 분들네는 셋째 손자 재복이를 좀처럼 업어주지 않았다. 남 듣는 앞에서는

"이놈, 앞들 논 열 마지기 하고도 안 바꾸제"

하면서도 며느리 이순이 앞에서는 시뜻하게 행동하는 것이었다. 어찌보면 며느리가 낳은 아들이기 때문에 미우면서도 이녘 손자라 생각하면 또 귀여워지는지도 몰랐다.

그렇게 힘들게 살아가는 분들네한테 낯선 새댁 하나가 갓난애기 하나를 업고 찾아왔다. 을축년(1925년) 가을, 한창 일손이 바쁜데 꺽대같이 모가지가 기다랗고 못 생긴 새댁은 분들네를 찾아와서 밤중에 홍두깨비격으로 첫마디 하는 말이

"저어, 지는 이 집 딸이시더."

하는 것이었다.

분들네는 어인 미친 여자가 지나가다가 들어온 줄 알고

"별일이 다 있구망. 새댁이 집을 잘못 찾은가 본데 우리는 새댁 겉은 딸은 없네!"

하고 큰소리로 꾸짖었다.

그러자 새댁은 업고 있던 갓난아기를 내려놓으며,

"자, 이 집 외손자시더."

하는 것이었다.

분들네는 점점 이 여자가 틀림없이 미친 것이라 여겼다.

"우리 딸도 아닌데, 어째 외손자라고?!"

그랬는데도 새댁은 도무지 숙어들지 않는다.

"배서방이 이 집 맏사우라면서요. 그르이 배서방 아들이 이 집 외손자가 맞제요."

그 말에 분들네도, 다른 식구들 모두가 깜짝 놀라지 않을 수 없었다.

"배서방이라이! 배서방이 지끔 어디 있단 말이제?"

"어디 있는 줄 알만 내가 왜 이까정 찾아왔을리껴?"

그러면서 새댁은 마루 끝에 엎드려 운다.

"대체, 어찌 된 건지 자시이 이바구나 하게나."

분들네가 말소리를 누그러뜨려 물었다.

새댁은 훌쩍거리며 얘기하기 시작했다.

"배서방, 그이가 이릏기 얼라만 낳게 해놓고 어디 말도 없이 갔비렸제요. 나도 어디 올 데 갈 데 없어, 할 수 없이 야아 외갓집이라도 찾아가 보자고 이리 왔니더."

이쯤만 들어도 모든 걸 짐작할 수 있었다.

의지할 데 없는 그 여자 순지는 고집스럽게 부끄러운 것도 없이 체면도 없이, 죽은 깨금이 대신 배서방 아들을 낳아 이렇게 찾아온 것이다.

배서방하고는 소식 없이 지내온 지 벌써 십 년이 다 되어가는데, 갑자기 이게 또 무슨 얄궂은 인연인지, 분들네는 원하지도 않던 외손자가 생기고 움딸 하나가 생긴 것이다.

순지는 조금도 거리끼는 것 없이 조석을 아배라 부르고 분들네를 어매라 불렀다. 고생살이를 한 탓인지, 궂은 일거리도 어설프게 생각지 않고 닥치는 대로 일하면서 한집 식구처럼 살았다. 순지의 팔자가 얼마나 기박했기에, 살기 위해 낯설은 사람들에게 간절히도 매달리는 게 측은했다.

이순이는 그런 순지한테 깍듯이 손위 형님 대접을 했다.

"형님, 너무 힘들게 하시지 말고 좀 쉬어가며 하이소."

마당질을 해놓은 조를 키로 까부느라 먼지를 뒤집어 쓴 순지를 보고 그러니까, 순지는 까불던 손을 멈추고 이순이를 바라봤다.

"고맙네."

순지는 말하면서 갑자기 눈물을 글썽대었다.

11

순지가 이순이한테 들려준 입때까지 사연은 대강 이랬다.

갈밭 들머리 주막에서 순지는 두 해 반 동안 살았다. 아배는 갓 난 아기 때 죽고 어매하고 여태 살았는데, 지지난 해 염병이 돌 때, 어메는 저 세상으로 떠났다. 그래서 순지는 주막에 들어와 허드렛일을 거들며 살았다.

석수장이 배서방이 안쪽 마실 김씨댁 산소에 상석을 다듬어주느라 주막에서 보름 동안 묵었다. 나이 서른 살이 훨씬 넘은 배서방이 상처를 하고 혼자라는 걸 알게 된 술어마씨 예천댁은 순지를 그리로 시집보내기로 마음먹었다.

"홀애비 새장개가는 기 그리 수분 게 아이제. 우리 순지가 인물은 없제만 심성도 착하고 똑똑하이깐 색시감으론 그만이제."

배서방은 순지 처지가 불쌍하다는 마음이 들자 싫다고 할 수가 없었다. 홀애비로 십 년이나 넘게 살다 보니 외로운 생각도 가끔 들던 때였다.

순지와 배서방 혼인은 이렇게 기분이 앞선 채 꼼꼼하게 헤아려보지도 않고 성사된 것이다. 둘 다 집도 절도 없는 떠돌이 신세여서 그냥 찬물 한 그릇 떠놓고 혼례를 치르었다.

그러나 배서방은 순지를 볼 때마다 십 년 전에 죽은 깨금이가 생각이 났다. 배서방 가슴 속엔 아직도 오직 깨금이뿐이었던 것이다. 그걸 깨닫게 된 배서방은 순지가 싫어졌다.

순지를 주막에 그냥 둔 채, 보름에 한 번, 한달에 한 번씩 들르더니 순지 뱃속 애기가 점점 커서 불러오는 것도 모른 채 소식없이 사라진 것이다.

본래 떠돌이니까 집이 없다는 걸 알고 있었고 대신 옛 처가집이 돌음바우골에 있다는 것을 예천댁이 들어 알고 있었다.

배서방은 순지가 아들을 낳은 줄도 모른 채 소식도 없었다.

"그이는 인자 안 올 끼구만요. 나는 앞으로 어째야제요?"

순지는 눈물로 하루하루 살았다.

"내가 공연한 짓을 했나 보제. 그 사람, 무던해 보여 둘이 잘살아 갈 줄 알았디만 이래 될 줄 누가 알았으까."

예천댁은 순지한테 미안했고 배서방이 원망스러웠다.

결국 순지는 아기를 업고 배서방 처가댁이라도 찾아가기로 마음 먹었다. 혹시나 찾아가면 소식을 들을지도 모르기 때문이다.

"내가 찾아가마 문전박대는 안 할까요?"

"죽은 딸 대신 엉뚱한 년이 왔다고 맘 상할지도 모르제. 하제만

이대로 끝도 없이 기두릴 수도 없잖나? 미련대고 가서 엉겨 붙어야
제. 가서 싹싹하게 움딸 노릇 잘하마 사람 괄세야 않겠제."

예천댁은 참으로 애가 탔다. 이대로 있다간 순지를 생과부로 만
들어버릴지 모르기 때문이다.

이렇게 해서 순지는 아직 이름도 짓지 못한 배서방 아들을 업고
돌음바우골로 찾아온 것이다.

순지는 애기를 다 하고 나서

"죽은 배서방댁이 인물이 그리 좋았다매?"
하고 이순이한테 물었다.

이순이는 대답하기 어려워 잠깐 뜸을 들이다가 대답했다.

"죽은 깨금이 형님은 선녀임귤이 고왔제요."

순지는 한숨이 나왔다.

"아무리 선녀임귤이 고와도 죽은 사람 도리 없잖네? 그른데도 그
이는 아직도 죽은 사람 못 잊어 저릏기 떠돌아 댕기는구망."

"그릏기 말이시더. 하제만 이자 형님이 이릏기 잘 생긴 아들을
낳은 걸 알만 맘 잡고 살 끼구만요."

이순이 그말에 순지도 어느만큼은 힘을 얻은 듯싶었다.

"그렇겠제? 이 양반이 어디 바람이나 피우고 댕기는 것도 아니이
까네 이녁 자식한테 정이 들마 맘 잡고 살겠제."

순지는 그해 겨울을 돌음바우골에서 지냈다. 워낙에 싹싹하게 굴
자 식구들이 순지를 밉게 보지 않았다. 오히려 조석은 친딸같이 순
지를 이뻐하는 것이었다.

조석은 설대목장을 보러 가서 순지 몫으로도 금박 깃과 옷고름감
을 떠온 것이다.

"엄머이! 아배요, 참 곱기도 하구만요."

순지는 감동해서 눈물까지 흘렸다. 분들네는 샐쭉하니 입술이 돌아가는 듯했지만, 그만치만 하고 꾹 참는 듯했다.

순지는 힘이 펄펄 솟아났다. 이번 설날엔 어쩌면 배서방이 찾아와 반가와 해줄 것만 같았다.

밀린 빨래감을 부지런히 빨고 설 음식을 장만하는 데도 열심히 거들었다. 그리고 나서 순지는 기다렸다.

그러나 정월 초사흘이 지난 때까지 배서방 소식은 없었다.

순지는 날마다 목을 빼고 기다렸지만 열흘이 지나도록 깜깜무소식이었다.

그런데 열사흘날이었다. 그토록 기다린 배서방이 온 것이다. 깨금이가 죽은 뒤 십 년이 넘게 소식 없던 분들네의 사위가 뜻밖에도 처갓집을 찾아온 것이다. 순지가 온몸으로 기다린 정성 때문인지도 모른다.

그러나 배서방은 왔는데, 순지가 기다린 그런 배서방이 아니었다. 배서방은 혼자 온 것이 아니라 낯선 새댁을 하나 데리고 왔다. 어쩌면 죽은 깨금이를 꼭 닮은 안존하고 이쁜 새댁이었다. 거기다 배서방은 순지가 여기 와서 기다리고 있는 줄은 꿈에도 모르고 있었다.

"여게 어쩐 일로 와 있네?"

배서방이 순지를 보고 놀라며 한 첫마디였다.

순지는 눈앞이 캄캄해져 아무것도 보이지도 들리지도 않았다. 그냥 돌아서 뒷방 구석으로 가서 주저앉아 눈이 퉁퉁 붓도록 울었다.

안방에서는 모두 모여 앉아 앞으로 어쨌으면 좋을지 걱정하고 있었다. 모처럼 사위가 왔는데도 반갑지도 않고 처갓집에 온 배서방도 그냥 막막하기만 했다.

따라온 새댁은 처음엔 무슨 영문인지 몰라 눈치만 보다가 순지가 배서방 아들을 낳아 기다리고 있었다는 걸 알자 억장이 무너지는 듯했다.

분들네는 그 새댁 춘영이가 꼭 죽은 깨금이만 같아서 눈이 그쪽으로만 갔다.

모두 아무 말을 안하니까 조석이 힘들게 한마디 했다.

"경우로 보나 처지로 보나 아들까지 낳은 걸 냇비리만 안 되제."

그러자 분들네가 춘영이를 흘끔 쳐다보고는 얼른 말을 거들었다.

"평생 디루고 살 사람 경우 따질 게 없제. 우선 맘에 들어야지 사람끌이 사랑하면서 살끼 아잉가배."

한쪽 구석에 앉아 듣고 있던 이순이는 일이 어떻게 되는지 가슴이 조였다. 어쩌면 순지가 쫓겨갈 것 같은 맘이 들자 괜히 바빠졌다. 이순은 슬그머니 일어나 순지가 있는 뒷방으로 갔다.

순지는 여지껏 그냥 울고만 있다.

"형님, 정신 바짝 채려야 되니더. 이번차 어쨌든동 서방님 따라가두록 하소."

순지는 눈물을 자근자근 닦고 나서

"내가 따라간다꼬 그이가 소중케 디루고 간다든공? 그이는 이녁 맘에 드는 참한 새댁을 디루구 왔는데, 이걸로 나는 끝이제."

참으로 순지는 앞이 캄캄해질 뿐이었다. 배서방은 어떤 일이 있어도 순지를 데리고 가지 않을 것을 알고 있었기 때문이다.

이날 밤, 순지도 배서방도 춘영이도 모두 뜬눈으로 밤을 지샜다.

다음날, 배서방은 이전부터 끔찍이 정을 쏟아주던 장모한테 눈물을 찔끔찔끔 흘리면서 속에 있는 대로 말했다.

"장모임요, 저는 여지껏 죽은 그 사람을 못 잊고 살았니더. 평생 혼자 이대로 늙어 죽어도 어쩔 수 없다 싶었는데, 어야다 보니 이리 됐니더. 내가 순지한테 장개든 건 큰 실수를 저질은 거제요. 나는 춘영이가 죽은 그 사람하고 똑같애서 천생 그 사람이 살아 돌아온 기 아닌가 싶구만요. 지는 춘영이하고 떨어져 살 수 없니더."

덩치가 커다란 배서방은 너무도 숫되고 착했다. 분들네도 따라 눈물이 나왔다.

"자네 맘은 알겠네만, 순지 얼라는 어얄란공?"

"얼라는 지가 디루구 가서 키워야제요."

"안죽도 에미 젖먹는 갓난 것을 어째 디루구 간단고?"

"장모임이 데루고 한 일년만 키워 주시만 이담에 디루고 갈 끼구만요."

모처럼 찾아왔던 처갓집인데, 배서방은 더 있지 못하고 춘영이를 데리고 떠났다. 장인 장모님한테 인사를 하고 집을 나서려는데, 순지가 버선발로 뛰쳐나왔다.

순지는 배서방 두루막자락을 붙잡고 엎어지듯 주저앉아 울음을 터뜨렸다.

"이대로 못 보내니더. 떠날라만 우리 모자 다 죽이고 가소!"

순지는 이대로 끝판 난다 싶으니 악이 받치어 미친년처럼 발광질했다.

배서방은 졸지에 당한 나머지 얼굴이 새파랗게 질려버렸다.

"이보게나……이보게나……"

배서방은 다만 순지 어깨를 다독이며 애걸할 뿐이었다.

"이런 일이 세상에 어디 또 있다디껴? 날 죽이고 가소! 안 그라마 절대로 못 가니더."

순지는 뱅뱅 틀어쥔 옷자락을 점점 꼬불쳐 잡고 놓지 않는다.

할 수 없이 배서방은 순지를 데리고 안방으로 들어갔다. 배서방은 순지와 마주 앉아 한참 동안 한숨만 내쉬고 아무 말을 못했다. 할 말이 없었던 거다.

"왜 암말도 안하니껴? 쥑이든디 살리든지 말 좀 하소."

순지는 속이 타들어가 가슴에 활활 불길이 솟구치는 듯했다.

"……"

"왜 맘에도 없는 사람 이래 맨들어 놓고 내삐릴라 카니껴? 무신 말이라도 말 좀 해 보소."

배서방은 순지 앞에서 두 손을 모았다.

"내가 정말 잘못했네. 이렇게 빌 테이께네 용서하게나. 제발, 나도 내 맘대로 안되는 걸 어짜겠는공? 지발 그만하고 보내주게나……"

순지는 할 수 없다는 걸 깨닫고 돌아앉았다.

"어쩔 수 없으마 그만 가소. 하제만 내가 일 년만 더 기대릴 끼구만요. 그 다암에 맘 돌리그덩 찾아와 주소."

돌아서 훌쩍거리며 우는 순지를 두고 배서방은 무거운 몸을 일으켜 밖으로 나갔다.

그렇게 배서방은 돌아갔고 순지는 아들 삼진이를 키우며 피붙이도 아닌 친정집에 눌러 있었다. 삼진이 이름은 조석이 지어 줬고 친외손자처럼 사랑했다.

순지는 부지런히 일을 하고 온갖 싫은 일도 실쌈스레 삭였다. 하지만 곁다리 신세 같은 마음은 가시지 못해 순지는 점점 여위어갔다. 그만큼 힘들었기 때문이다.

이순이 아들 삼형제가 장득이한테 "아배, 아배" 부르며 따르는데 삼진이 혼자 외톨이로 뒷전에 서 있는 것만 봐도 가슴이 아팠다.

순지는 몸이 야위어가는 만큼 마음도 여려져 갔다.

이따금 이순이한테,

"내 긑은 거 살아서 뭘 하제?"

했다.

이순은

"형님, 무신 말씀 그리 하시니껴? 삼진이 잘 키우마 효도 받으며 살 긴데……"

그랬지만 순지는 그런 말이 귀에 들어오지 않았다. 아배도 없이 자라 어매마저 죽고 이젠 서방한테도 버림받은 몸인데 무얼 바라고 산다고.

"삼진이 에미야, 너무 걱정하지 마라. 배서방 마음 돌리고 찾아올 끼구망."

조석은 순지가 불쌍했다. 얼굴이 못났다는 게 뭐 그리 중한 것인지, 조석으로서는 알 수 없었다. 조석은 그랬다. 남들이 누구는 잘 생기고 누구는 못생기고 나달대는 게 달갑지 않았다. 얼굴 생긴 거야 뭐 그게 그런 것이지 그것 때문에 등돌리고 울고 짜는 게 어이 없을 뿐이었다.

그해 여름 내내 순지는 조석을 따라댕기며 들일을 거들었다. 이순이 체광주리에다 새참을 담아 놓으면 얼른 이고 들로 갔다. 이순이가 해야 할 일까지 순지는 가로채다시피 쉴 틈도 없이 동동걸음 쳤다.

차라리 순지는 조석 같은 아배만 곁에 있다면 이대로 평생을 살 아도 될 것 같았다.

"아배요, 꼴멍 지가 이고 갑시더."

조석이 밭둑 언저리로 꼴을 베어 둥둥산처럼 멍에 담아 놓으면 순지는 낼름 이고 앞장서 갔다. 밭둑을 지나 벼루끝 가파른 길을 앞서가면 조석은 뒤에서 연신 걱정을 했다.

"에미야, 그만 놓고 가그라. 엉야, 삼진이 에미야, 엉?"

"괜찮니더, 아배요. 걱정 마고 따라오소."

여름 저녁 멍석을 깔고 식구들이 둘러앉아 밥을 먹으면 순지는 한사코 조석이 곁에 밥바가지를 들고 가서 앉는다.

"형님, 여게 나물하고 된장 쫌 덜어가 잡수이소."

이순이가 뚝배기 된장을 덜어줄라치면

"괜찮네. 나는 아배 꺼 같이 먹제."

하는 것이었다.

"그래, 삼진이 에미는 이것 같이 먹으마 된다."

조석이 밥상 위 반찬을 멍석 바닥에다 내려놓으며 흡사 응석받이 아이한테 하듯이 순지를 감싼다.

이런 때면 분들네는 비위가 상한다. 흡사 시앗한테 시샘하듯이 순지가 미워지는 것이었다.

'망한 년! 장득이 애비가 지 서방맨치로 여겨지는 갑제.'

분들네는 속으로 욕을 했다.

그런데도 순지는 아는지 모르는지 조석이 지극한 사랑에 끌려 자고나면 일하고 해가 지면 잠들었다.

일 년이면 삼진이를 데릴러 오겠다던 배서방은 까맣게 잊어버렸는지 오지 않았다. 그게 순지한테는 다행인지 불행인지 몰랐다. 삼진이는 튼튼하게 자라주었고, 이순네 아들 삼형제하고 잘 어울려 놀았다.

재득이가 스물네 살에 늦장가를 갔다. 키가 멀쑥하게 큰 재득이는 순지보다 네 살이나 더 많아 나이로 보면 오빠벌이 되었다. 그러나 깨금이 누님 대신 들어온 순지를 맏누님으로 대할 수 없어 서로가 꺼끄럽게 말도 제대로 못했다.

살가리에서 온 재득이 각시 수임이는 집안 사람들 예물 대신 소한 마리를 가지고 왔다. 분들네는 입이 닳도록 동네방네로 자랑을 했다. 분들네는 소 한 마리를 가지고 온 며느리가 하늘만치나 높아 보이고 등다락같이 유세스러웠다.

재득이네는 양지쪽 비탈에 오두막을 짓고 그 소를 가지고 딴살림을 나갔다. 조석이네도 이젠 큰집 작은집 대소가가 이뤄진 것이다.

그러나 무진년(1928년) 이순이가 딸을 낳고 순지는 내내 삼년째 소식 없는 배서방을 가물가물 잊고 살 즈음, 그토록 따따분하게 살아가던 분들네한테 갑자기 그늘이 드리워졌다. 사내애들만 법석댄다고 애면글면 기다리던 손녀딸 순옥이가 이 집안의 재난을 가지고 왔는지도 몰랐다.

조밥꽃이 재궁골 밭둑으로 구름만치 무더기로 필 때, 조석이 장에 갔다 돌아오는 길에 쓰러져버린 것이다. 왜기재 한 중간에서 갑자기 주저앉으며 낯빛이 하얘졌다. 함께 돌아오던 서서방과 꺽꿀네 아배가 들쳐 업고 집에 데리고 왔다.

어둑컴컴한 사랑방에 눕혔지만 조석은 쉬 깨어나지 않았다.

분들네는 지레 숨이 넘어갈 것처럼 앉았다 섰다 하면서 겁을 먹고 있었다. 장득이가 건너 마실 비내미 의원한테로 헐떡대며 가서 모시고 왔다.

두루막에 때가 고질고질 묻은 의원은 점잖을 빼느라 장득이 바쁜 마음과는 달리 걸음이 질겼다.

의원은 조석이 손목의 맥을 짚어보고 입을 벌려 봤다.

순지는 아까부터 파랗게 질린 채 조석이 숨고진 모양을 살피면서 가슴을 올랑거렸다.

의원은 조석의 상태를 살피고 나서 고질고질 때묻은 주머니에서 침을 꺼내어 이마와 손발 여기저기 찔렀다.

그리고 나서,

"암놈으로 중삐아리 한 마리 털만 뜯고, 내장을 빼고, 생으로 참기름 두 종발하고, 디딜방아에 꾹꾹 찧이가주 삼비 헝겊에 담아 짜서 그 물을 한 숟깔씩 믹이이소."

했다.

분들네는 좋다는 약은 무엇이든 애끼지 않았다. 생닭을 호박에다 넣고 참기름을 붓고 찧자니 미끌거려 튕겨 나가기만 하고 잘 찧어지지 않았다.

중풍에 좋다는 약은 그리도 많은지 이것저것 약 만드는 일에만도 온 식구들이 매달렸다. 가재 백 마리를 잡아다 달여가지고 그 물을 먹이기도 하고 쥐소주를 담궈 먹이기도 했다.

조석은 희미하게 깨어났지만 한쪽 손발이 안 움직여지고 말을 못했다. 한 해 동안을 그렇게 구석진 방안에 누워 지냈다.

가장 애가 탄 건 분들네보다 순지였다. 순지는 분들네가 아침마다 둘둘 말아내는 똥 오줌 빨래감을 조금치도 싫은 티 안 내고 냇물에 가지고 가서 빨았다. 그토록 알뜰하고 매뜻하던 조석이, 누워서 똥을 싸고 오줌을 싼다는 걸 누가 알았겠는가?

"아배요, 지발적선 일나세이! 아배요."

순지는 냄새나는 빨래감을 빨면서 목이 메었다.

장득이는 농사일이 앞뒤도 없고 끝도 없이 바빴다. 여태까지는 아배 조석이 뒤를 따라다니며 대강대강 가다리만 해놓으면 잔손가는 일은 해보지도 못했다.

봄보리를 갈아놓자 이내 감자씨를 놓아야 했고 보리논 써래질도 해야 했다. 뻐꾸기가 울자 목화씨를 심어야 했고, 올콩을 심고 못자리도 했다.

눈코 뜰 새 없이 바쁜데도 그런 대로 얼축얼축 일이 되어가는 건 이순이 덕택이었다. 겨울 동안 조막조막 갈무려 뒀던 씨앗들을 차례대로 꺼내다 줬고, 못자리를 하면 미리 알고 나락씨를 항아리에 씻어 담그었다. 목화씨에 참깨씨를 한 줌 섞어 놓는 것도, 밭머리에 들깨 심는 일도 이순은 꼼꼼하게 뒷수발드는 일을 했다.

이순이 장득이를 따라 들로 나가면 순지는 집안 일을 매뜻지게 했다. 조석이 미음 끓여주는 일, 수복이 재복이는 아배따라 들로 갔지만 중우벗은 지복이와 갓난애기 순옥이는 역시 순지 몫이었다. 이녁 아들 삼진이와 함께 셋 아이 뒷바라지만도 버거웠다. 집안 설거지, 빨래하기, 순지는 밤마다 코에서 단내가 났다. 그래도 순지는 그게 사는 것 같았다.

한 사람 몫으로 일을 한다는 건 그만큼 살아갈 자격이 있는 것이다. 순지는 이제 누가 뭐래도 분들네 맏딸 노릇 하기에 당당했다.

그런데, 그 분들네 집 기둥 하나가 또 흔들리는 일이 일어난 것이다. 지난 해 가을, 딴 살림을 나간 재득이 각시 수임이가 어느 날 밤, 이순이한테 찾아와 오들오들 떨며 흐느껴 울었다.

"새댁이 웬일로 이러네?"

"형님, 지는 어짜만 좋제요?"

"뭔 일인데, 말을 해 봐야제."

아직 한데잠 자기는 추운 그런 초여름 밤, 수임이는 이순이를 끌고 뒷곁 감나무 아래로 갔다. 아무도 보는 이도 듣는 이도 없었다.

"형님, 수복이 삼촌이 무섭어서 못 살시더."

이순은 뜻밖이었다.

"삼촌이 무섭다이, 그기 무신 소리제?"

"어야만 좋을씨껴, 형님요?"

수임이는 이순이 무릎에 엎어지며 흐느껴 운다.

"삼촌이 어옛기에 이러제? 새댁아, 쫌더 자시 말해 보게."

수임이는 울음을 추슬르고 나서 얘기했다.

"수복이 삼촌이 무섭어요. 온몸에서 썩는 내금이 나고, 밤만 되마 사람 못 살게 하니더. 형님, 나는 어야만 좋을리껴?"

"삼촌한테서 내금이 나다이, 그거 자드락에서 나는 암내라는 건가?"

"자드락뿐만 아이고 온몸에서 나니더. 꿱질이 나고 어지러부이더."

"새댁이 혹시 입덧하는 기 아이라?"

"아이시더 형님, 지는 이달에도 서답 갔았니더."

•

"……."

이순은 도무지 알 수 없었다. 사람 몸에 썩는 냄새가 나는 일도 있는지 아직 겪어보지도 들어보지도 못했기 때문이다.

밤은 이슥해가고 이순은 마냥 수임이 흐느끼는 것을 달래며 있을 수밖에 없었다.

"형님, 추부이더. 그마 들가서 지무시소. 나는 정지구석에 들가 자고 갈라니더."

수임이 겨우 얼굴을 들고 일어나 이순의 등을 밀었다.

"정지서 자다이, 우리 형님 방에 가서 같이 자세나."

이순은 수임이를 끌고 순지가 노곤히 잠든 뒷방으로 가서 함께 오구리고 누웠다. 시집온 지 겨우 반년이 되는 새댁이 신랑 몸에서 냄새가 난다고 무서워 못 산다는 건 큰일이 아닐 수 없었다.

그러나 재득이 몸에서 냄새가 나는 까닭은 그날부터 사흘이 못 가 온 돌음바우골 마실로 소문이 나버렸다. 재득이 몸에 여기저기 마목이 들어나고 있었다. 재득이는 그렇게 처음부터 문둥병이 온 몸으로 내번지고 있었던 것이다.

분들네는 반은 실성해진 듯 방바닥을 치며 울어대었다. 조석이 앓아누운 건 뒷전이고 재득이를 끌고 다니며 여기저기 용한 의원은 다 찾아다니며 혹시나 잘못 알았는지 물어보았지만, 어디서나 꼭같이 재득이는 바람병(문둥병)이라 했다.

분들네는 둘째 며느리 수임이를 불렀다.

"아가, 그래 니는 어얄 채미로?"

분들네는 억장이 무너져 목구멍에서 불이 활활 나는 게 누구한테 나 부드럽지 못했다.

"……."

수임이는 대답 대신 훌쩍거리며 울었다.

"나도 모르겠다. 니 좋을 대로 해라. 친정에 가든지 여게 살든지 ……."

시어매가 이렇게 말하면 며느리는 더욱 난감해질 수밖에 없다. 이런 지경에 수임이 마음이 분들네보다 나을 게 하나도 없었기 때문이다.

분들네는 그만큼 말한 뒤엔 아예 그때부터 수임이를 이 집 식구로 보지 않았다.

'결국은 빙든 서방 냇비리고 갈 낀데, 진작 가는 기 낫제.'

분들네는 양지쪽 비탈 삿갓집 오두막 방안에 틀어박혀 있는 재득이 밥을 때마다 손수 날랐다. 내외간은 돌아서면 남이지만 에미는 자식을 버리지 못한다.

수임이는 열흘 동안 아직 낯설은 이 집 식구들 틈새에 끼어 터질듯이 답답한 가슴을 꾹꾹 눌러가며 견뎌 내었다. 하지만 수임이는 퍼뜩 정신이 들었다. 처음으로 수임이는 이 집 식구가 못된다는 걸 알아차린 것이다.

수임이는 그날 신새벽에 옷가지를 싼 보따리를 들고 집을 나섰다. 같이 자던 순지한테만

"형님, 지는 그마 갈라니더."

했다.

"그래, 새댁은 찾아갈 친정이라도 있으이 다행이제."

"친정집에 간다고 누가 반갑어 해줄리껴. 이냥은 도무지 숨이 답답에 가는 거제요."

251

"그래도 친정 어매 아배는 아픈 마음 달래 줄 거 아잉가."

순지는 돌아서 나가는 수임이 뒷모습이 안쓰럽기보다 부럽기 그지 없었다.

대추나무 밑으로 나들이 비탈길이 나 있고, 수임이는 작게 흐느끼며 조심조심 내려갔다.

사랑방 문구멍으로 가만히 내다보던 분들네는 더 참지 못하고 문을 박차듯이 열고는 맨발로 수임이가 나간 고샅으로 달려나갔다. 길은 아직 어둡고 길섶으로 우거진 풀잎에 이슬이 치마자락을 칠벅칠벅 적신다. 벼룻끝 곱내 웃머리 돌다리로 수임이 건너가는 모습이 보인다.

분들네는 벼룻끝 바위에 기대어 바라보다가 그냥 무너지듯 주저앉았다.

"재득아, 재득아, 이놈아야, 재득아……."

분들네는 운다기보다 짐승이 울부짖듯 소리질러대었다.

"어매임요, 그만하시고 들가시더."

언제 나왔는지 이순이 시어매 어깨를 감싸며 일으켜 세운다. 분들네는 며느리 어깨에 기대어 일어나면서 멀리 서깥 나무숲쪽으로 바라봤다. 히끄무레하게 수임이 바쁘게 걸어가는 모습이 얼른 스치는 듯이 보였지만 이내 나무숲 속으로 사라져버렸다.

그리고 나서 사흘 뒤에, 분들네는 막내 아들 수득이를 시켜 수임이가 가지고 왔던 암소를 끌고 가도록 했다.

"딸자슥만치나 귀한 거인데, 도로 갖다 주고 온나."

수득이가 삿갓집 형네 집에 소를 몰러 가자 재득이는 그제서야 모든 걸 눈치챈 듯했다.

"수득아, 아지매 언지 친정으로 갔노?"

"싱얀 몰랬나?"

"몰랬다."

"아래뻔에 새북 일찍 갔다."

"그릏나."

재득이는 방문을 닫아버린다. 소리 안 나게 울고 있었다.

"싱야, 이 소 아지매네 집에 갖다 주지 말까?"

수득이가 형의 눈치를 보며 밖에서 물었다.

"⋯⋯."

"싱야, 어얄꼬? 그양 우리가 했삐까?"

"아잇다. 갖다 주고 온나."

수득이는 괜히 형이 손해만 보고 있는 것 같아서 억울했다. 이리로 와서 흘레붙여 새끼까지 밴 암소는 수득이도 정이 들어 있었다. 쇠죽도 쒀주고 꼴도 베다 준 소였다. 그걸 수임이 아지매가 몰고 왔으니 도로 몰다 줘야 하는 건 옳은 일일 것이다. 그런데도 수득이는 너무 아까웠다.

수득이는 마답에 매인 소 잇가리를 풀어 집을 나섰다. 살가리까지는 삼십 리가 된다. 안구미를 지나 내처 자갈밭 개울로 굽이굽이 싫증이 나도록 걸었다.

구계리를 지나 훨씬 안쪽 살가리 마실 입새까지 가자 소는 옛집에 돌아온 걸 알았는지 발걸음이 바빠졌다. 수득이가 소 고삐를 그냥 놓아버리자 소는 혼자서 꺼벅꺼벅 걸어서 중간 고샅으로 들어가더니 맨드리 처마가 두꺼운 집으로 쫄곧게 들어가버린다.

수득이가 가만가만 다가가서 어떻게 하나 들어보니,

"어야꼬나! 이게 어째 집을 찾아왔제?"

하는 소리가 들렸다.

"이건 혼자 오지는 안했을 낀데, 누가 몰고 왔나 내다봐라."

누군지 굵직한 남자 목소리가 또 들렸다. 그러더니 이내 신발 끄는 소리가 고샅으로 나오는 기척이 들렸다. 수득이는 얼른 돌아서 달아나듯이 쫓아나오는데,

"데렴요!"

하고 수임이 아지매 목소리가 다급히 들려왔다.

수득이는 멈추어 섰고, 수임이는 뒤쫓아와서 바로 등뒤에 섰다.

"데렴요. 들가서 점슴이라도 먹고 가야제요. 이렇게 달라빼만 어야니껴?"

수득이는 정다운 형수 목소리를 듣자 왈칵 울음이 터졌다.

"아지매요!"

수득이 돌아서 수임이를 바라보자 수임이는 열일곱 살 시동생 수득이를 와락 껴안고 싶은 걸 억지로 참았다.

"나는 그양 갈라니더. 아지맨 부디 잘 있으소."

수득이는 다시 돌아서 바닥이 납작해진 짚신발로 마구 달아나듯 뛰었다.

"데렴요! 데렴요오……!"

뒤에서 수임이가 목이 쉬도록 부르는 소리가 들렸다.

그해 가을, 삼밭골엔 어지러운 일들이 줄을 잇고 일어났다.

이젠 떠돌이 건달이가 되어버린 서억이 청산 끄트머리 물 건너 마을에서 야학 글방을 열어 놓고 있었다. 몇 해 전에 관청에서 만

든 신식학교가 먼물이 바깥에 있었지만, 거기는 돈을 가지고 가야
만 들어갈 수 있었다.

서억은 문종이에다 '가갸 거겨'를 몇 장이고 써서 찾아오는 아이,
어른, 남자, 여자들한테 나눠 줬다. 문종이가 다 닳아 없어질 때까
지 읽고 외우라고 했다.

갑자기 마을마다 집집마다 가갸 거겨 읽는 소리가 밤낮으로 들렸
다.

서억은 작은 오두막에 혼자 살면서 낮에는 여느 사람과 꼭같이
일을 하고 밤에는 찾아오는 사람들과 글을 읽었다.

현마실 붓쟁이 노인한테 족제비를 잡아다 주고 붓 몇 자루를 바
꿔다가 그걸로 언문 글씨를 가르쳤다.

섶밭밑 영분이는 서억이 그러고 있는 것이 괴롭기 그지없었다.

'무신 사람이 저럴 수가 있네. 차라리 안 보고 안 듣는 데 멀리
가서 무신 짓을 하든지 마음대로 하라제.'

이런 영분이 마음을 잘 헤려 본 시어매 복남이는 서억이 옷가
지를 꺼내어 보자기에 쌌다.

"야아, 수식이 에미야, 뭐 반찬거리라도 있그덩 싸가지고 이 옷가
지 식이 아배 갖다 주고 온나."

"싫으이더."

영분이는 시집와서 처음으로 시어매 심부름을 거역한 것이다.

'어매임은 내 속도 모르고, 등춘이끝이 거길 어여 찾아가라 하는
고……'

속으로 영분이는 이렇게 새침해져 있었다.

"싫애도 가그라. 식이 애비 그 아가 백분 잘못해도 니는 니 할

도리를 해야제."

복남이는 일부러 저물녘 느직히 그렇게 영분이를 떼밀다시피 해서 바랭이 서억이한테 보냈다.

영분이는 골짝길을 가다가 개울물 돌다리를 건너고, 그러다가 갑자기 멈춰 서서 그만 되돌아가고 싶은 걸 억지로 걷고 걸어 어두워진 뒤에야 서억이 살고 있는 오두막에 닿았다.

방안에는 호롱불을 켜 놓고 누군가하고 둘이서 가갸 거겨를 읽고 있었다. 영분이는 가지고 온 옷보따리를 봉당에 그냥 놓고 돌아와 버리고 싶은 걸 꾹 참고 기침소리를 냈다.

"밖에 누고?"

안에서 서억이 목소리가 들려 나왔다.

"……."

영분이는 얼른 대답이 안 나왔다. 괜히 눈물이 나오려 하고 목안이 꽉 메어졌다.

"누군지 들어오잖고……."

그러면서 서억이 방문을 열었다. 어둠 속에 서 있는 사람이 누군지 얼른 알아보지 못하고 서억은 잠시 눈을 크게 뜨고 살폈다. 그리고는 서 있는 여자가 영분이라는 걸 알자 서둘러 밖으로 나왔다.

"웬일로 왔는고?"

서억은 보통 그렇게 물었는데, 영분이한테는 그 말소리가 쌀쌀맞기 그지없었다.

영분이는 말없이 들고 온 보따리를 봉당에 내려놓고 돌아서 호틀쳐 걸어나왔다. 참았던 울음이 목구멍 위로 터져나오면서 저도 모르게 "우우욱" 소리를 내며 울어버렸다. 그러면서도 영분이는 뒤에 따라오는 서억이 불러주지 않을까, 않을까 싶어지는 건 또 무슨 얄 궂은 마음일까?

마을 밖 비탈길을 내려와 냇물 돌다리를 건넜다. 서억이도 역시 천천히 돌다리를 건너 바랑들 논둑리까지 따라오고 있었다.

그러나 장터 마실이 가까워 오자 서억은 점점 뒤로 쳐지더니 더 는 따라오지 않았다. 그토록 영분이가 한 번만이라도 정답게 불러 주기를 기다렸는데도 서억은 끝내 불러주지 않았다.

영분이는 거지반 실성해진 듯이 어두운 밤길을 걷고 걸었다.

그렇게 영분이 울면서 돌아오고 있는데, 집에서는 복남이가 손자 들을 데리고 놀고 있었다.

"할매, 어매는 어디 갔노?"

"어매는 저어기 마실에 갔다."

"왜 아직도 안 오노?"

수식이가 걱정스럽다는 듯이 물었다.

"어매는 오늘 밤 안 온다."

"그럼 자고 오나?"

"그래, 어매는 오늘 밤 순난이 동상 어디 있나 없나 보고 올 끼 구망."

복남이는 그렇게 딴 생각을 하고 있었다.

"어매가 아가야 찾으로 갔나?"

"그래, 순난이 동상 꼬치 달린 거 하나 찾아놓고 올 끼구망."

정말 복남이는 그렇게 아들 손자 하나가 더 갖고 싶었다. 수식이 하나만 가지고는 아무래도 안된다. 외동아들 하나 밑에 또 외동아 들만으로는 마음이 안 놓이기 때문이다. 제발 오늘 밤 영분이 잘

해서 손자 하나 뱃속에 만들어 온다면 더할 나위 없었을 것 같았다. 아무리 무심한 아들 서억이지만 모처럼 밤중에 찾아간 이녁 소실을 쫓아내지는 않겠지, 생각한 것이다.

복남이는 그렇게 혼자서 내키는 대로 생각하면서 즐기다가 수식이와 순난이가 잠이 들자 한쪽으로 떼어 갈라 눕혔다. 팔월 초가을 밤이어서 밤바람은 서늘했다. 얇은 이불자락을 아이들한테 덮어주며 복남이도 가운데 자리에 몸을 눕혔다. 막 불을 끄려고 하는데 밖에서 누가 들어오는 기척이 났다.

"거 누고?"

복남이는 반쯤 누우려던 몸을 도로 일으켰다

"어매임요, 지가 왔니더."

밤길을 떨며 돌아온 영분이었다.

복남이는

"하늘님요!"

하면서 탄식을 했다.

방문을 열고 들어온 영분이는 털썩 방바닥에 주저앉는다. 아무 말 없이 한참 동안 윗목 바람벽을 바라보며 그냥 앉아 있다.

"에미야, 그만 자자."

영분이는 밤이슬에 젖은 치마를 벗어 횃대에 걸어 놓고 구석쪽으로 가서 쭈그리고 눕는다. 그지없이 처량해 보였다.

"에미야……."

복남이는 영분이 곁으로 가서 어깨를 다독거린다. 속으로는 '이 몹쓸 놈, 몹쓸 놈……' 되뇌이며 영분의 통통한 어깨를 쓸어내렸다. 그러면서 조용히 달래었다.

"⋯⋯에미야, 애비도 어짜마 너보다 더 힘들지도 모린다. 애비는 너어 시아배맨치로 사람 구실 못해 저리 괴로운 걸, 우리가 알아줘야제. 쪼매만 더 참고 기두리 보자꾸나."

영분이 두 어깨가 떨고 있었다. 보지 않아도 울고 있는 것이었다.

쏘쩍, 소쩍, 소쩍다⋯⋯.

소쩍새가 뒷산 숲에서 울고 있었다.

복남이는 영분이 곁에서 미끄러지듯 돌아누웠다. 서억이 한없이 원망스러웠다.

'이 몹씰 놈아, 몹씰 놈아⋯⋯.'

복남이 두 볼에도 어느새 눈물이 흘러내리고 있었다.

12

몇해 전부터 벌써 인근 지방에서는 농민조합이 생겨 고지기 농사꾼들을 돕고 있었지만 삼밭골은 입때까지 꿈쩍 않고 있었다. 배메기로 반지기 농사를 지어 고분고분 알곡을 갖다 바치며, 그게 힘없이 살아가는 농사꾼의 도리로 여기며 살다보니 억울한 일도 괘씸한 일도 그냥그냥 숨죽여 참고 살아온 것이다.

하지만 백성들은 하늘이고 하늘도 막다른 길에 쫓겨나면 뒤돌아설 수밖에 없다. 백성들은 지금 그렇게 막다른 길에서 뒤돌아 선 것이다.

웃들, 아랫들, 샛들, 바랑들, 골짝골짝 다랑논까지 고실고실 익은 나락들이 그냥 서 있다. 아무도 가을걷이를 않는 것이다. 이런 걸 나쁘게 말하면 무지랭이 농사꾼들이 감히 양반님들께 모둥질로 행짜부린다는 것이다.

주재소가 생기고 면소가 생기고 우편소가 들어서면서 세상은 빈틈없이 점점 고약해져 갔다. 전에는 배메기 반갈림 농사도 더러는 어둔 구석이 있어 구석진 밭뙈기나 숨은 다랑논은 그냥그냥 고지값도 없이 모른 척 눈감아 주던 것을, 땅을 재는 도꼭지들이 구석땅이나 자투리땅까지 줄자로 빈틈없이 재고 난 다음부터 호박구덩이 하나도 옹근 것이 없어졌다. 땅임자인 양반네들은 오히려 설치고 다니며 왜놈과 한통속이 되어 제 살 제가 깎아먹듯이 조선땅을 깎아먹고 백성들을 옭아맸다.

이 해에는 팔월에 한로가 들고 서리도 빨리 내렸다.

하지만 농사꾼들은 끄떡도 안했다. 미리미리 짜놓은 대로 집집마다 하루하루 풋바숨하듯이 곡식들을 낱단으로 베다가 굶지 않고 먹고 살았기 때문이다.

안달이 난 건 땅임자들이었다. 구월 중구가 닥쳐오자 더 기다릴 수 없었던지 땅임자들이 맞대거리로 나섰다.

양반네들과 농사꾼들의 싸움이 한바탕 붙게 된 것이다.

서억이 이 일에 한몫 낀 것은 오두막 글방에 농사꾼 떠거지들이 자꾸 모여들면서였다. 더러는 머리를 깎은 하이칼라도 있고, 거지반 상투머리가 아니면 지저분하게 땋아내린 머리를 한 총각들이었다. 모이면 한다는 말이 이대로는 못살 것이니 들고 일어나자는 것이었다.

"저지난 해부터 풍산들은 삼칠제가 됐다 카드라."

"와룡짝에는 보릿가리를 한테 모아놓고 단판지었다 카드라."

"우리도 이냥 있어선 안 될 챔이니 무신 수를 내야제."

이렇게 저렇게 몇 날 며칠을 떠들다가 가까스로 만들어낸 것이 이런 요구였다.

언문글자로 꾸불꾸불 써서 제일 먼저 느티나무 당산에 갖다 붙인 글귀는 대강 이랬다.

첫째, 올 가을부터 고지값은 삼칠제로 한다.
둘째, 곡식이든 돈이든 땅임자가 거둬 가지고 운반해 간다.
셋째, 장리쌀도 사할로 내려야 한다.
넷째, 머슴 새경도 나락 두 섬으로 해야 한다.
다섯째, 이걸 들어줄 때까지 올 가을걷이는 안 한다.

똑같은 글을 댓 장 더 써서 말깨나 한다는 남정네 몇이서 우선 여기저기 마름한테 찾아가 전했다.

서억은 삼밭골 정서방한테 찾아가 들고 온 통문을 건네줬다. 이제는 상놈들도 이렇게 언문글씨나마 종이에 써서 제 주장을 할 수 있게 된 것이니 세상은 어두워질수록 밝은 빛을 찾게 되는 모양이다.

"아재앰요, 이잔 시상 많이 달라진 걸 아시잖니껴? 아재앰이 좀 나서서 이 일이 성사되도록 힘써 주이소."

마름지기 정서방은 낯빛이 푸르죽죽해지면서 올 것이 왔다는 눈치였다.

"어떤 일인지 모르제만 나는 못하겠네."

정서방은 마름치고는 그래도 나쁜 인종은 아니었다. 그도 보통 농사꾼이나 다름없이 일자무식에다가 생긴 것도 촌사람 그대로였다. 깡마른 모가지에 상투머리를 치켜올려 묶은 것이 털을 뜯은 닭 모가지 같았다. 길쭉한 얼굴에 눈이 감실감실 빛이 나서 그래도 퍽 붙임성이 있었다.

"아재앰이 못하시마 큰코 다칠 텐데 그래도 후회 없을리껴?"

"내가 왜 큰코 다친다고? 자네도 알 듯이 내야 땅임자네가 시겠는 대로 양짝으로 댕기며 좋게좋게 맞추며 살아왔다네."

"그러시다면 이분에도 양쪽이 서로 좋도록 이걸 전해 주시고 농사꾼 마음도 헤아려 주이소."

정서방은 줄창 헛기침을 해대는 걸 보니 몹시 속이 답답한 모양이다. 이런 일이 있을 거라는 걸 짐작하고 있었지만, 막상 닥치고 보니 도무지 캄캄해질 뿐이었다.

여태까지는 호랑이 밑에서 무지렁이 토끼 같은 백성들한테 떵떵 큰소리로 이것저것 다그쳤는데, 거꾸로 하찮은 백성들 요구를 들고 호랑이를 찾아가야 하게 됐으니 여간 큰일이 아닌 것이다.

"그런데 이 사람 서억이, 이건 어디까지나 심부름만 하는 것이지 되든 안 되든 그건 내가 알 바 아니네."

정서방은 어떻게 하든지 무사히 빠져나가고 싶어서 그렇게 말했다.

"알았디더. 우리도 아재앰한테 바라는 건 이런 심부름만 해 달라는 게시더. 그냥 전갈만 해 주만 되디더."

그만큼 하고 서억은 돌아왔고, 정서방은 하룻밤 꼬박 뜬눈으로 한숨을 쉬다가 이튿날 이릿재를 넘어 구틈실 강을 건너 하회까지 갔다.

그러나 저녁때 늦게 돌아온 정서방은 어젯밤보다 더 길게 한숨짓고만 있었다.

안사람인 구암댁이 그러는 정서방한테 걱정스레 물었다.

"어째 갔던 일이 잘 안 되디껴?"

"되고 말고 인제 우린 다 살았네."

"다 살다이요?"

"이짝 저짝 양짝에서 몰매를 맞게 됐으니 어째 살아날 낀가."

수백 년 동안이나 내려온 관습을 깨뜨려 나간다는 게 그렇게 쉽게 될 리가 있겠는가. 결국 삼밭골 농사꾼들은 일을 저질러 놓고만 것이다.

논에 나락 한 대궁도 먹을 만치만 배다 먹고 땅임자네 것은 절대로 거둬들이지 않기로 했다. 나락뿐만 아니라 서속도, 기장도, 콩도, 목화도 그냥 밭에 세워둔 채 못본 척한 것이다.

서리를 맞은 콩대궁은 말라 버석거리다가 해가 나면 깍지가 벌어져 밭고랑에 하얗게 알콩이 널렸다. 목화는 제멋대로 피어나 하얀 솜털이 바람에 불불 날렸고, 조이삭은 서로 비비대어 땅에 쏟아져 널렸다.

농사꾼들은 가슴이 아프고 에였다. 애써 지은 곡식들이 바람에 날아가고 땅에 그냥 을어져 썩어드는 걸 보기만 해도 얼마나 아까웠을까?

하지만 애써 참고 견디었다.

구월중구가 코앞에 닥쳐오면서 땅임자들이 마냥 보고만 있지 않고 나서자 일은 이상하게 꼬여 들었다. 주재소 순사가 마실 앞으로 드나들고 제일 만만해 보이는 고지기들을 찾아다니며 얼르고 달래다가 은근히 으름장을 놓기도 했다.

마름지기 정서방은 저만치 뒤떨어져 따라오는 덩치 큰 갈개발이 하나와 주재소 순사가 자신을 감시하는지 도와주는지 분간이 안가 후들후들 몸이 떨렸다. 이렇게 정서방은 여지껏 환갑 나이가 될 때까지 이 나라 양반님들의 깡다짐에 앞장서서 힘없는 이웃 백성들이 피땀 흘려 지은 곡식을 글겅이질했던 것이다.

어쨌든 정서방은 고지기네 집을 찾아다니며 늘상 그랬던 것처럼 언구럭을 놓다가 넉살을 부리다가 이래저래 구슬렸다.

돌음바우골 안골댁 비탈길을 올라가자 마실 개들이 한꺼번에 짖어대고 담 밑에서 모이를 쪼던 닭들이 달아나며 꼬꼬댁거렸다.

안골댁 바깥양반 서서방은 봉당에서 새끼를 꼬다가 엉거주춤 일어서는 척하더니 도로 거적떼기에 앉아버린다.

"새끼 꼬는가 보네?"

정서방은 서서방이 그러는 게 못마땅했지만 참을 수밖에 없었다.

"보다시피 새끼 꼬는 중이다."

서서방은 입안에 뭔가 잔뜩 물고 하는 소리처럼 뚝뚝했다.

정서방은 되도록 가깝게 서서방이 앉은 봉당에 다가가 맨흙바닥에 그냥 앉으면서,

"어짜겠노? 자네한테 내가 빌러 왔네."

했다.

"뭘 빌러 왔단고?"

"다 알잖는가?"

"내사 뭔지 모리겠네?"

"이 사람, 다 된 곡슥 저리 냇비리두마 어얄란고? 우선 거둬들인 담에 서로 의논해도 될 거 아잉가?"

정서방 목소리는 속이 타서 그런지 목소리가 동강동강 삐져나오는 듯했다.

"뭔 소리 그리하노? 이건 우리네 목숨이 걸린 일이다. 그짝에서 그냥 들어주기만 하마 되는 기다."

정서방은 놀라지 않을 수 없었다.

무지랭이 농사꾼이 어째 이렇게 당당해졌는지 되려 정신이 번쩍 들 판이었다. 이전 같으면 정서방이 나타나기만 하면 그냥 낯간지러울 만큼 굽신대던 사람들인데 뭘 믿고 이다지 배짱이 좋아진 건가?

정서방은 서서방과 저만치 사립문 밖에 서서 지켜보는 순사 틈에 끼여 윽죄고 드는 듯한 두려움이 생겼다.

"저어, 일이 잘못되마 땅을 뺏길지도 모를 낀데……."

이젠 정서방 목소리가 떨리기까지 했다.

"뺏어갈라마 뺏어가는 기제. 아예 땅을 파다가 뒤주 안에 쳐담아 놓으라제."

"그리 큰소리치다가 어짤란고?"

"에헴! 큰소리치고 말고제. 세상 한번 뒤집힐 날이 이제 닥쳤구마."

그러자 그때까지 사립문 밖에서 지켜보던 순사와 장터에서도 소문난 껄렁패 노릇을 하는 갈개발이 윤삼이놈이 마당으로 성큼 들어섰다. 서서방은 금세 찔끔했지만 내색 않고 내친 김에 한마디 더 했다.

"절이 망할라카이 새우젓쟁이가 들어온다디 그짝이그망."

"이 사람아……!"

정서방이 황급히 말을 막으려 했지만 때는 늦어 있었다. 그 덩치 큰 윤삼이가 성큼성큼 걸어와 두 사람 앞에 버티고 선 것이다.

"지금 한 소리 다신 한분 해 보소!"

"왜, 니는 장터바닥에나 설치고 댕기지 여게꺼정 뭣하러 왔네?"

서서방은 조금도 수그러들지 않았다.

"입 닫쳐라, 이 영감탱이야!"

윤삼이 그러면서 서서방의 멱살을 잡고 덜렁 치켜들자 서서방은 공중 높이에 대롱대롱 올라가 흔들거린다. 동저고리와 바치춤 사이가 벌어지면서 비쩍 마른 배떼기가 내다보였다.

그러나 치켜올려진 서서방은 몸을 가지껏 버둥대면서 있는 힘을 다해 고함을 질렀다.

"사람 살리소오! 사람 살리소오……!"

동시에 개들이 다시 시끄럽게 짖어대고 닭들이 사방팔방 쫓겨갔다. 담너머 이쪽저쪽 이웃 사람들이 고개를 내밀고 넘겨다보는가 싶더니 어느새 사립문으로 지게 작대기를 든 남정네들이 몰려 들고 있었다.

그렇게 해서 삼밭골의 난리가 벌떼 일듯이 일어나버린 것이다.

몰려온 남정네들은 껄렁패 윤삼이와 정서방을 지게 작대기로 콩타작하듯이 두들겼고, 그 모양을 지켜보던 순사가 달려가 경찰서에 알렸다.

삼밭골 온 골짜기에 칼을 찬 순사가 깔리고 남정네들 수십 명이 잡혀갔다. 언문글방 서억이도 잡혀간 건 물론이고, 글방 안에 드나들던 열 살짜리 아이까지 잡아다 족친다고 했다.

그 사이 누구 짓인지 모르게 버석버석 마른 나락논 여기저기에 불을 질렀다. 여기저기 아까운 곡식들이 불에 타고 있었다. 한편에서는 못된 순사놈이 불을 질렀다고 했고, 한편에서는 농사꾼을 선동한 청년들이 불을 질렀다고 했다.

그러나 저러나 아까운 곡식이 불에 타는 걸 그냥 보고만 있을 수 없어 농사꾼들은 물지게와 물동이 바가지까지 들고 가 불을 껐다. 온 골짜기가 아우성이었다.

언덕배기 분들네는 열이 치켜 올라 내내 욕지거리를 해댔다.

"이런 게 뭐 농사꾼 팔자 고친다는 짓인가? 망할 것들, 무다이 자는 범을 찔벅거려 이 난리를 치게 하네."

분들네는 장득이를 시켜 외양간 위 고미다락에 얹힌 낫자루를 있는 대로 끄집어내어 식구들을 불러 모았다.

이순이, 순지, 수득이, 그리고 아이들 모두와 삿갓집 방안에 들어박혀 있는 문둥이 아들 재득이까지 데리고 들로 나갔다. 익어서 고시래진 나락을 베기 시작했다.

분들네는 지난 봄 조석이 앓아 눕고 재득이 약값까지 수월찮게 돈을 썼다. 돈은 얼마나 되는지도 모르게 빚을 얻어 썼고 장리쌀도 버겁게 지고 있다. 얼른 가을걷이를 해서 땅임자 몫을 쥐버리고 나머지로 어떻게 꾸려가야 한다.

이렇게 제 코가 석 자나 빠져 있는 분들네가 세상 걱정할 틈이 어디 있겠는가? 사륙제든 반지기든 그게 그거지 언제 땅임자들이 고지기한테 속아 주는 세상이 오겠다고 믿는 게 등신이다.

분들네가 나락을 베는 걸 본 이웃들이 너나 할 것 없이 다투어 들로 나왔다. 삼밭골 골짜기는 때늦은 가을걷이로 바빠졌다. 두들겨 맞은 사람은 맞은 대로, 잡혀간 사람은 잡혀간 대로, 남아 있는 사람들은 또 살기 위해 일을 해야 하는 것이다.

집안이 텅 비어 있는 사랑방에서 조석은 한쪽 팔다리를 쓰지 못해 꼼짝없이 누워 있었다. 외롭고 서러워 조석은 혼자 있을 땐 몰래 흐느껴 울었다. 베갯잇이 젖고 베개 밑 요대기가 젖을 때까지 눈물을 한없이 흘렸다.

"이래가주고 어짜노? 이래가주고 어짜노⋯⋯?"

조석은 제대로 나오지 않는 말로 혼자서 그렇게 중얼거리며 마냥 누워 있어야 했다. 똥오줌도 남의 손에 받아내게 하고, 미음 한 모금도 제대로 손수 못 떠먹는 병신이 된 것이 왜 그리도 서러운지 몰랐다.

조석은 성한 쪽 팔을 오그려 팔꿈치를 꽉 버티고는 일어나려고 무진 애를 썼다. 어떻게 일어나면 걸을 수 있을 것 같고, 걸을 수만 있으면 옛날처럼 들판에 나가 일을 할 수 있을 것 같았다.

목을 치켜 올려 윗몸을 일으키려 버둥대자 얼굴에 땀이 흘러내렸다. 어떻게 어떻게 반쯤 몸을 일으켰다 싶었는데 어디가 뚝 잘려 나가는 듯한 느낌과 함께 그토록 애써 일으켰던 몸이 썩은 나무둥치처럼 쓰러져버렸다.

조석은 더 이상 꼼짝할 수 없도록 기운이 나지 않았다.

이렇게 조석의 몸뚱이가 무너져 내리듯이, 분들네의 집안 모두가 점점 기울어져 무너지고 있었다.

마름지기 정서방은 남정네들한테 모둠매를 맞고 나서 문밖을 나가지 않았다. 마름 노릇도 이젠 끝이 났다고 생각했고, 세상은 정말 뒤집히고 있구나 싶었다.

정서방은 삼밭골 이곳저곳 집집마다 사람 하나하나씩 떠올려 봐
도 아무도 정을 나눌 사람이 없다는 걸 깨달았다. 정은커녕 모두가
원수처럼 여길 것을 안 것이다.

동지를 열흘 앞두고 정서방은 구암댁과 외아들 내외와 손자들,
모두 일곱 식구가 봇짐을 싸들고 오밤중에 삼밭골을 떠났다.

그해 삼밭골 많은 집들이 서간도 북간도로 줄줄이 떠나고 있었
다. 주재소에 끌려갔던 사람들 가운데 몇몇만 남고 모두 풀려났지
만, 부처먹던 땅도 뺏겨버려 거지반 고향을 등져야 했다. 더러는 온
집안이 솔권하기도 했지만, 더러는 젊은이만 떠나고 늙은이는 남아
있기도 했다.

방아실 귀돌이네 딸 쌍가매는 열여섯 나이로 그해 가을 이릿재
너머 골짜기를 훨씬 돌아가 있는 샛들로 시집을 갔다. 신랑은 야소
교를 믿는 김씨댁 맏아들이었다.

쌍가매는 능마루골에 친아배가 있다는 걸 어렴풋하게 알고 있었
고, 그 아배가 삼년 전에 죽으면서 쌍가매를 찾고 있었다는 소문도
듣고 있었다. 그냥 그렇게 쌍가매는 먼 남의 이야기처럼 생각하면
서도 이따금 가슴이 쨍하니 아파오는 건 무슨 까닭인지 알 수 없었
다. 자신도 모르게 쌍가매는 외로워질 때가 있었고 눈물이 나기도
했다.

샛들 재성이한테 시집가서 사흘 만에 마을 가운데 서 있는 까만
양철지붕 예배당에 갔을 때, 쌍가매는 쉽게 하나님 아버지가 온통
가슴 안으로 꽉 차게 들어왔던 것이다. 밤이면 호리병 같은 유리
뚜껑 안에 불꽃이 너울거리는 남포불도 따스하게 느껴져 어렵지 않

게 쌍가매는 재성이네가 믿고 있는 야소교 신자가 되어갔다.

방아실에서 열여섯 해 동안 키워 준 아배 달수는 조금치도 달라지지 않고 쌍가매를 이뻐해 줬다.

"가매야, 가매야!"

달수는 키가 하도 커서 쌍가매는 손을 잡으면 언제나 대롱대롱 매달리다시피 걸어야 했다.

쌍가매의 열여섯 해는 눈깜짝할 사이에 지나버린 것만 같다.

이따금 설명절 때면 어매를 따라 섶밭밑 외갓집에 가면 어매 귀돌이하고 배가 다르다는 외삼촌 용식이 대식이가 얼싸안으며 반겨줬다. 그냥그냥 보면 모두가 그렇게 살뜰하고 정깊은 사람들인데 어쩌다가 굽이굽이 설움도 많고 한도 많게 살아야 하는 건지.

어매 귀돌이는, 그토록 구박주며 섧게 하던 숨실댁이 지난 해 여름 오줌소태가 덧나 피고름을 아랫배로 쏟아내다가 죽어버렸을 때, '어매! 어매!' 부르며 왜 그리도 슬프게 울었는지, 섶밭밑 동네가 모두 같이 울었다.

아직도 숨지기 전, 귀돌이가 안평장에서 개구리참외를 사들고 갔을 때, 숨실댁은 처음으로 이녁 딸 대하듯이 귀돌이 손을 붙잡고 눈물지었다.

"돌아, 내가 참 너무했제?"

"어매요……."

귀돌이는 말을 잇지 못하고 목이 메었다.

"잘못했대이. 내가 너무 했대이……."

"……."

"내가 참 죄많은 어마이제. 돌아, 귀돌아, 잘못했대이. 잘못했대이

······."

"······."

숨실댁은 수없이 수없이 잘못했다는 말만 되풀이했다.

귀돌이는 새어매 숨실댁의 깡마른 얼굴을 닦아주고 일으켜 앉혀 머리도 빗겨 줬다. 그렇게 하룻밤을 지내면서 숨식댁과 귀돌이는 스무 해도 넘는 긴 세월 갈기갈기 앙금졌던 것을 모두 쓰다듬어 내렸던 것이다.

그런 귀돌이는 아들 하나 얻고 싶어 여태 기다렸고, 이번에는 어쩌면 아들이겠지 설레이면서 낳은 게 다섯번째 딸이었다. 쌍가매 밑으로 강질이, 옥남이, 순남이, 그래서 이번 애기는 이름이 꽁대기였다.

달수가 웃으면서 그렇게 부르자고 했다.

"이녁이 대고 아들 바래니까 이번엔 끝으로 꽁대기라 부르만 될 거 아잉가."

달수는 그렇게 아직도 너그럽고 모든 게 수월했다.

쌍가매가 시집갈 때, 상객으로 따라갔다 돌아오는 길에 달수가 이릿재를 넘으면서 눈물지어 운 것은 아무도 모른다. 달수는 쌍가매한테 못할 짓을 한 것처럼 죄스러웠다.

'가매야, 니가 그냥 능마루 너거 아배한테서 컸으마 바리바리 싣고 갔을 낀데, 배불리 믹이지도 못하고 입히지도 못하고 이릏기 시집보냈비러 미안테이, 가매야, 가매야······.'

그날 가을 하늘은 파랗게 맑았고, 그래서 달수 마음이 더 아팠는지도 모른다.

이런 달수였으니 귀돌이가 딸을 다섯을 낳는대도 어째 탓하고 홀

대하겠는가? 달수는 그렇게 귀돌이한테, 쌍가매한테 못할 짓을 했다는 마음을 떨쳐버리지 못했다.

후분이는 참봉댁 손자 애기를 업고 얼르며 마님이 시키는 일을 곱신곱신 했다. 말하고 사람하고는 길들이기 탓이라 했던가? 후분이는 그 말대로 어릴 적부터 착하게 길들여졌다. 아배가 아파 누웠을 때, 쌀 한 말에 팔려온 후분이는 그 길로 내처 참봉댁 부엌대기로 자랐다.

설날이나 단옷날 같은 명절이 와야만 후분이는 집으로 갈 수 있었다. 뒷터 양지마 참봉댁에서 집까지는 시오릿길이 넘었다. 후분이는 여태 열두 살이 될 때까지 빨간 황토길 고개를 넘어 어매하고 동생들을 만나는 것이 커다란 즐거움이었다.

참봉댁은 장가간 외아들이 서울 가서 공부를 하느라 집에는 참봉댁 마님과 새댁이 혼자 있었다. 부잣집 며느리지만 시부모 모시고 살아가는 건 가난한 농사꾼 집이나 하나도 다르지 않았다.

후분이가 아기를 업어주고 설거지를 거들고는 있지만, 새댁 마음 고생까지 거들어줄 수는 없었다. 새댁은 시집와서 여태껏 독수공방 혼자 밤을 지낸다. 신식공부를 한다고 서울로 간 남편은 설날이 와도 고향에 내려오지 않는다. 어떻게 하다가 태어났는지 그래도 새댁은 아들을 낳았다.

후분이가 눈치만으로는 자세히 모르지만 새댁 신랑은 서울서 공부보다 놀기를 더 좋아하는 것 같았다. 자주 돈을 부쳐 달라는 편지가 오는데, 참봉어른은 못마땅해 하면서도 하나뿐인 자식이니 할 수 없이 돈을 보내주는 모양이다.

그런데, 이번에는 참봉어른도 참을 수가 없었다. 아들은 지금 기생집에서 술값이 밀려 갇혀 살고 있다는 것이다. 백 원이란 큰 돈을 얼른 보내 달라는 기별이 왔으니 참으로 한심한 자식이었다. 참봉어른은 노발대발 화가 나서 돈을 안 보냈다.

"평생 기생집에나 갇혀 살으라제!"

이 한마디만 하고는 아예 아무 일도 모르는 것처럼 입을 다물어 버렸다. 그렇게 해서 고생하면 정신이 똑바로 들 것이라 여겼기 때문이다.

그런데 일은 얄궂게 되어갔다. 아들은 고향에서 돈을 보내오기만 기다리다가 소식이 없자 거듭거듭 편지를 보내왔다. 참봉어른은 머리 끝까지 화가 나서 아예 답장을 보내면서 돈은 절대로 못 부치니 기다리지 말라고 해버렸다.

그리고 나서 보름 뒤에, 아들은 빚진 돈 때문에 감옥에 끌려갔고, 대신 돈은 고향집에서 갚으라는 통지서가 경찰서에서 날아들었다.

뜻밖의 소동이 일어나자 참봉어른은 부랴부랴 갑절이나 불어난 빚돈을 갚기 위해 논밭까지 팔아야 했다. 감옥에서 풀려난 아들은 집으로 돌아왔지만 참봉어른과는 원수처럼 되어버렸다.

아들은 며칠을 틀어박혀 있더니 훌쩍 일본으로 가버렸다.

참봉어른은 홧병이 생겨 자리에 누워버렸고, 그때부터 참봉댁이 집안 살림을 혼자 꾸려가야만 되었다.

그런 사정이 있고 나서 참봉댁 마님이 후분이를 불렀다.

"후분아, 너어 동생들이 서이라 했제?"

"예."

후분이는 다소곳이 꿇어 앉아 묻는 말에 대답만 했다.

"동생들 나이 몇 살이제?"

"춘분이는 열 살이고 춘식이는 아홉 살이고 말분이는 일곱 살이시더."

"그릏나? 춘분이하고 말분이는 남의 집에 갔고 춘식이만 집에 있는 거제?"

"예."

"알았다. 나가 봐라."

후분이는 밖으로 나왔고 다음 날, 참봉댁 마님은 머슴을 시켜 후분이 어매 실경이를 불러왔다.

후분이는 어매가 와서 반가왔지만 무슨 일인가 싶어 걱정도 되었다. 실경이는 마님과 한참 동안 얘기를 나누었고, 돌아갈 때는 정지 바닥에서 한 바가지가 되는 밥을 다 먹으면서 후분이한테 마님께 들은 얘기를 했다.

"후분아, 앞으로 춘식이 디루고 이리 와서 니캉 같이 살게 됐다."

"엄머이! 그라마 춘분이캉 말분이는 어짜제?"

"가아들도 차차로 디루고 온다 캤다."

며칠 뒤에 참말 실경이는 춘식이를 데리고 옷보따리를 이고 왔다. 후분이는 어매하고 같이 살게 된 것이 그냥 좋기만 했다. 하지만 이때부터 실경이는 옛날 읍내 진사님댁에서 종살이하던 것처럼 다시 그렇게 문간방 신세가 되어버렸다.

참봉댁 마님 약속대로 한 달 뒤에 춘분이와 말분이를 이리로 데리고 왔다. 실경이네 딸 셋은 어매를 닮은 후분과 춘분이, 아배를 닮은 말분이, 모두가 참봉댁 부엌데기로 자라게 되었다.

어쨌든· 실경이는 딸 셋이 모두 한 집에 모여 살게 되어 애를 태우지 않아도 되었다. 그 동안 자식들을 남의 집에다 뿔뿔이 흩어놓고 얼마나 걱정하며 살았던가.

실경이는 어릴 적부터 몸에 밴 가난살이와 남의집살이가, 나뭇꾼 남편 기태하고 위태롭게 하루하루 살던 것보다 훨씬 마음 편할 수 있었다. 참봉댁 마님이 시키는 대로 고분고분 따라 하기만 하면 배 코프지 않게 먹고 따뜻한 방에서 잠잘 수 있었기 때문이다.

실경이네가 참봉댁에 같이 모여 살게 되었다는 소식을 들은 분들네는 마침 마당을 쓸다가 손에 들고 있던 싸리비를 저만치 내던지며,

"망할 놈의 시상!"

그러면서 커다랗게 한숨을 내쉬는 것이었다.

칠배골에 산불이 일어난 건 한밤중이었다.

아직 대배기쪽 기장밭은 거둬들이지도 못했고, 조밭도 이삭이 꼬들꼬들 영근 채 그냥 서 있었다.

이석이네는 여지껏 그랬던 것처럼 가을걷이도 영 두서가 없었다. 달옥이는 네번째 애기가 뱃속에 들어 있어 몸 추슬리기가 힘이 들었다. 대신 열여섯 살이나 된 순덕이가 어매 뒷수발을 거들고 있어 그나마 수월한 편이었다.

순태와 순원이 형제는 아직 어리다.

그날도 이석이 내외는 저녁 늦게까지 콩타작을 해서 반나마 까불어 봉태기에 담아 마당 가운데 그냥 둔 채 잠이 들었다. 고달픈 일 때문에 잠이 들면 범이 물어가도 모를 지경이었다.

산불이 벌겋게 타 번지는 걸 처음 안 것은 달옥이었다. 밤중에

오줌이 마려워 윗목에 있는 요강을 더듬는데, 문밖이 대낮같이 훤한 것이었다.

'벌써로 날이 밝았나?'

달옥이는 잠결이어서 알른알른하기만 했다. 요강 위에 올라앉아 오줌을 쭈루루 누면서 달옥이는 갑자기 정신이 번쩍 났다.

"아이고매! 불이야……."

달옥이는 두 팔을 치켜 들었다가 엎어지듯이 자고 있는 이석이 가슴 위에 쓰러졌다.

"어엉?"

이석이 겨우 눈을 썻고 둘러보니 불길은 벌써 집 뒷곁 소깝가리까지 번져드는 듯했다. 이석은 벌떡 일어나 문을 박차고 뛰어나갔다.

"불이야! 불이야!"

그러나 첩첩산중에 아무도 들어주는 사람이 없었다.

이석이는 건넌방에 잠든 아이들을 깨웠다.

지지난 장날 사다놓은 강아지가 그때서야 개둥주리에서 일어나 깨갱 깨갱 울고 횟대에서 자던 닭들도 소란을 피운다.

이석은 샘가에 가서 물을 한 바가지 떴지만 그 물이 어디 가당키나 했던가?

불길은 뒷곁 소깝가리에 엉켜 붙고 미둑새로 인 지붕에 번져 붙고 있었다.

"아배요! 아배요!"

순원이 울면서 달려와 이석이 허리춤을 붙잡고 운다.

불꽃이 튀어오르고 연기가 뒤덮고 불티가 난다.

순덕이는 순태 손을 붙잡고 몸이 무거운 어매를 부축해 골짜기 아래로 내려갔다. 강아지가 연신 깨갱거리며 순덕이 발 뒤꿈치에 부딪히며 따라간다.

"보소! 순덕이 아배요, 그만두고 오소!"

타오르는 불길을 어떻게 잡아보려고 이리저리 허둥대는 이석이를 보고 달옥이가 소리쳐 부른다. 이석은 어쩔 수 없이 아이들 곁으로 달려와 한데 어울려 불길을 피해 골짜기로 내려갔다.

내려가면서 이석은 집쪽으로 연신 돌아보고 돌아봤다. 지붕이 온통 불길에 휩싸이고 집 둘레로 소복소복 쌓아놓은 낟가리도 불 속에 잠겨 온통 불바다로 넘실대었다.

산비탈 보리둑나무 숲과 참나무와 소나무 숲이 모두 타고 있고, 이석이가 손수 심은 참죽나무와 오동나무 살구나무도 모두 불타고 있었다.

칠배골에 와서 열다섯 해나 되었으니 이석이 손길이 안 간 곳이 없고 발길이 안 간 곳도 없다. 그것들을 고스란히 잃어버리게 되는 안타까움 때문에 이석은 어느새 눈물을 흘리며 울고 있었다.

칠배골의 불은 이틀 동안 꼬박 타 번졌고 사흘 만에 하늘이 도왔는지 비가 내려 겨우 가라앉았다.

이석이네는 아직 여기저기 연기에 쌓인 칠배골 산으로 올라가 다 타버린 집터를 돌아봤다. 지붕은 타서 내려 앉았고 꺼멓게 그을린 돌담벽도 반은 무너져 있었으며, 빗물에 젖은 정지바닥도 불에 그을린 오지그릇과 깨진 단지조각이 뒹굴고 있었다. 아무것도 아무것도 성한 것이 없고 성한 곳이 없었다.

싸리나무로 엮어 만들었던 닭장 홰대도 다 타고 거기 들어 있던 닭도 모두 타 죽었다. 통시간도, 집 둘레의 나무도 시커멓게 타서 비를 맞아 우중충 둥치가 넘어지거나 그루터기만 남아 있었다. 모든 것이 숯검정이 되고 재가 되어버렸다.

이석은 겅충 서 있다가 그냥 주저앉아 꺼이꺼이 울음을 터뜨렸다.

"아배요!"

순덕이가 이석이 우는 걸 보고 따라서 울자 순태와 순원이도 따라 울었다.

달옥이는 무거운 몸으로 아이들을 보듬어안고 애써 울음을 참고 있었다.

한참 뒤에 이석이 달옥이를 쳐다보고 말했다. 눈에 눈물이 가득 고인 그 얼굴은 너무도 애처러웠다.

"우리 이대로 삼밭골로 돌아가자."

그러자 달옥이는 황급히 고개를 젓는다.

"안 되니더. 죽어도 나는 싫으이더."

달옥이는 두고 온 삼밭골도 읍내 집도 두 번 다시 돌아가고 싶지 않았다. 그 쪽만 생각하면 가슴이 두근거리고 누가 쫓아와 덮칠 것처럼 무서워지는 것이었다.

할 수 없이 이석이네는 산을 내려가 장터 마을로 갔다. 강아지 한 마리만 보듬어 안고 식구들을 거느린 이석은 알거지가 되어버렸다.

장터 사람들도 칠배골 산불을 바라보며 많은 걱정을 하고 있었다.

이석은 이 집 저 집 살피다가 제법 탄탄해 보이는 어느 농사꾼

집으로 들어가 주인을 불렀다.

"칠배골서 왔는데, 어데 살 길이 없을리껴?"

사랑방 문이 열리고 머리가 희끗한 중늙은이가 내다봤다. 주인은 이석이네 몰골을 안됐다는 듯이 훑어보고 나서,

"쯧쯧, 댁네 모두가 불에 탔는갑네요?"

하고 되묻는다.

"갑재기 한밤중에 산불이 덮쳐 집도 타버리고 곡속도 한 톨 안 남기고 다 타 없어졌니더. 아아들이 이틀이나 굶었니더. 지발 뭣이 든 있거든 먹을 걸 주시마 몸으로 보답해 디리지요."

이석은 머리를 조아리며 빌 듯이 말하였다.

"이보세!"

주인이 안채를 보고 그렇게 소리치자 꼭같이 머리가 희끗한 안주인이 내다봤다.

"아이들 방에 딜라 주고 얼른 따신 밥 해 먹여 주게."

그러고 나서 주인은 달옥이를 보고

"저쪽으로 들가 보이소."

했다.

달옥이가 머뭇머뭇하자니까 안방 아주머니가 웃으면서 손짓을 한다.

"얼른 이리 들오이소."

달옥이가 이석을 잠깐 쳐다보자 이석이 고개를 끄덕이며 들어가 보라는 시늉을 했다.

그렇게 달옥이와 아이들이 안쪽으로 들어가고 이석은 바깥주인이 있는 사랑방에 들었다.

이석이가 이 집 조씨댁을 찾아온 건 큰 운이었다. 마음씨 착한 주인 내외는 김이 무럭무럭 나는 물푸레조밥을 그릇그릇 차려다 줬고 이석이는 이틀 만에 허기진 배를 채우게 되었다.

"그래 앞으로 어쩔란가요?"

밥상을 물리고 나서 주인이 물었다.

"어떻게 해서라도 일거리를 찾아 살아야 하제요. 지들은 아무데도 올 데 갈 데가 없는 몸이시더."

"그럼 우선 몸담아 살 집이 있어야겠구망."

"예, 단칸 막살이라도 하나 있으마 몸담고 살면서 무슨 구체를 내야지요."

주인 영감은 이석이 선해 보이는 얼굴을 찬찬히 봤다. 이럴 땐 사람 얼굴 생긴 것이 한 몫을 하게 된다. 이석이 얼굴은 누가 봐도 믿음성 있는 좋은 낯색을 가졌다.

"이보게!"

주인이 안방쪽으로 소리치자, 안주인 아주머니가 금방 쫓아왔다.

"저기 동네 소임집이 어째 됐제?"

"그냥 비어 있는 갑디다. 들올 사람이 없는갑제요."

"그럼 됐네."

소임집이면 동네 색장이 사는 집이다. 온갖 궂은 일을 맡아 하는 동네 머슴집이다.

동네에 일이 생기면 언덕이나 산에 올라가 큰소리로 알리고 곳집이나 동네 풍물이나 반상기도 잘 갈무리하고 뒤치닥거리를 해야 한다.

이석은 두 내외가 주고 받는 말을 들으면서 오금이 저려 왔다.

외할매 수동댁 얼굴이 떠오르고 삼밭골 어매가 떠올랐다.

결국에는 이렇게 이석은 처량한 신세가 되어버렸다.

그날 저녁, 이석은 조씨 어른을 따라 이장댁을 찾아가 동네밭 서 마지기와 한 해 모곡 한 섬 반을 받는 고지기가 되었다.

"산 입에 거무줄 안 친다. 죽을 지경이마 뭔 짓인들 못하겠노! 순 임금도 독장사를 했단다."

외할매 수동댁이 어려울 때면 입버릇처럼 하던 말이었다.

이석은 그 외할매가 갑자기 그립고 보고 싶어졌다.

"사람은 팔자 한탄만 해서는 안된다. 무신 짓이든 굼리만 먹을 게 생긴다."

외할매는 그렇게 억척 같았다. 이런 지경에 이석이 동네 머슴이 되었다고 수동댁은 절대 나무라지 않을 것이다.

이석은 그렇게 힘이 생겨났고, 처자식 굶기지 않고 살 수 있는 길이 트인 것만으로도 고마워할 뿐이었다.